JN215645

TAKE
SHOBO

少年魔王と夜の魔王
嫁き遅れ皇女は二人の夫を全力で愛す

御影りさ

Illustration
なま

少年魔王と夜の魔王
嫁き遅れ皇女は二人の夫を全力で愛す

Contents

1

少年魔王は嫁を欲しているそうで

眼前に広がる光景に、ユスティーナは息を吞んだ。

魔界と人間界の境界線である大河は、ごうごうと音をたてて力強く流れていき、その川幅は広く、架けられた立派な橋も頼りなく見えるほどだった。濁流が川縁の岩に荒々しくぶつかっては飛沫を
あげ、岩肌を乱暴に削り取っていく。

人間には到底抗えぬ大きな力を秘めた地が、この橋の向こうに待ち受けているのだと知らしめるには十分な光景だった。

(この向こうが、魔界なのね……)

大帝国アルセンドラの第一皇女ユスティーナは、これから自身が暮らすことになる魔界を、馬車の窓から窺っていた。

(どんなところなのかしら)

ユスティーナは、冬空を思わせる青の瞳に好奇心を浮かべながら、食い入るように魔界の入り口を見つめる。

大河の向こうには深々とした森が広がり、生い茂る木々の合間からは灰色の岩肌が覗いていた。

1　少年魔王は嫁を欲しているそうで

森や荒涼とした岩場の上空には太陽が姿を見せているが、昼間だというのに遙か魔界奥深くの空は夜のように暗く、黒い厚雲の間には時折稲光が走り轟音をここまで響かせる。過酷な環境を生き抜ける魔獣は凶暴で、それらが跋扈する魔界は、とても人間の暮らしていける地ではない、と、いつぞや魔王の一人と戦った勇者が残した言葉は有名である。

人間の暮らしていける地ではない――まさに、その言葉がぴたりと嵌まる禍々しさを感じさせる景色だった。

しかし、その地を治める魔王の一人に嫁ぐことになったユスティーナに憂いはない。

やむなく嫁ぐわけではない。文化や習慣の違いで起こり得る苦労は覚悟のうえで、ユスティーナは自ら魔王に嫁ぐと決意した。

国のため、妹のため、母のため。婚姻を決断するに至った理由はいくつかあるが、何よりユスティーナを後押ししたのは、魔界への純粋な好奇心だった。

魔界を隠すような森の影から漆黒の馬車が現れ、こちらへ向かってくる。

大きな橋を悠然と渡り切ったそれは、ユスティーナを乗せた馬車から距離を取って止まった。

馬車の扉が静かに開かれて、付き添いの騎士が緊張した面持ちで迎えの到着を告げる。

「迎えの馬車が到着しました」

「わかったわ」

きびきびと返事をしたユスティーナの手に、ほっそりとした皺だらけの手が重ねられる。ユスティーナは、少女の頃から身の回りの世話をしてくれていた侍女の手を握り、「元気で」と別れを告げてから自ら馬車を下りた。

鮮烈な赤のドレスを身に纏(まと)うユスティーナは、帝国の皇女の威厳に満ちていた。ここまでの護衛を務めた騎士たちがその場で片膝をついてユスティーナを見送る。

ここから先、魔界への侵入を許されているのはユスティーナただ一人だ。

既に魔界へ向かって馬首を巡らせた漆黒の馬車は、まさに魔王の使いといった様相を呈していた。

いよいよこれから魔王に嫁ぐのだと実感が湧いてきて、ユスティーナはわくわくした。


大帝国アルセンドラに、魔王城エストワールハイトからの書状が届いたのは半年ほど前のことだった。

アルセンドラが言語も民族も違う国々を飲み込んで大帝国に成長したように、魔界にも多数の種族が存在し、複数の魔王がそれぞれの領土を統治しながら魔界という一つの国が成り立っているという。

そのなかでも、魔王城エストワールハイトは人間界に最も近い魔界の領土を治める魔王城である。

古(いにしえ)の時代には、魔王はよく生贄(いけにえ)の意味合いで人間の妃を娶(めと)ったそうだが、最近はめっきり関わりもなくなり人々の頭から魔王の存在は薄らいでいただけに、その書状はちょっとした衝撃をもたらした。

内容が内容だったせいもあるかもしれない。

魔王城エストワールハイトを治める王は、〝友好の証〟として、帝国アルセンドラの皇女を妃に所望していた。書状によれば、夫となる魔王ハルヴァリはまだ七歳の少年だそうだ。

「クリスティーナを狙っているのだわ！」

魔王側が、八歳になる第二皇女クリスティーナを求めているのは誰の目にも明らかだった。

これにはさすがに皇后も取り乱した。幼いクリスティーナを魔王に捧げるなど、彼女にはこの世の終わりに感じられたのだろう。

「まだ八歳だというのに、あんな危険な地に送りだされるなんて！」

古の時代に魔王と対戦した勇者の残した記録によれば、魔界に存在する魔族たちは危険なばかりか好戦的で、血腥い争いに明け暮れているという。他にも、人間界と魔界の境界線である大河は魔王の繰り出した一閃でできたものだという逸話に始まり、魔族は人間を好んで喰らう種族であるなど、魔界に近付かせないための戒めに近い、眉唾物の伝承はいくつかある。先人たちの教えを守って人間は魔界への不可侵を破ることはなく、また魔界からの接触もないまま平穏な時代が続いていた。

そこへ、突如降ってわいた縁談である。

危険な蛮族が暮らすといわれる魔界に幼い娘を送り出すなど、母親なら反対するのは当然のことだった。

しかし、魔王城エストワールハイトからの書状には〝友好の証〟と記されている。これを退ければ、自ら諍いの種を撒くことになりかねない。いくら大帝国アルセンドラとはいえ、未知の強敵である魔王と対立するわけにはいかなかった。

母のあまりの嘆きように、そしてアルセンドラの平和のために、ユスティーナは立ち上がる。

「わたしが参ります」

「ユスティーナ！　なにを言うの！　殺されてしまうかもしれないのよ！」

「友好の証と言ってきているのですから、命を取るようなことはしないでしょう」

それに、魔王城からの要請だというのに、武力に頼ることなく礼儀にかなった正式な書状で妃を求めるあたりに、ユスティーナは好感を抱いた。

（気持ちのいいやり方だわ。それに……）

なにより、幼いクリスティーナを母から引き離すなど、ユスティーナにも考えられなかった。

妹のクリスティーナは〝ままごと〟で遊ぶ類（たぐい）の稚い（いとけない）少女で、侍女か母がいなければ夜も眠れない。

とても禍々しい魔界でやっていける図太さは持ち合わせていない。一方、ままごとで遊んだ経験もないユスティーナには魔界への怯え（おび）はなく、また、他国へ嫁ぐ覚悟はとうの昔にできていた。

ユスティーナは第一皇女だが、七人の立派な兄がいる。皇帝の後継者は十分にいるし、皇女はいずれ政略結婚の駒として嫁にいくものなのだから、自分が嫁いでも問題はない。相手が魔王というだけだ。

一つ問題があるとすれば年の差だ、とユスティーナは溜息（ためいき）を吐く（つ）。

アルセンドラ帝国では、女は十八までに嫁ぐのが理想とされる。二十歳を過ぎたら貰い（もら）手もない、というのが常識であるなかで、ユスティーナは二十四歳にして未婚である。

「幼い魔王には申し訳ないけれど、わたしで我慢してもらいましょう」

書状とともに送られてきた少年魔王の肖像画を見て、ユスティーナは「まぁ、可愛い」と呟いて、口元を緩ませた。

ユスティーナは母の絶句を許可と見做し、父の承諾を取り付けると宮廷画家に自らの肖像画を描かせた。出来栄えはなかなかだった。特に、実物より目元が柔らかく描かれているところが気に入った。自筆の手紙を添えて、それらを魔王城エストワールハイトに届けさせると、十日と経たずに返事が届いた。

『ユスティーナ皇女にお会いできる日を心待ちにしている』というまだ拙い文字で綴られた精一杯の歓迎と、おそらく幼い魔王の補佐官が書いたのであろう二通が届いた。

流麗な文字でしたためられた補佐官からの手紙は、やれ侍女はこちらで用意するやら、やれ調度品は揃えてあるが必要なものがあるならいくらでも持ち込んでも構わないやらと、ユスティーナにも思い至らないような細やかな気遣いが続いていたが、『もっと若い娘を寄越せ』とは書かれていなかった。

こうして、晴れてユスティーナと魔王ハルヴァリの婚約が成立した。

第一皇女ユスティーナが魔王に嫁ぐ。

その話は宮廷内を瞬く間に駆け巡った。

変わり者の皇女ユスティーナ。母親似の美人だが、男勝りで、騎士団に混ざって剣術の稽古に勤しむ、豪胆で乱暴な女。

その皇女が魔王に嫁ぐとなれば、人々は得心したように「あぁやはり、彼女は変わっているから」と噂する。

(『二十四歳にしても嫁の貰い手がない』なんて、日頃さんざん陰口を叩いてきたくせに……)

いざ嫁ぐと決意したらこれか、とユスティーナはとことんうんざりしていた。

ユスティーナは思う。

七人の兄を見て育った自分が、彼らの持つ剣に興味を抱いたのは当然の成り行きで、鍛えれば鍛えただけ応えてくれる筋肉は素晴らしく、「勝てない」悔しさが鍛錬に励む糧となり、やがて帝国中の実力者が集められる帝国騎士団と対等に渡り合えるほどの実力を手に入れた結果「わたしより弱い男とは結婚する気になれないわ」となるのも、また当然だったのだ。

噂されるように、誰彼構わず横柄に当たり散らしたことはない。確かに剣の稽古では荒々しい面もあるだろうし、騎士団長とは母が耳にすれば卒倒するような汚い言葉で喧嘩をすることもある。

それに、母譲りの冬空の青い瞳はどうしても冷淡な女に見えるようだが、それは外見の印象であって、ユスティーナの全てではない。

三度の食事より、甘い菓子より、きらびやかなドレスや宝石より、ちょっと剣と筋肉が好きなだけで、何も人に危害を加えるような酷いことはしていないというのに、勝手な印象だけで、人はユスティーナがどんな人間かを決めつける。

大帝国アルセンドラさえ、ユスティーナにとっては窮屈な鳥籠も同じだった。

ユスティーナは、魔界に行く日を心待ちにするようになった。

お飾りの妃で結構。

少年魔王で結構。

そんなことより、魔界にはきっと、ユスティーナを熱く滾(たぎ)らせてくれる強敵たちがひしめいているはずだ。そこにはもう自分を「皇女らしくない」と冷ややかに見つめる目はない。新しい世界が待っている。危険に満ちた新世界だ。

ユスティーナの心は躍った。それは、幼い頃から抱いてきた冒険心だったのかもしれない。

想像を膨らませてにやつく第一皇女に、新たな「少年愛」という噂が流れ始めた頃、ユスティーナは持参品をたんまり持たされて生まれ育った宮殿を去る朝を迎えた。

魔界へ嫁ぐユスティーナを見送る人々は総じて暗い顔をしていたが、妹のクリスティーナだけは違っていた。

八歳のクリスティーナは、姉が他国へ嫁ぐことは理解しているようだが、別れの実感は伴わないらしかった。

「お姉さま、お元気で」

「ええ、あなたも元気でね、クリスティーナ」

長い髪を撫(な)でてやると、クリスティーナは目を伏せて少しはにかんでみせる。小さな手は、しっかりと侍女の手を握って離さない。少し甘えんぼうで寂しがりの妹のいつもの姿だ。

その様子のどこにも、姉と二度と会えない寂しさは見受けられない。おそらく叔母の影響だろうとユスティーナは考える。

皇帝の妹で、ユスティーナたちの叔母にあたるマリアンは、降嫁してからも頻繁に宮殿に出入りしている。クリスティーナにとって嫁に行くというのは今生の別れではなく、別宅で暮らすことになるだけでまた会える、という程度の認識なのだろう。

(そのうち、そうではないと気付くはずだわ)

魔界へ嫁いだ姉と二度と会えないとクリスティーナが気付くのが今でなくてよかったと、ユスティーナは優しく微笑みながら妹の頬を撫でて別れの挨拶とした。

可愛い妹に挨拶をし、ユスティーナは思い残すことなく馬車に乗り込んだ。がたんと一度揺れると滑らかに動きだした馬車のなかで、ユスティーナは堪えきれない笑みを口元に浮かべる。

「お父様、お母様、お元気で!」

人々の冷ややかな視線をものともせず、ユスティーナは両親に手を振った。

新天地への門出に涙は必要ない。

魔王城エストワールハイトがどんな場所であろうとも、そのすべてがユスティーナにとっては新鮮なものであるはずだった。

人間が知らない境界線のその先へ、ユスティーナは胸を高鳴らせながら巣立っていった。

魔王城エストワールハイトは、灰色の岩山をくり抜いて造られたのかと思うほど巨大な城だった。

城を囲む堀や外壁はなく、境界線の森を抜けてすぐの位置にあるそこは、防衛に関してあまりにも無頓着に見える。しかし、裏を返せばそれだけこの城に住む者たちが強者なのかもしれないと考えて、ユスティーナはまた未知への好奇心に胸を弾ませた。

　馬車から降り立ったユスティーナを出迎えたのは、人の列だった。

　魔王城の巨大な扉まで道を作るように立つ彼らは、人間と同じ姿をしている。魔王城と言うからには、もっとおどろおどろしい異形の姿の魔族を思い描いていたのだが、黒の仕着せを纏（まと）う彼らの見た目は人間そのものだ。

　その、ずらりと並ぶ人の道の最奥から、彼はユスティーナをじっと見ていた。

（あの子が……）

　魔王城の巨大な扉の前に立つ、落ち着いた青の衣装を纏う少年。肖像画で見た通りの愛らしい容貌の彼が、魔王ハルヴァリで間違いないだろう。

　乱れた個所のないさらさらとした鳶色（とびいろ）の髪に、大きな瞳は蜂蜜のような金色で、鼻や口は子供らしくまだ小さめだ。それでも目鼻立ちがはっきりしていて、今は愛らしい美少年だが時を重ねて大層な美男子に成長するだろうと、ユスティーナは彼の成長を楽しみに思った。

　ハルヴァリは堂々とした足取りで人の壁の間を通り、ユスティーナの前で立ち止まる。夫となる魔王の出迎えに、ユスティーナは滑らかな所作でドレスの一部を摘み上げて、腰を低く落とした。

「アルセンドラより参りました。ユスティーナと申します」

「はじめまして、ユスティーナ。待っていました」

　ハルヴァリが微笑むと、柔らかな曲線を描く頬が持ち上がり、小さな唇から白い歯が覗（のぞ）く。彼はすかさず手に持っていた一輪の赤い花をユスティーナに差し出した。

「僕はハルヴァリ、今日から君の夫です」

小さな手が摑む茎には、棘を落とした形跡がある。気まぐれで用意されたものではないと気付き、予期せぬ贈り物にユスティーナは小さく「まぁ」と喜びの声を漏らした。

ユスティーナが微笑むと、ハルヴァリは満足げに瞳を輝かせる。丸い頬がわずかに紅潮し、予定していた挨拶が成功を収めたことに彼も喜びを感じているのが伝わってきた。

「ありがとうございます、ハルヴァリ様。どうぞ、末永く、お願い致します」

これ以上ないほど可愛らしい求婚を受けた気分で、ユスティーナは赤い花を受け取った。


当然と言えば当然だが、魔王には神への信仰心はないようで、婚礼の儀は昼過ぎには終わった。

二人の名前が刻まれた石板に血判を押しただけで、ユスティーナはハルヴァリの妻となった。帝国で諸侯が挙げるような結婚式に強い憧れがあったわけでもないユスティーナは、むしろ、あっさりと結婚がまとまったことに安堵していた。

歳の差にして十七歳である。

魔王方面には反対の声もあるだろうと予想していたユスティーナだったが、ユスティーナ付の侍女となる女たちも、魔王城の住人たちにも、歓迎の気配はあるが「親子ほども年の離れた妃」を卑下するような態度はない。

あまりにも順調すぎて、少し拍子抜けしたくらいだった。

魔王城はユスティーナが思い描いていた暗くじめついた場所ではなく、開け放たれた窓から射す光に満ちていていた。内装もやや時代遅れの感はあるが手入れが行き届き、文化的な雰囲気である。

思っていた魔王城とは違う、という感想を抱いたユスティーナにとどめを刺したのが、夫となったハルヴァリである。

ハルヴァリは、小さな手でユスティーナの手を引き、足早に城内を案内していく。その無邪気な様子に、ユスティーナは自分が魔王城にいることを忘れそうになる。

（なんて、可愛いのかしら）

「ここがユスティーナの部屋だ。二人の寝室は、となりにある」

「あら、寝室が同じですの？」

ユスティーナは猫を被って尋ねた。

年上女房の意図もわからず、ハルヴァリは元気よく頷いて、さっきから何度もそうしているように護衛官に持たせている紙を確認した。説明すべき事柄や、確認しておくべき事柄がそこには書かれているらしかった。

嫌いな食べ物はあるか、朝は早い方か、衣類を作らせるにあたって何色が好きか。

それらの細やかな質問は、ハルヴァリ自身が捻りだしたものではなく、例の気遣いに溢れた手紙をしたためた魔王の補佐官が確認させているのだろうとユスティーナは察する。何の疑いもなく補佐官の言い付けに従っているハルヴァリが、ユスティーナにはとにかく可愛く見えた。

「こどもは好きか？」

「はい。大好きです」

ユスティーナの返事に、ハルヴァァリはもう一度紙を確認する。

「こどもを産むつもりはあるか？」

「……ひ、必要があれば」

さすがにユスティーナも返答に詰まる質問だった。

ユスティーナのなかにハルヴァァリの子を産むという予定はない。夫が十七歳ならいざ知らず、ハルヴァァリは七歳である。子供はできない。それくらい、〝そっち方面〟にはめっぽう疎いユスティーナでもわかる話だ。

単純に計算して、ハルヴァァリが青年となる頃には自分は三十を超えている。もっと若い妃を娶って子を産ませるのが早いだろう、と、ユスティーナは嫁ぐ前から現実的に考えていたくらいだった。

質問の内容もユスティーナの答えも到底理解できているとは思えないが、ハルヴァァリは満足したように頷いて、更に城内を案内してやろうと妻となったユスティーナの手を引いた。小さな手が躊躇いなく自分の手を握る感触に、ユスティーナは満足していた。

魔王城案内は、夕方まで続いた。

豪華な晩餐の後、ユスティーナは自室に引き上げて今日会ったばかりの侍女たちとの挨拶もそこそこに初夜の準備を迫られた。

形式上必要なのだろうと察して、ユスティーナは大人しくそれに付き合った。湯の張られた巨大な桶（おけ）の中で体を洗われ、念入りに髪を梳（と）かされ、言われるままに上質な絹のガウンに袖を通して夫妻の寝室へ足を踏み入れた。

品のいい赤の調度品で揃（そろ）えられた室内は、明かりが消されて薄暗い。

部屋の中央に置かれたベッドは大きく、その真ん中で、ハルヴァリは既に力尽きて眠っていた。

静かにベッドに上がり、夫の隣に潜り込んだユスティーナは、あまりにも無防備で可愛らしいハルヴァリの寝顔にくすりと笑みをこぼした。

これほど緊張感のない新婚初夜があるだろうか。

初夜とは名ばかりの、添い寝である。

おかげでゆっくり眠れそうだ。鍛えて体力には自信があるユスティーナだったが、さすがに気を張っていたのか、疲れに足先が痺（しび）れていた。

ふあ、と欠伸をして、栗（くり）色の波打つ髪が白いシーツの上で広がるのも気にせず仰向けに体の位置を調整し、目を閉じた。

すぐに、ユスティーナの意識は夢と現実との境を行き来する。心地よい微睡（まどろ）みを邪魔したのは、ベッドの些細（ささい）な揺れだった。

このときユスティーナの中にあったのは母性だった。今の振動はハルヴァリが寝返りをうったものだと反射的に思った彼女の手は、薄い上掛けを掴んで引き上げ、幼い夫に掛けようと動く。

ユスティーナの指先が、不意に何かに触れた。

がっしりとしたそれは容易く（たやすく）ユスティーナの手を包み込む。はっとして目を開けたユスティーナの視界に飛び込んできたのは、男だった。

一瞬、ユスティーナは息を止める。

闇に溶けるような暗い色の髪は、わずかに赤みを帯びている。切れ長の目に嵌る（はまる）のは妖しく光る金色の瞳で、肉食の獣のような野性味を感じさせた。高い鼻や左右に広がる眉、引き結ばれた唇は凛々（りり）しく、完成された美術品のような、いっそ魔的な美しさが男にはあった。

しかし、ユスティーナが見ていたのはそれではなかった。

男のさらけ出された上体の、引き締まったこと。

実用性に富んだ、鍛錬の賜物である筋肉。無駄にごてついた愚鈍な筋肉とは違う。ぎりぎりまで引き絞り、しなやかでありながら、力を込めれば張り詰めるであろう圧を内に見出して、ユスティーナは一瞬何もかもを忘れて男の上体を隅々まで観賞した。

（なんて素敵なカラダ……）

溜息の漏れる肉体美である。

男の体が暗闇の中で動き、片腕で体を支えながらユスティーナの上に覆いかぶさる。反対側の手が顔の横に降ってくると、肩から上腕にかけての筋肉と、目の前の程よく厚い胸板が眼前に広がった。

惜しげもなく晒（さら）される男の上体にうっとりと見惚（みと）れていたユスティーナは、男と自分の間にできた隙間から入り込む夜の空気を感じて、ようやく我に返った。

この男は、誰だ。

「誰なの!?」

このときもユスティーナにあったのは、恐怖ではなくハルヴァリの心配だった。男を排除するより先に彼女は先程までそこにあったハルヴァリの姿を探す。しかし、見える範囲のどこにも幼い夫の姿はない。

「ハルヴァリ様はどこ!?」

「ここにいるだろう」

低い声を発したのは自分に圧し掛かる男であって、七歳の少年ではない。ユスティーナは、男が質問をはぐらかしているのだと受け取った。

夜の寝室から七歳の子供が消え、代わりに現れた男が自分がそうだと主張する。

結論は一つしか考えられなかった。

ハルヴァリは、連れ去られた。誘拐されたのだ。この男も誘拐犯の一味だろうが、幼い魔王を連れ去る目的は何なのか。

ユスティーナは慌てない。

剣があるなら話は別だが、素手でこの男とやり合っても勝算はない。これほどしなやかで強靭(きょうじん)な筋肉を纏う男に、腕力では勝てない。音もなく隣に忍び寄ってきたところを考えても相当な手練れだ。

幼い夫を助けるために自分に何ができるかと考えを巡らせながら、ユスティーナは強い眼差しで男を見上げる。金品が目的か。それとも、何か政治的な狙いがあるのか。

「……何が目的なの」

普通の男なら竦み上がるユスティーナの睨みにも、男は動じなかった。それどころか、その口元には含みのある笑みが浮かんだ。

「この状況で目的は一つしかないだろう。お前の体だ」

「なっ——なんてことを！　わたしはアルセンドラの皇女よ!!」

予想もしていなかった要求にユスティーナは激昂した。しかし、男は面白そうに口の端を更に引き上げる。白い歯が覗いて、男は悪戯好きの少年のような顔になった。

「なんだ、今更。そんなことわかってるぞ？　ははぁ、恥ずかしがってるんだな？」

「はっ——!?」

「構わん構わん。俺も人間の女は初めてだ。お前だって魔界の男は初めてなんだろう？」

魔界の男は初めて、という一言はユスティーナには酷い侮辱だった。勿論人間の男とは関係を持ったことがあるのだろう、と言われた気がしたのだ。

婚前交渉は罪とされるアルセンドラの皇女として、黙っているわけにはいかなかった。

「なっ、なんて無礼な……!!　わたしは純潔よ!!　夫以外の男にこの体を触れさせる気はないわ!!」

男は目を見開いたが、徐々に、どういうわけかだらしない顔になる。照れたように片手で口元を隠し、「そ、そうか」と零した男とはどうにも会話が噛(か)み合っていない気がしたが、ユスティーナはそれどころではないと気が付いた。

こんなふざけた、無礼な男に付き合っている暇はない。勝手に筋肉に見惚れていたことは棚上げして、ユスティーナは男を威嚇(いかく)する。

「わたしから離れなさい！」

「そ、そうだな、初めてなら、こう、もっと大切にしないとな」

大人しく男はユスティーナの上から退き、仰向けになっているユスティーナの左側にぴたりと寄り添った。ベッドがぎし、と男の体重移動に軋(きし)む。身の危険を排除したとユスティーナが安心した隙をつくように、男の手が顎を持ち上げた。

反射的に男の手を掴んだユスティーナは、彼を睨もうとして反対にその金色の瞳に捕われる。視界から男以外の全てが消えたかのように、目が離せなくなった。

「ユスティーナ、お前は、美しい」

「なっ……っ——！」

ユスティーナのふっくらとした唇が男のそれに押しつぶされる。男が自分に何をしたのか瞬時には理解できず、ユスティーナは唇の柔らかさや肌の温もりを男に味わわせてしまっていた。

男の唇が挟み込むようにしてユスティーナの下唇の丸みを口内に含んだ。

今、夫以外の男に口付けをされている。

知覚したユスティーナは怒りに体を戦慄(わなな)かせ、渾身(こんしん)の力で男の体を滅茶苦茶に押し返した。しかし、男の力は異常なほど強く、大きな彼の手はいとも簡単にユスティーナの細腕を摑み上げ、そのまま片手で頭上に縫い留めてしまう。頭上で固定された手も振りほどけない口惜しさにユスティーナは身を捩る。

「んんんっ!!」

男の口付けは徐々に遠慮がなくなり、ユスティーナの唇は彼に食まれたせいで濡れている。暴れるほどに息は上がり、男の匂いが肺を満たした。これから何をされてしまうのか、ユスティーナには想像もつかない。止めさせなければ夫を裏切ることになる、ということだけがはっきりしていた。

いやいやと首を横に振り、ユスティーナは必死に声をあげる。

「やっ、やめなさい！」

「怖がるな」

「怖がってなっ……はぁ……！」

ユスティーナの唇の間から、濡れた何かが口内へ入り込んだ。ぴたりと密着した唇と、男の熱をいやにはっきりと感じる。口内に入り込んだ男の舌がユスティーナの歯茎を辿り、ゆっくりと口蓋を愛撫していた。

「ふ、ぁっ……!!」

全身の毛が逆立ち、激しい恥辱を覚えてユスティーナは喉を鳴らす。抵抗をものともせず、我が物顔で男の舌は更にユスティーナの歯列や下顎を擽り、口腔内の奥で身を縮ませていたユスティーナの舌を器用に掬い取った。

「っ、んぅ……！」

互いの唾液に濡れた舌が擦れ合う。柔らかな舌の感触に、ユスティーナはぞくりと震えた。

「はぁ……」

ぴりぴりと痺れるような、それでいて、優しい微睡みにも似た感覚が背筋から頭蓋の内部へ駆け抜けて、体から力が抜けていく。

「効いてきたか……」

男が、啄むように口付けながら呟いた。

頭上で固定されていた手が解放されても、ユスティーナは動くこともできない。急速に体温は上昇し、呼吸は浅くなっていた。自分の頭と体が、突然自分のものではなくなったようだった。屈辱は散り消え、わずかな羞恥と、それを上回る疼きがユスティーナの力をどんどん奪っていく。

（これは……なんなの……）

絹のガウンの下で上下するユスティーナの胸の先端はつんと滑らかな布を押し上げ、臍から下に走る掻痒感に膝が内側に入り込む。

知らない感覚がユスティーナを襲っていた。

苦しげに細い眉を歪ませ、赤い唇をうっすらと開いたユスティーナを見下ろす男の瞳は、さながら獲物を狙う獣だった。

「初めての夜だ、お前の苦痛が和らぐように、ほんの少し、唾液に媚薬の効果を混ぜた。これで怖がることはないぞ」

ぼんやりとした頭では、男の話を理解するまでに時間がかかった。

ユスティーナが返事もできずにぼうっと男を眺めている間に、男はユスティーナの着衣を留める腰の帯を外していく。するする、と上質な絹が擦れる音がして、素肌に夜の冷たさが触れた。開放感が全身に広がり、ユスティーナの白い肌が男の眼前に晒される。

男の金色の瞳が、ユスティーナの裸体の上を辿った。

豊かな胸の先端はつんと上向き、ぷっくりと張り詰めている。鍛錬の賜物（たまもの）であるくびれはその下の女性らしく張った腰回りを強調し、うっすらとした下生えを隠すように内側に折り曲げられた足に至るまで、その肌には傷一つない。

「美しいな……ユスティーナ、お前は女神のようだ……」

うっとりと男が送った賛辞にユスティーナは頬を染める。

今初めて、この身を、男に晒したのだ。

回らない頭に広がった羞恥は、男の筋張った手が肌の上をそっと辿っていくにつれて霧散した。

体中に、経験したことのない痺れが走る。

「ふぁ……っ……」

体をびくんと震わせながら、ユスティーナは鼻に抜けた声をあげる。その声が自分のものかどうかも、ユスティーナにはわからなくなってくる。

男の丸い指先がユスティーナの鎖骨を辿り、肩や脇の稜線（りょうせん）を辿り、胸の外側の丸みを撫でながら脇腹を下りていった。

「は、ぁ……」

「そうだ、ユスティーナ。変な感じがしたら、声を出すんだぞ」

男の指は腰骨の上で止まり、下肢へ下りて行こうとはしない。代わりにもたらされた口付けに、ユスティーナの瞼(まぶた)は落ちきってしまう。

重ねられた男の唇がユスティーナに与えるのは、愉悦だった。それを理解し、ユスティーナは背徳に震える。

これは、夫に対する裏切り行為だ。わかっていても、体は勝手にユスティーナの知らないなにかを求めてしまっていた。

「ふぅ……っ」

「そうだ、ユスティーナ……」

ユスティーナの唇を奪ったまま男が言葉を紡ぐと濡れた唇がぬるりと擦れて、体はまた火照っていく。はぁ、と大きく息を吐き出すと口内へ入り込んだ男の舌がねっとりと蠢(うごめ)き、互いの熱い息がぶつかる。

「ん、ぁ……」

目を閉じたまま、ユスティーナは男が与える感覚にどっぷりと溺れそうになる。くちゅ、と自分の口内で響いた水音はひどく淫靡(いんび)なものに聞こえて、ユスティーナは指先をぴくりと動かしシーツを掻(か)いた。

やめさせなければ——わずかに残った理性が叫んでいたが、既に体の隅々まで染み入った媚薬の

効果は、彼女に男を排除させまいとしていた。

ユスティーナは、許しを乞うように夫を呼ぶ。

「ハ……ヴァリ……さま……」

唇をくっつけたまま、何故か男が答えた。

「その名で呼ばれるのは、なんだかくすぐったいな。レヴィオと呼べ」

「レ……ヴィ、オ……？」

「なんだ？　ユスティーナ」

レヴィオと名乗った男は優しく答えて、またユスティーナの唇を貪っていく。抵抗もできずレヴィオの舌を受け入れたユスティーナは、搦め捕られた舌の表面を彼の舌が滑る度に強い刺激を感じてしまう。媚薬で蕩けたユスティーナの舌はさらなる刺激を求めて小さく揺れる。

「そうだ……上手だぞ、ユスティーナ……」

「は、ぅ、はぁ……」

何故褒められているのかわからないまま、ユスティーナは舌をぴくりと動かし、口内に流れ込んだレヴィオの唾液を何の抵抗もなく飲み込んだ。それは更にユスティーナの体を熱く滾らせ、秘部をじわりと熱くさせる。

吸うようにユスティーナの舌を自身の口内へ導いたレヴィオは、その大きな手で彼女の腰に触れた。

「んっ……ぁ……」

「体に触れるが、怖がることはないぞ……覚えのない感覚がするかもしれんが、そのうち慣れるかな」

レヴィオは殊更優しく言ってから、指先でユスティーナの素肌の感触を楽しみはじめる。するするると自身の体の上を男の指が辿っていくのを感じて、ユスティーナはくすぐったさとは違う、もどかしさを覚える。何かが内で渦巻いているのに、それは吐き出すこともできず膨らんでいく。

男の手が腰から腹部を撫でて、豊かな双丘の間をすうっと滑ったとき、ユスティーナは小さく声をあげた。

「あ……」

「ユスティーナ……お前は声まで愛らしいな……もっと聞かせてくれ」

唇を触れ合わせるだけの口付けをしながら、レヴィオは更にユスティーナの体を隅々まで弄っていく。他者の体温を享受し、次第にユスティーナの本能は男の指を追いかけていた。

「ぁ……は、ぁ……」

もどかしさにどうにかなってしまいそうで、ユスティーナは途切れ途切れに堪えきれない声を零した。声をあげればまた謎の感覚は膨らむのに、声を抑えている方がずっと辛く感じられて、ユスティーナは次第に熱い息に何の躊躇いもなく喉を鳴らすようになっていた。

ゆっくりと体の上を走る男の手は、紛れもない快感をユスティーナに与えていく。

「あっ……」

「ユスティーナ、今度は、もっと刺激の強い部分に触れていくぞ……」

ずっと閉ざされていたユスティーナの瞼が持ち上がり、怯えるようにレヴィオを見上げた。彼の金色の瞳は、荒い呼吸を繰り返すユスティーナを優しく捉えている。

「怖がることはない。感じるのは、悪いことではないからな。わかったな？」

レヴィオは脱力したユスティーナの髪を撫でた。男に髪に触れられることがこんなにも心地いいと初めて知ったユスティーナは、それ以上目を開けておくこともできなかった。

レヴィオは、指先だけではなく、掌も使ってユスティーナの体に触れる。

首筋や鎖骨を辿っていた手はやがて肩を撫で下ろし、脇を辿って、彼女の丸い膨らみを横から掬い上げた。

「あっ……」

「そうだ、ユスティーナ……お前は美しいばかりか、素直で、覚えもいい……次はもっと中心にも触れるぞ」

レヴィオの手が白い豊かな膨らみを包み、掌全体を使ってやわやわと揉み始める。ぷっくりと身を起こした胸の先端が時折彼の掌の中で擦れて、ユスティーナはまたおかしな感覚に襲われる。

「あっ、あ……」

「この弾力、素晴らしいな……わかるか、ユスティーナ……お前の肌は、俺の手に吸い付いてくるようだ……」

ほとんど力を入れずに胸全体を包んでいたレヴィオの手は、円を描くように意図的に先端を転がしはじめる。ユスティーナは、胸の突起が刺激される度にピクリと体を震わせた。

「あっ……」

レヴィオは彼女の白い二つの膨らみの先端で薄く色づく外側を指先で辿り、その中心で愛らしくしこる頂きを軽く摘まんだ。

「ひぁ……っ！　あ、ぅ……！」

「ここは、慣れればもっと気持ち良くなってくる……いい調子だぞ、ユスティーナ……」

褒美を与えるように、レヴィオはユスティーナに口付けた。

唇を食みながら乳房全体を包まれるとまた違う官能が広がり、ユスティーナは無意識に内腿を擦り合わせた。

ずっと恥部が疼いて仕方なかった。熱を帯びてじわりじわりと脈打つようで、時折内から熱自体が溢れ出す。口内で舌が擦れ合うと、それは一層酷くなっていく。

「はぁ、はぁ……っ！」

「疼くか、ユスティーナ」

苦しげに頷いたユスティーナの唇を、レヴィオは一度きつく吸った。

「んんっ……！」

「ユスティーナ、俺は今から、お前の疼く部分に触れる。いいか、体を楽にしていろよ……」

ぴたりとユスティーナの隣に寄り添ったまま、レヴィオの手は腰から下へ向かっていく。腰骨から鼠径部へ走った指先に、ユスティーナは身を捩った。

「あっ……はぁ、はぁ……っ！」

「愛らしいな、ユスティーナ……お前は、ここに触れられたこともないんだな……」

ユスティーナの首の後ろをがっしりした腕が通り、体を引き寄せた。寝技でもかけるように絡められた足に開脚を強いられたが、それよりも触れ合ったレヴィオの素肌の熱にユスティーナは焦がされてしまう。

「ん……」

レヴィオの手は、そのまま更にユスティーナの疼きの中心部へと接近していく。秘部の割れ目の脇を辿るように、レヴィオの指は優しく動いていた。

「はっ、あっ……」

「ユスティーナ、お前は清らかだな……こんなにもふっくらと熟れているのに、貞淑に閉じている……」

彼はユスティーナの薄い茂みを撫でつけるように膨らみを撫で、指先で割れ目の側を辿った。

「んっ……」

腰を揺する彼女の割れ目は、何度かレヴィオに辿られているうちにぱっくりと口を開いた。レヴィオの指が、じっとりと濡れた内側に触れる。

「ひぁっ……！」

「濡れているのがわかるか？　お前の内から滲(にじ)み出た蜜だ……」

ユスティーナを更に抱き寄せて、髪を撫でながらレヴィオの指は動き始める。花弁は自ら身を開き、男の指に淫らに蜜が絡んでいく。

「あ、あっ……！」

濡れた秘裂を何度も撫でられると、ユスティーナの内で知らぬ感覚は更に膨らんだ。呼吸さえうまくできなくなり、啼くように苦しむユスティーナは、何度も男の指が行き来するなかにひとつ、他とは違う刺激を覚えた。

「そうだ、ユスティーナ、女はここで快感を覚える……」

「はぁ、はぁっ……あっ！」

たっぷりと蜜を絡めたレヴィオの指は、ユスティーナのそこをゆっくりと撫でる。そこを触られるともどかしいような疼きは高まるばかりで、ユスティーナは知らずきつくシーツを握った。

「あぁ……！」

勝手に喉が鳴り、ユスティーナの内からは男を誘うように淫らに蜜が溢れ出す。ぬるぬると肉芽を捏ねるように彼の指が蠢く度に秘部が熱くなり、全身がびくびくと連動して跳ねてしまう。

「よくなってきたな……わかるか、お前の小さな芽は、花開こうとしているんだ……怖がらずに受け入れるんだぞ……」

刺激されながら口付けられると、ユスティーナは喘ぐこともできず、ただ苦しさから口を大きく開けて彼を受け入れた。体は火照り、力が入って強張っていく。

「ふぅ、ぁ……あ、あっ！」

「そうだ、ユスティーナ……それでいいんだ……」

男の手は肉芽を優しくなぶっていく。苦しさと甘さが同時に全身を痺れさせ、弾け飛びそうに膨らんでいた。解放されたいと、必死にユスティーナは声をあげる。

「んっんっ、あぁっ！」

ユスティーナは夢中でレヴィオの与える刺激を追う。爪先までぐっと丸まって、息はどんどん短くなる。

「あっ、あぁぁ！」

シーツを摑んでいたユスティーナは支えを求めてレヴィオの体に擦り寄った。きつく肩を抱き締められるとユスティーナの下腹部の筋肉は一気に硬直し、全身を快感の波が走り抜けた。

「あっ――……！」

がくがくと身を震わせたユスティーナは、大きな波に飲み込まれたようにレヴィオの腕の中で完全に脱力してしまう。呼吸は荒く、頭の中は真っ白だった。

「よく頑張ったな、ユスティーナ……偉いぞ。俺の自慢の妻だ……」

男の肩口に顔を埋めるユスティーナの髪を、大きな手が撫でていく。慈しむように髪に口付けまで落とす男を、薄絹に覆われたようにはっきりしない意識のなかで、ユスティーナは何故かもう一度見たいと思った。

残った力を振り絞って見上げた先に、幼い夫に似た柔らかな金色の瞳があって、ユスティーナは心地よい安心感に包まれながら目を閉じた。

はっと目覚めたとき、ユスティーナの視界は朝日に照らされていた。

飛び起きたユスティーナは何よりも先に隣を確認した。目に飛び込んできたのは、幼い夫ハルヴァリの寝顔だった。

ユスティーナは、震える安堵の息を吐き出した。

「よかった……」

幼い夫の鳶色の髪はくしゃりと乱れ、瞼はぴたりと閉ざされている。

寝衣も乱れているが、そこから覗く肌には狼藉（ろうぜき）の痕も見受けられない。おそらく、寝返りをうつうちに開けてきたのだろう。上掛けも蹴り飛ばして、彼は小さな体を大きく広げて眠っていた。

ハルヴァリの小さな寝息は一定の速度で、早朝の穏やかさを一層際立たせる。品のいい赤の調度品で揃えられた室内にも押し入られた形跡はなく、寝室の二ヶ所のドアは、どちらも閉ざされていた。

（ハルヴァリ様は戻ったけれど、だったら、昨日のあれは……？）

ユスティーナはようやく自分の姿を見下ろした。

絹の寝衣は昨夜身に纏ったときのまま、しっかりとユスティーナの肌を守っている。解かれたはずの帯も体に巻き付いて、きちんと結ばれていた。

ユスティーナは隣で眠るハルヴァリを一瞥（いちべつ）して、もう一度自身の体を確認した。

何事もなく添い寝の初夜がはじまり、何事もなかったように朝が訪れた。

その間に起きた出来事を丸ごと否定しているような現在に、ユスティーナは混乱する。何が起きたのか。何も、起きなかったのだろうか。

ユスティーナは光の中で、自分の記憶に疑念を抱くほかなかった。

(あれは……夢だったというの？)

レヴィオという男と過ごした淫らな夜、あの全てが夢だったのだろうか。

意味もなく周囲を見回しながら、ユスティーナは不安に唇に触れた。

唇には、はっきりと昨夜の甘い口付けの感触が残っていた。男の唇の感触、体中を這いまわった大きな手、理性を遙かに凌駕した快楽の波、それらすべては鮮烈にユスティーナの記憶に残っているというのに、朝の風景はそれをことごとく否定していた。

新婚初夜に夫を裏切り他の男に触れられるなど断じて許された行為ではないのだから、夢なら夢でよかったのだが、どうにも釈然としなかった。

(――だって、あの男は、わたしの知らない淫らなことを……)

考えれば考えるほど、ユスティーナはわからなくなってしまう。

夜と共に消え去った男が、自分を闇の中に留め置いてしまった気がした。


朝の魔王城エストワールハイトは、のんびりとした気怠さに包まれている。

起き出したハルヴァリの身支度を世話するのは彼の従者たちであり、ユスティーナは宛てがわれた私室で、ゆっくりと侍女たちの世話を受けることができた。

皇女として育ったユスティーナは、人に世話をされることには慣れていても、人の世話をしたことはない。しかし、国によっては妻は出自に拘らず夫の支度を手伝うものだと聞かされていたユスティーナは、魔王に嫁ぐにあたってその覚悟を持っていたのだが、その必要はなかったようだった。

ユスティーナの私室は広く、華やかな調度品で彩られている。

淡い緑の絨毯は春の草原のようで、白地に色とりどりの刺繍が施された布張りの椅子は草原に咲く花を思わせる。凝った意匠が施された銀縁が飾る大きな鏡や、ユスティーナがいつでも休めるようにと置かれた寝台の薄紅色のシーツに至るまで、魔王城のなかでこの部屋だけが異質であり、少女趣味に走っていた。

この部屋が、人間界からやってくる妃のために心を尽くして用意されたことは明らかだった。

（本当に、何も持ってくる必要がなかったくらいだわ）

魔王城から届いた書簡の『必要なものは揃えてある』という心配りを実感した。

侍女たちもよく躾けられていた。人間と同じ姿の彼女たちはてきぱきとユスティーナにドレスを着せ、手慣れた様子で髪を梳かして緩く後ろでまとめた。

襟元が詰まった古風なドレスだったが、生地は上質で、ふんだんにあしらわれたレースが淡い青のドレスを地味に見せない。スカートの膨らみはあまりないが、そのぶん動きやすく、ユスティーナは魔王城で用意された着衣を早くも気に入った。

（魔王城、計り知れないわ……）

ユスティーナは素直に感服した。

人間界と長らく接触していなかった魔王城は、人間であるユスティーナに不自由を感じさせない。魔王城に暮らす彼らは、人間たちが勝手に想像していた野蛮な存在ではなく、人間の生活を取り込み、気遣う心も持ち合わせた文化的な種族だ。

「とてもお似合いです」

侍女の一人が優しい微笑みを浮かべながら言った。白い頭巾で髪を隠している彼女だが、燃えるような赤毛が透けて見えて、それは他の侍女たちより覚えやすい特徴だった。

確か、ロルアと名乗っていたはずだ。

鏡越しにロルアを見遣ってユスティーナは笑みを返したが、それはどこかぎこちない笑みだった。

ユスティーナは、昨夜の夢をまだ引きずっていた。

自室に入ってからも考えるのはレヴィオのことばかりで、あんなにも鮮明で、それでいてとんでもなく淫らな夢を見てしまったことを侍女に気付かれたらどうしようかと、ユスティーナは落ち着かなかった。

(本当に、夢だったのかしら……)

私室の大きな鏡の前で、ユスティーナはしばらくぼうっと考え込んでしまっていた。ロルアがその隣に膝をついて、ユスティーナを見上げる。

「いかがなさいましたか？」

「いえ、なんでもないの。ただ……」

準備が整えば朝食をとるため、大広間に移動すると事前に聞かされている。既に身支度は整い、あとはユスティーナが移動するだけだったが、大広間にはこの城の主であり、夫であるハルヴァリの姿もあるだろう。

　このまま後ろ暗い気持ちを抱えて夫と対面することなどできない。

　ユスティーナは、絨毯の上で膝をつくロルアにだけ聞こえるように、少し腰を屈めた。

「昨日の夜、わたしとハルヴァリ様の寝室に、誰か入ってこなかったかしら？」

　ロルアはぱちぱち、と目を瞬いた。

　その首がほんの少し傾げられ、すぐに元の位置に戻る。

「お二人の寝室には、昨夜はどなたもお見えになっておりません。わたくしどもも、こちらのお部屋の隣で控えておりましたが、誰も寝室には伺っておりません」

「そう……」

「どうかなさいましたか？」

「いえ、何でもないの」

　ユスティーナはできるだけ柔らかく微笑みながら頭を振った。

　誰も来ていないというなら、そうなのだろう。

（やっぱり、あれは夢だったのね。なんていやらしい夢を……）

　あまりにも卑猥な夢だったが、ユスティーナは寝室に侵入者がいなかったことにほっと胸を撫でおろす。

　今後、二度とあんな不埒な夢を見てはいけないと自分を戒めながら、ユスティーナは夫の待つ大広間へと向かった。

大広間では、既に朝食の用意が整っていた。

髪と似た鳶色の衣装を纏ったハルヴァリは、最奥のテーブルにぽつりと一人座ってユスティーナを待っていた。ユスティーナが大広間に入ると、彼は愛らしい顔に笑みを浮かべ「ユスティーナ！」と呼びながら、新妻の元まで駆け寄ってきた。

「おはようございます、ハルヴァリ様」

「おはよう、ユスティーナ。おなかはすいたか？」

「はい。もうぺこぺこです」

ユスティーナは笑顔で応じた。

彼は満足げに十七歳年上の妻をテーブルまでエスコートする。無論、ユスティーナの方が身長は高く、手を繋(つな)いで引っ張られるようなそれはエスコートというにはあまりにも可愛らしくあどけないものだったが、彼の行動は妻への愛情に満ちていた。

使用人たちは遠巻きに二人を見ていたが、その眼差しにも温かなものが感じられ、やはり年上すぎる妻を嫌う気配はない。

昨夜の夢以外、結婚生活は順調な滑り出しといえるだろう。

小さな手に導かれてテーブルまで辿り着くと、ハルヴァリは重厚な椅子を引いて、ユスティーナの座るべき席を示した。

「ほら、ユスティーナ。座っていいぞ」

「ありがとうございます、ハルヴァリ様」

ユスティーナが腰を下ろすと、ハルヴァリも隣に座り、朝食が始まった。

（昨夜の晩餐もそうだったけれど、意外と普通のものを食べてるのね。それにしても……）

他にテーブルに着くものはいない。

昨夜の晩餐の席ではそれなりの人数がいたのだが、平常時の朝はこういうものなのだろう、とユスティーナは余計な詮索をせず、黙々と食事を進めていた。

隣のハルヴァリは、行儀よく食事をとっているが、ふと見れば口元に小さなパンくずがついている。もぐもぐと動く丸い頬を見て、ユスティーナは内に湧いてくる母性を感じた。

「ハルヴァリ様、お口元を」

ユスティーナはそう言ってから、自分のナプキンで幼い夫の口元を拭う。

「ついていたか？」

「はい。少しついていただけです」

「ありがとう、ユスティーナ」

幼い夫から向けられる笑顔に、ユスティーナは温かな母性が育っていくように感じた。

贅沢（ぜいたく）な朝食でユスティーナが満腹を覚えた頃に、大広間の扉が開き、黒い服の男が滑り込んできた。

昨日紹介を受けた、ハルヴァリの護衛官だった。

ユスティーナとそう年代の変わらない護衛官は、丈高く、浅黒い肌に漆黒の髪と黒い瞳を持ち、黒い衣類に身を包んでいるせいか、やけに暗い男に見える。

護衛官らしく逞（たくま）しい身体の持ち主のようだが、彼の服の下の肉体をつい思い描いて、ユスティーナは渋い顔になる。

（たぶん、レヴィオの方が……）

夢の中で出会ったレヴィオの方が、おそらく、ユスティーナの理想に近い肉体をしていた気がする。

（夢だものね、当然だわ）

ぼんやりと考えていたユスティーナを他所に、護衛官の男はハルヴァリの隣に立った。

「おはようございます、ハルヴァリ様、ユスティーナ様」

「おはよう、エト。仕事のはなしか？」

「はい」

エトと呼ばれた護衛官は、手に持っていた紙をハルヴァリに手渡した。

「レヴィオ様からの言伝です」

「…………レヴィオ……？」

ざわ、と総毛だった。

生きた心地がせず、ユスティーナは口の中でその名を呼んで、凍り付く。

今、確かに護衛官のエトは、「レヴィオ」と言った。

ハルヴァアリが溜息交じりに紙を広げながら、ユスティーナを見上げていた。

「レヴィオはいつも手紙をおいていく。それに、仕事もたくさんおいていく」

「ど、ど、どなたなんです……その、レヴィオ様というのは……？」

「僕の……ええっと、なんだったかな……」

ハルヴァアリはあどけない表情で上を向いた。代わりに答えたのは、エトだった。

「レヴィオ様は、ハルヴァアリ様の補佐官です」

（補佐官ですって——!?）

ユスティーナは思わず椅子から腰を浮かせた。

ハルヴァアリに身を寄せて紙の文字を覗き込む。言伝といってハルヴァアリに渡された紙には、アルセンドラに送られてきた書状の一枚と同じ、流麗な文字が事務的なことを綴っていた。

「ユスティーナ？」

ハルヴァアリが首を傾げたが、ユスティーナはその幼い夫を見下ろして蒼白になるばかりだった。

レヴィオなる男は存在した。

彼は、ハルヴァアリの補佐官だという。

（その男と、昨夜、わたしは……なんてことをっ！）

白目をむきかけたが、何とか帝国皇女の意地でユスティーナは意識を手放さずに耐えた。

（いいえ、まだ、補佐官のレヴィオが昨日の男だと決まったわけではないわ！）

そのレヴィオなる男が、昨夜の男かどうか、確かめなくてはならない。たまたま同じ名前だったという可能性に、ユスティーナは最後の望みをかける気持ちだった。

「ハルヴァリ様、その、レヴィオ様は、今どこにいらっしゃるのでしょうか？　ご挨拶をしておきたいのですけれど、お会いできないのでしょうか？」

新妻の頼みに、ハルヴァリは難しい顔で首を横に振った。

「レヴィオは夜にしか起きないから、僕もあったことがないんだぞ。朝は寝てる、だめなやつなんだ。なぁ、エト？」

「……はい」

エトは少し考えてから答えた。

ユスティーナはじっとエトを見据え、目を細める。

(この護衛官、何か知ってるわね)

帝国の皇女として様々な政治的な駆け引きを見てきたユスティーナにとって、エトの演技は安いものだった。だが、この場でエトを問い質しては、幼い夫にいらぬ心配をかけるかもしれない。

ユスティーナは腹の底で熱く滾る思いを抱えながら、にっこりと笑った。

「そうでしたの。でしたら、夜になったら、お会いできますの？」

ハルヴァリに対してではなく、ユスティーナはエトに向かって確認をとる。

しかし、代わりに答えたのは、ユスティーナの抱える思いなどまるで察していない様子の幼い夫だった。

「エト、レヴィオに、ユスティーナがあいたがっていると、伝えてくれるか？」

「……承知しました」

ちら、とエトはユスティーナを一瞥した。

「今夜、お会いできるようにと、お伝えしておきます」

「楽しみですわ」

ユスティーナは軽やかに答えたが、その冷たい冬空の瞳は、密かに、獰猛（どうもう）にきらりと輝くのだった。

2　夜の魔王

寝衣に着替えることを断ったユスティーナは、侍女たちに体を清められたあと、ゆったりとしたドレスを纏った。

厚手の生地のものを選んだのは、万が一、昨夜のレヴィオの正体が〝補佐官のレヴィオ〟で、夢が夢でなかったときに、隙を見せてはならないという思いからだ。

ユスティーナが着替えを終え、硬い表情で寝室に入ったときには、ハルヴァリは既に大きな寝台の真ん中で力尽きて眠っていた。しっかりと胸のあたりまで上掛けを被る姿は起きているときよりずっと小さく見えて、ユスティーナの庇護欲を掻き立てると同時に、レヴィオへの敵愾心でささくれ立った心を癒した。

ベッドの端に腰掛けたユスティーナは、規則的な寝息をたてるハルヴァリの髪をそっと撫でた。

さらさらとした冷たい鳶色の髪の感触と小さな唇から紡がれる寝息に、ユスティーナの胸は微かに揺れる。

（ハルヴァリ様……）

今日一日、ユスティーナはレヴィオのことばかり考えていた。

ハルヴァリが仕事を片付けるため執務室に籠ったせいもあるが、ユスティーナは幼い夫のことよりも、レヴィオという男が気になって仕方なかったのだ。

もし、昨夜のレヴィオが補佐官なのだとしたら、あの男はどういう意図で魔王の妃に手を出したのか。どれだけ年の差があろうと、ユスティーナは魔王ハルヴァリの妻だ。王の妃を手籠めにするなど、アルセンドラなら国への反逆と取られて処刑されてもおかしくない。

ユスティーナは、ハルヴァリへの裏切りを許すつもりはなかった。

なにより、こんなにもあどけなく無垢な夫を差し置いて、レヴィオという男のことを考えて一日を終えるのは今日限りにしたかった。

(補佐官が昨日のあの男なら、ただじゃおかないわ……)

物騒なことを考えながら、暗い室内で、ユスティーナはレヴィオを待った。

ハルヴァリに背を向けるようにしてベッドに座り、穏やかな寝息を背中で聴きながら、視線はじっとハルヴァリの私室に繋がる扉を見据えていた。

人が外を通る些細な気配さえ、ユスティーナは逃すまいと必死だった。

(エトは、今夜と言ったもの。きっと来るはずだわ)

しかし、いくら待てども、そのドアが開くこともなければ、誰かが隣室で動く気配もない。時折ハルヴァリが背後で身じろいで、その度にユスティーナは彼が蹴飛ばした上掛けを掛けなおしていたが、規則的な寝息はユスティーナの眠気も誘う。

暗い寝室の中で、ユスティーナは自分の睡魔と戦う破目になろうとは思ってもみなかった。

（いつまで待たせる気かしら……）

気力だけがユスティーナを支えていた。じりじりとしながら、じっとドアを見つめていたユスティーナの背後で、ベッドが大きく軋む。

またハルヴァリが寝返りをうったのかと振り返ったユスティーナの視界を、影が覆い、あっという間にベッドに押さえつけられる。

真っ白なシーツの上に、ユスティーナの栗色の髪が広がった。

「ユスティーナ、待たせて悪かったな」

「……!!」

組み敷かれたユスティーナは、信じられない思いでレヴィオを見上げていた。

昨夜と同じく、上体に何も纏わぬレヴィオの体はそれは見事な造形美で、愛しげに目を細めてユスティーナの髪を梳く手つきは繊細で優しさに満ちている。

「今宵も美しいな、ユスティーナ」

「――どこから入って来たの!?」

「ここにいただろう」

ユスティーナは慌ててベッドの上のハルヴァリを探した。だが、さっきまで確かにそこにいたはずのハルヴァリの姿は、もうどこにもない。

（どうなってるの……!?）

ドアは見張っていた。一瞬の隙をついて入って来たのだとしても、ハルヴァリを攫う時間はなかったはずだ。

忽然と姿を消した夫の安否が、ユスティーナの第一優先事項となった。噛みつくようにユスティーナはレヴィオを睨み上げる。

「ハルヴァリ様をどこへやったの!?」

「ここにいるだろう？」

レヴィオは悪びれもせず、ユスティーナの答えをはぐらかす。

このままでは埒が明かない。こんなふうに、夫以外の男に組み敷かれる姿を晒すことは耐え難い屈辱だが、ユスティーナは幼い夫のために恥を忍んで声を上げた。

「ハルヴァリ様!!　誰か、誰か――っ!!」

「ユスティーナ、どうした？　俺がわからないのか？　お前の夫はここだ」

「――何を言っているの!?　わたしの夫はハルヴァリ様よ!!」

「ん？　テュイダから聞いてないのか？」

「……テュイダ？」

覚えのない名を聞いて思わずユスティーナは繰り返したが、何故かレヴィオは楽しげに喉を鳴らした。

「テュイダだ。テュ、イ、ダ。言ってみろ」

アルセンドラでは珍しい発音に、ユスティーナは細い眉を歪めながらもう一度繰り返す。

「……テュ、イ、ダ？」

「そうだ。上手だぞ、ユスティーナ。それにしても、お前の唇は愛らしいな。食べてしまいたくなる」

「なっ――んっ……！」

レヴィオの唇がユスティーナのそれを押し潰し、ふっくらとした下唇を挟み込んだ。そのままちゅ、と軽く吸われて、ユスティーナはぞくりと身を震わせる。

昨夜の快感が鮮やかに蘇り、腰の内に熱が溜まる。

「ユスティーナ、会いたかったぞ。こんなにも夜が待ち遠しいのは、初めてだ」

「んっ……やっ、嫌よっ……！」

繰り返し啄むように口付けてくるレヴィオを遠ざけようと、ユスティーナは彼の胸板を力いっぱい押し返した。唇が離れ、レヴィオが上体を少し起こしても、ユスティーナは彼の下から抜け出すこともできず自分の掌から伝わる感触に呆然とした。

掌に感じるのは、滑らかな肌の下で隆起する筋線維たちと、それらが織りなす適度な圧。無駄に大きさにこだわる騎士団の男たちのそれとは違う、実用性に富み、荒々しくもありながらしなやかで、男らしい胸板。

思わずうっとりと、ユスティーナはレヴィオの胸板に手を滑らせる。

(なんて、理想的な胸筋……)

くすぐったげにレヴィオは白い歯を零して、胸板の感触を楽しむユスティーナのほっそりした手を片方握り込んだ。

「ユスティーナ、そんなに触れると、俺も触るぞ？」

悪戯っぽく言うレヴィオに、ユスティーナは我に返った。

肉体美に魅了されている場合ではない。

寝台の上で身を滑らせてレヴィオの下から這い出たユスティーナは、ベッドから降り立つと昂然と顎をあげてレヴィオを指さす。さっきまでレヴィオの胸を撫でまわしたことは、完全に棚上げしていた。

「この無礼者！　わたしに触れるなど百年早いわ!!　素直にハルヴァアリ様をどこへやったのか吐きなさい!!」

夫婦の寝台で、堂々と胡坐をかいて座ったレヴィオは悪びれもせずに言った。

「だから、ここにいるだろう？　俺がハルヴァアリだ」

彼の表情にはどこかこの状況を楽しむ余裕が見え隠れし、それは余計にユスティーナを苛立たせる。

「ふざけたことを……っ!!」

ユスティーナはこれ以上話していても時間の無駄だと判断し、ハルヴァアリの部屋に通じる扉へ駆け寄る。勢いよくドアを開いてそのまま叫んだ。

「誰かっ！　誰かいないの!?」

侍女たちを呼んで怖い思いをさせてはならない。ユスティーナはレヴィオを排除できる男手、もしくは彼らが持つ剣を求めて、自室ではなくハルヴァアリの部屋へ向かったのだ。

素手では敵わなくとも、武器があればレヴィオというふざけた補佐官を痛めつけることはできる。

すぐにハルヴァリの部屋の続きの間から明かりが飛びこんでくる。

眩さにユスティーナは一瞬目を閉ざしたが、背後から接近してくる気配を敏感に察知し、身を翻して寝室のドアを閉めて中にレヴィオを閉じ込める。

「いかがなさいましたか?」

ランプを持って駆けつけたのは、ハルヴァリの護衛官のエトだった。ドアの向こうからがたりと小さな振動が伝わる。ユスティーナは寝室の扉を押さえつけたまま、振り返ることなく叫んだ。

「ハルヴァリ様が攫われたわ!! 中にいるレヴィオという男が犯人よ! 早く、武器を持ってきなさい! 居場所を吐かせるのよ!!」

「……中にいらっしゃるのは、レヴィオ様ですか?」

「そうよ!! ぼうっとしていないで、早く——なっ!!」

ユスティーナの腕力に圧し勝ったレヴィオが寝室の扉を強引に開けて、ハルヴァリの私室に入ってくる。圧し返されたユスティーナはよろめきながらも、両足を肩幅に開いてなんとか体勢を立て直した。

ランプに照らされたレヴィオは黒のズボンを纏うのみで、その肉体美を惜しげもなく晒している。

危うくレヴィオの体に見惚れかけたユスティーナだったが、ランプを持ったエトがレヴィオに接近するのを見て、加勢に加わろうとする。

(逃がさないわ!)

大きく一歩、ユスティーナが踏み出したところで、エトがその場で片膝を折った。

レヴィオに襲い掛かろうとしていたユスティーナは、濃紺の絨毯の上で再び大きく足を広げて動きを止めた。

「レヴィオ様、お召し物を」

うむ、と頷いたレヴィオに、エトは手に持っていたガウンを差し出した。

レヴィオも当然のように張りのある滑らかな生地のそれを纏い、エトはその間に室内に明かりを灯していく。

夜のハルヴァリの私室で、ユスティーナは信じられない思いでそれらを見ていた。

二人の間には、長らく続く主従関係のような空気が漂っている。

(――この二人は、共謀していたのね!! なんてこと……二人して、ハルヴァリ様を裏切っているというの……!!)

全身が怒りに戦慄き、ユスティーナはきつく拳を握りしめる。その様子を見たレヴィオが、大股にユスティーナとの距離を縮めた。

「ユスティーナ、光のもとで見ても、やはりお前は美しいな」

「なっ――!!」

絶句したユスティーナの唇に、レヴィオは身を屈めてそっと口付けた。

ほんの触れるだけの口付けだったが、ユスティーナの白い肌は瞬く間に真っ赤に染まり、小さな唇はぱくぱくと開閉を繰り返す。あまりの衝撃に声もあげられないユスティーナを見下ろすレヴィオは、また楽しげに笑っていた。

（なんてことを……！）

人前で夫以外の男と口付けるなど、ユスティーナの忍耐の限度を遙かに超える侮辱だった。

ユスティーナはあまりのことに目の前のレヴィオを打とうと大きく手を振り上げた――が、きらりと光る金色の瞳を見上げるうちに、ユスティーナの手は意思に反して止まってしまう。

悪戯を成功させたような無邪気なレヴィオの笑みを、ユスティーナはまじまじと見つめる。

暗闇のなかではわからなかったが、彼の瞳は蜂蜜にも似た金色の瞳で、その髪は、夫と同じ、鳶色である。どこが、と言われれば、明確に指摘することは難しい。だが、ユスティーナにはレヴィオに、確かにハルヴァァリの面影を見た。

「ユスティーナ、わかったか？　俺がハルヴァァリ――お前の夫だ」

呆然としながらも首を横に振ったユスティーナの足は、ひとりでに後ろに下がっていく。

（そんなはずはないわ……だって、ハルヴァァリ様は……）

七歳の少年魔王。

幼いハルヴァァリに嫁いだはずだ。

日差しの中で出迎えてくれたハルヴァァリは、肖像画のとおりのあどけなく愛らしい少年で、それが自分の夫で間違いない。

頭で理解している事実を、ユスティーナの何かが否定する。

いつの間にか、振り上げていた手は落ちきって、ユスティーナは所在なく両手を胸の前で組み合わせていた。

　一歩二歩と後退するユスティーナの体を、レヴィオが大股に詰め寄って抱き留める。ガウンに包まれた彼の腕は力強く、がっしりとユスティーナの体を閉じ込めた。

「危ないぞ。物に当たって、お前に怪我をさせたら大変だ」

「は、放して……！」

　辛うじて声を発したユスティーナだったが、レヴィオは全く聞く耳を持たず、ユスティーナの膝の裏に手を回すとそのまま軽々と抱き上げてしまう。突如襲った浮遊感に小さな悲鳴をあげたユスティーナの額に、レヴィオはそっと口付けた。

「話が通っていなかったんだな。悪いな、ユスティーナ」

　レヴィオはユスティーナを横抱きにしたまま室内を横断し、長椅子に腰を下ろした。

　彼の足の上に臀部（でんぶ）を預けることになったユスティーナは落ち着かずに身じろいだが、レヴィオはそんなユスティーナの様子を観察するように楽しげに見下ろしている。

　膝の裏に差し入れられていた腕が抜かれると、ユスティーナは完全にレヴィオの足の上に体重を乗せてしまう。

　離れようにも、上体はしっかりとレヴィオの腕に抱き寄せられて、ユスティーナは為す術なく、自らを夫と主張する補佐官と視線を交わした。

「どうした、ユスティーナ？　夫の膝の上は居心地が悪いか？」

「あなたは、ハルヴァリ様じゃないわ……レヴィオ、でしょう……？」

ユスティーナの声は自信なく掠れていく。

あれだけ激しく渦巻いていた怒りの炎は、今や勢いを失くして消えかけていた。

レヴィオ本人ではなく、首を巡らせてエトを見遣ったが、彼は壁と同化しようとするかのごとく黙って控えている。話は当人同士で頼む、という無言の訴えを汲み取って、ユスティーナは自分を抱くレヴィオに向き直った。

「そういうことになっているがな、俺はハルヴァリで、ハルヴァリは俺だ」

「……何を言ってるの……？」

「ハルヴァリは、昼間の俺の姿だ。ハルヴァリという名も、俺の幼少の頃の名だぞ？　俺は訳あって、日の出ているあいだ、幼少の頃の姿になっている」

「幼少の頃の、姿……？」

「そうだ。今から二十年前の姿をとっている。ちょっと魔力が強すぎてな」

困ったように眉を下げるその表情は、今朝方ハルヴァリが「レヴィオは困ったやつだ」と零した顔に重なった。その既視感は、言葉より雄弁に二人が同一人物だとユスティーナに訴えかける。

しかし、さすがに現実とは思えない話を全て飲み込むことはできなかった。

ユスティーナはレヴィオの腕の中で身じろぎ、彼の足の上で背筋を伸ばして座った。

肩のあたりに回されていたレヴィオの腕は、躊躇いなくユスティーナの腰を支える。その行為も、ユスティーナはもう声を荒げて押し止めようとはしなかった。

毅然とした態度を取りながらも、ユスティーナは、最早レヴィオという男を拒絶できないでいた。

「……本当に、あなたがハルヴァアリ様だというなら、何か証拠を見せて」

「夜明けを待て。夜明けになれば、俺はハルヴァアリの姿に戻る」

レヴィオはにやりと笑って、ユスティーナの頬に素早く口付けた。

「だが、昼間の俺にこの種明かしはするなよ？　幼い〝ハルヴァアリ〟には理解できんからな」

「……どういうこと？」

「ハルヴァアリは、俺を補佐官だと思っているだろう？」

「ええ……」

ユスティーナは今朝の様子を思い出しながら頷いた。

ハルヴァアリは、確かにレヴィオを補佐官だと認識していた。

「昼間の俺は、夜のあいだ、自分がレヴィオになっていることを知らん。それに、俺も昼間にハルヴァアリが何をしているか、把握できん。ハルヴァアリは確かに俺だが、昼と夜、意識まで共有しているわけではないということだ。大体わかったか？」

「……ええ」

全てを理解できたわけではないが、レヴィオの話が本当だとすれば、ハルヴァアリは夜の自分の姿を知らない。

つまり、ハルヴァアリが今朝エトから受け取っていた言伝や、ユスティーナが魔王城にやってきた折に確認していた質問の書かれた紙は、全て、ハルヴァアリ自身からの指示書だったわけだ。レヴィオは、昼間の幼い自分に宛てた指示書をエトに託し、自分を動かしていたということになる。

（そんなことって……）

にわかには信じ難い。しかし、その蜂蜜色の瞳を見れば見るほどハルヴァリと面影が重なって、ユスティーナは彼の足の上で固まっていた。

臀部にはっきりと彼の足の感触を感じる。腰に回された腕は、驚くほどの力強さを秘めて自分を抱き上げた。理想的な肉体美を持つ、この男が本当にハルヴァリなのだとしたら――この男こそが、自分の夫ということになる。

（だけど、そんなことがあり得るの……？）

話を飲み込むのに苦労していたユスティーナの頬に、レヴィオはまた素早く唇を寄せる。

「お前は美しく、清らかで、物分かりもいい。ユスティーナ、お前は俺の、自慢の妻だ」

レヴィオは当然のようにユスティーナの唇にも口付けた。

戸惑いながらもユスティーナはレヴィオの胸板を軽く押して、それ以上口付けが深くなる前に制止をかける。

ユスティーナの頬は恥じらいに赤く染まり、冬空の澄み渡る青の瞳は、潤みながら揺れていた。

「……夜明けを、待つわ」

「そうだ、ユスティーナ。それでいい」

彼はユスティーナの髪を愛しげに撫でつけ、愛情に満ちたその行為を彼女は止めることができなかった。

ユスティーナは、夜明け前までレヴィオの執務室で時間を潰した。

レヴィオは「寝室で寝ておけ」と勧めたが、心地良いベッドで横になってしまえばそのまま深く寝入ってしまいそうで、ユスティーナは頑としてレヴィオの部屋の長椅子から動こうとしなかった。

おかげで、ユスティーナの頭はまるで回らなくなっていた。横抱きにされて夫婦の寝室まで移動したあと、当然のように口付けてきたレヴィオに抵抗もできないほど意識は不鮮明で、瞼を閉じればそのまま眠ってしまいそうな気怠さに包まれていた。

ひんやりとしたシーツの感触が、辛うじてユスティーナの意識を繋ぎ止めていた。

「眠いか、ユスティーナ？」

「……ええ、眠いわ……」

白いシーツの上に、ユスティーナの栗色の髪は波打ちながら広がっていた。隣で肘をついて寄り添うレヴィオは、その髪を一房掬い上げて、そっと唇を寄せる。

「ユスティーナ、昼のうちに、しっかり休むんだぞ」

「ええ……」

「明日こそ、お前の全て貰うからな」

「……ええ……」

不明瞭なユスティーナの返事に、ふっと笑って、レヴィオもシーツの上に倒れ込む。

男の体が沈んだベッドはわずかに揺れて、それに誘われるようにユスティーナはレヴィオに顔を向けた。

眠気のせいでそう見えるのか、やけに甘やかな金色の瞳がユスティーナを捉える。

滑らかなシーツを指先に感じながら、ユスティーナは、レヴィオの瞼が閉ざされていく様子をぼんやりと見守っていた。金色の瞳が隠れ、すう、とレヴィオが息を吐き出す。

朝の気配が迫っていた。

ユスティーナが背を向けた大きな窓の外では、太陽がその姿を覗かせていた。

空は白み、きらめく陽光が谷間から世界を照らしていく。その光は、寝室の窓にかけられた厚布の隙間から漏れ入って、室内の壁に刺さるように広がっていく。

シーツの上を走る白い光が、ユスティーナの髪を撫でる。

それはやがて、レヴィオの鳶色の髪をも捉え、深みのある赤を際立たせた。

（綺麗……）

ほう、とユスティーナが息を吐き出したときだった。

煙がたつように、もくもくと現れた白い靄がレヴィオの体を包んだ。まるで薄い繭に閉じ込められてしまったようなレヴィオの姿に、ユスティーナは飛び起きる。

「えっ……！」

ユスティーナがレヴィオの肩に触れようとしたときには、レヴィオの体を包んでいた靄は一瞬にして晴れ、あとに残ったのは、幼いハルヴァリの姿だった。

「そんな……」

レヴィオが、ハルヴァリに姿を変えた。

それを目の当たりにしたユスティーナは、衝撃のあまりしばらく呆然とハルヴァリの寝顔を凝視していた。自分を優に抱きかかえるほどの体格を持つレヴィオが音もなく消え、ベッドの上ですやすやと眠る、まだ体の小さな幼いハルヴァリが現れた。

(本当に、レヴィオが、ハルヴァリ様なの……?)

白いシーツの上で丸まって眠るあどけない夫を、ユスティーナは信じられない思いで見下ろしていた。


身支度を整えたユスティーナは、寝室を通ってハルヴァリの私室へと向かおうとしていた。

レヴィオから姿を変えたハルヴァリの寝息に誘われて、あのあとユスティーナはすっかり寝入ってしまった。起きたときには隣にハルヴァリの姿はなく、代わりに眩しいほどの陽光が容赦なく寝室を照らしていた。

昼近くまで眠ってしまうなどユスティーナにはこれまで経験がなかったが、さすがに明け方まで夜通し起きていたのだから、眠ってしまったのも致し方ないと思える。

ユスティーナはハルヴァリの私室へ繋がるドアを叩(たた)く前に、ちらと夫婦の寝台を見遣った。

既に寝台は使用人たちの手によって整えられていたが、そこで起こった出来事の全てを、ユスティーナは忘れることなどできない。

（レヴィオが、ハルヴァリ様だなんて……本当に、魔王なのね……）

レヴィオから受けた説明だけでは半信半疑だったユスティーナも、さすがに目の前でレヴィオがハルヴァリに姿を変えるところを目撃してしまえば、信じるほかない。

蜂蜜色の瞳にハルヴァリとレヴィオが重なったせいか、時折見せる表情が似て見えるからか、ユスティーナは自分でも意外なほど、あっさりと事実を受け入れていた。

なにより、自分が初夜に夫を裏切ったわけではなかったのだという安堵が大きかった。

（それにしても、何の説明もなく、あんなことを……）

初夜を思い起こしてユスティーナは赤面したが、レヴィオが夫だと考えると、彼には妻であるユスティーナに触れる権利があり、彼がしたことは当然ともいえる。

当然なのだが――。

ユスティーナは熱くなった頬を覆った。

アルセンドラの侍女たちから、夫婦ともなれば子を成すために裸で抱き合い、何やら色々と手間のかかることをするとは聞いていたが、あんなことや、あんなことまでするなんて。

〝そっち方面〟に明るくないと自覚するユスティーナは、せめてもう少し夫婦の営みについて学んでくるべきだったと反省しつつ、ふう、と息を吐き出した。

気持ちを切り替えて、華やかなドレスを見下ろす。

今日用意されたドレスは、甘く淡い赤のドレスで、折り重なった布が動くたびにふわりと揺れる可愛らしいものだった。

アルセンドラでは、淡色で柔らかい布を使ったドレスを着る機会はあまりなかった。それこそ、本当に幼い時分はよくこういった可愛らしいものを着せられていたが、ユスティーナが成長し、着飾ることより鍛えることに熱心になり始めると、周囲からの印象を汲むようにして侍女たちが選ぶ着衣も、どこか堂々としたものに変わっていった。

(少し、肖像画が可愛らしく仕上がりすぎたのかもしれないわね)

魔王城エストワールハイトに送った肖像画を思い出し、ユスティーナはくすりと笑って、ハルヴァリの私室に繋がる扉を叩いた。

返事もなく内からドアは開かれて、出てきたのはハルヴァリの護衛官のエトだった。

相変わらず黒ずくめのエトは、昨夜レヴィオと接するユスティーナを見ている。

一瞬の気まずさが二人の間には流れたが、エトが無言のままにドアを大きく開くと、私室に置かれた執務机に埋もれるようにして書類に向かっていたハルヴァリが顔を綻ばせた。

落ち着いた緑の服を纏うハルヴァリは、手に持っていたペンを机に置いてすぐに椅子から飛び降りる。

「ユスティーナ!」

「ハルヴァリ様、申し訳ございません。すっかり寝坊をしてしまいました」

「いいんだ!　エトから、夜にレヴィオとあったと聞いた!　どんなやつだった?」

彼はユスティーナに駆け寄ると、大きな瞳を輝かせた。小さな手がユスティーナのドレスを握り、興奮気味のその表情は、まだ見ぬレヴィオという〝補佐官〟に対する好奇心で溢れている。

自分を見上げるハルヴァリに、ユスティーナの唇は自然と弧を描く。

今自分は、夫の幼少期と接している。

それはとことん不思議な感覚で、内なる母性が溢れそうになっていく。

鳶色の髪をそっと撫でて、ユスティーナは腰を屈めてハルヴァリと視線を合わせた。

「まだ少ししかお話ししていないので、どんな方かはよくわかりませんけれど、とても素敵なお方でした。――勿論、ハルヴァリ様が一番です」

ユスティーナが微笑むと、ハルヴァリは呆気にとられたようにぽかんとして、それから少しはにかんで笑った。小さな白い歯がこぼれて、丸い頬が淡く染まる。『補佐官のレヴィオより、あなたの方が素敵』と妻から伝えられたことを、彼は理解したようだ。

ハルヴァリは思い出したように口を開いた。

「ユスティーナ、もうすぐ、仕事がおわるんだ」

「それは素晴らしいですね」

「おわったら、いっしょにお昼にしよう！」

「まぁ」

幼い夫からの食事の誘いに、ユスティーナはまたにっこりと微笑んで答える。

「嬉しいですわ。でしたら、ここで待たせていただいても？」

「うん！」

年上の妻を肘掛け椅子に座らせると、ハルヴァリは慌ただしく重厚な執務机に戻り、猛然と紙にペンを走らせていく。自分のために早く仕事を終わらせようと頑張る夫の姿を見て、ユスティーナはまた、胸に温かな想いが広がるのを感じていた。


長い栗色の髪を梳る(くしけず)ロルアの手つきに、ユスティーナの首はがくん、と大きく後ろに倒れた。

「ユスティーナ様!?」

「だ、大丈夫よ。少し、眠いだけだから……」

周囲をどっと侍女たちに取り囲まれたユスティーナは、慌てて口角を上げ、なんとか瞼(まぶた)も押し上げる。だがユスティーナの眼球はよほど暗い場所を求めていたのか、瞼の裏に張り付いたように一緒に上向いていく。白目をむきかけた妃に、侍女たちは驚愕(きょうがく)の眼差しを向けながら、気遣わしげな様子で口を開いた。

「ユスティーナ様、今夜はこちらでお眠りになってはいかがでしょう?」

「連日でお疲れになられているのでは……?」

「いいえ。まさか。わたしは、今夜、逃げるわけにはいかないのよ」

ユスティーナは乱暴に掌を両頬に打ちつけて、これから戦場にでも赴くような鋭い眼差しで鏡のなかの自分を見据える。大きな鏡には、大人の女が映っていた。

それは、魔王の妃となったユスティーナ自身の姿だ。

今朝方、ハルヴァアリに姿を変える前、レヴィオは確かに「お前の全てを貰う」と言っていた。

（一昨日したばかりだけれど、ここで逃げたら、妻の務めを放棄したことになるわ）

ユスティーナは自分の責務を果たさんと必死だった。

その実何をするかは全くわかっていないが、夫の求めに応じるのも自分の務めと考えるユスティーナは、眠気をなんとか振り払い、心配そうな侍女たちの眼差しを堂々とした微笑みひとつでねじ伏せて、訓練所に乗り込むような勇ましさで寝室に入った。

「ユスティーナ……？」

明かりの消された寝室のベッドで、もそもそと影が動く。

「ハルヴァリ様、起こしてしまいました？」

ユスティーナはベッドに駆け寄り、体を起こそうとしていたハルヴァリの隣に滑り込む。寝惚けているのか、擦り寄るようにハルヴァリが腕を伸ばした。

抱擁を求めているのだと悟ったユスティーナは、横になったままハルヴァリの小さな体を抱き寄せて、よく妹にそうしてやったように、とんとんと背中を優しく叩いた。

「ユスティーナ……」

胸元に引き寄せたハルヴァリの唇は、ちょうどユスティーナの胸の谷間で動いたが、まるで嫌な感じはしなかった。子が母を求めるような仕草のせいか、それとも相手が夫だからか。ユスティーナは内に溢れる母性を感じながら、ハルヴァリの髪にキスを落とす。

「ハルヴァリ様、しっかりお休みになって。また明日、たくさんお話を聞かせてくださいね」

「……ユスティーナ……」

自分を呼ぶ声に笑みが滲んでいることに気付き、ユスティーナの顔は緩んでしまった。

腕の中にすっぽりとおさまる体から、どんどん力が抜けていく。髪からする優しい匂い。体温は高く、ユスティーナの体をも温めていく。

（こんなに体温が高いのね。暑がって上掛けを蹴飛ばすはずだわ……）

しばらくすると、腕の中から、すやすやと穏やかな寝息が聴こえてきた。

（なんて可愛いのかしら……）

ハルヴァリはすっかり眠ってしまったようだが、人の温もりを求める幼い夫を引きはがすことなどできず、小さな体を抱いたまま、ユスティーナは寝息をたてる彼の鳶色の髪にもう一度唇を寄せる。

ハルヴァリの熱に温められて、ユスティーナの意識はどんどん不鮮明になっていく。瞼が完全に落ち切るまで、そう時間はかからなかった。


微睡(まどろ)んでいたユスティーナの瞼が揺れる。

腕の中に抱いたハルヴァリの小さな体が、ごそりと身じろいだからだった。よしよし、と幼い夫の頭を撫でてやると胸元で、すう、と深い息が吐き出される。

自分よりずっと小さな体を腕の中におさめたまま、ユスティーナは愛らしい夫の寝顔を見ようとうっすらと目を開く。

視界に映ったハルヴァリの姿と寝衣越しに伝わる高い体温に、ユスティーナの口元がわずかに綻んだときだった。

ハルヴァリの姿を隠すように靄が現れ、腕に感じる重みがずっしりとしたものに変化した。触れていたハルヴァリの髪も、さらさらとした細いものから、しっかりとした太さと張りを持つ大人のそれにかわる。

はっとしてユスティーナは反射的に身を起こそうとしたが、それより早く、がっしりとした腕がユスティーナの腰を引き寄せていた。

靄が空気中に溶けるようにして晴れていくと、腕のなかにあったのはハルヴァリの姿ではなく、レヴィオの姿だった。

「ユスティーナ、俺を抱き締めていたのか?」

笑みを含んだ低い声と、暗闇のなかできらりと光る金色の瞳。

今夜は何故か、その光を待ちわびていたような気がした。

ユスティーナは呆然と、その存在を確かめるようにレヴィオの頬に触れた。

「レヴィオ……」

「待たせたな、ユスティーナ」

「あなたなのね……」

腕のなかのハルヴァリは、瞬く間にレヴィオに姿を変えた。その変化を目で、肌で感じて、ユスティーナはレヴィオがハルヴァリであると確信する。ユスティーナは、淫らな一夜を過ごした相手が夫であったことに安堵するとともに、胸が高鳴るのを感じた。

少年魔王に嫁いだつもりだったのだ。

お飾りの妃であろうが妻としての務めは果たす気でいたが、こうなる想定はしていなかった。

(こんなにどきどきするなんて……)

夫に見惚れていたユスティーナの腕の中から、レヴィオは伸び上がるように抜け出した。

腰に回された彼の手にされるがままに、ユスティーナの背はするするとシーツの上を滑り、完全にレヴィオの体の下に組み敷かれた。体重をかけずに腕と足で自らの体を支えるレヴィオは、金色の瞳に甘い光を浮かべながらユスティーナを見下ろしていた。

「眠いか？　ユスティーナ」

「いいえ……」

首を横に振ると、ユスティーナの長い髪が頭の下でくしゃくしゃと乱れる。

レヴィオの手がそれを梳き、額に触れるだけの優しい口付けが落とされた。

「ユスティーナ、お前は心優しい妻だ。幼い夫に、母のような愛情まで向ける。お前は俺の自慢の妻でありながら、きっといい母にもなるだろう」

変わり者と囁かれることはあっても、「いい母になる」などと褒められた経験のないユスティーナの唇は、やわらかな弧を描いた。

大きな手が、優しく髪を撫でていく。ユスティーナはその心地よさに目を細めながら、レヴィオの姿を眺めていた。

夜のうちだけ現れる、夫の姿を。

「ユスティーナ、俺がハルヴァリだとわかったか？」

「ええ……あなたが、わたしの、夫なのね」

「そうだ。俺はお前の夫で、お前は俺の妻だ」

レヴィオが口付けをしても、ユスティーナはもう抵抗しない。

夫と口付けているのだと思うと、ユスティーナの体は熱くなる。ハルヴァリに対する愛情とは全く異なる感情が鼓動を早め、甘く体を疼かせていた。

「ユスティーナ、今日こそお前の全てを貰うぞ。この間は、途中で終わってしまったからな」

「え……？」

ユスティーナはぱちぱちと瞬きを繰り返した。

長い睫（まつげ）が上下し、ユスティーナの瞳が戸惑いに丸くなると、レヴィオも首を傾げた。

「覚えていないのか？」

「お、覚えてるわ……あなたと、とても……淫らなことを……」

恥じらってユスティーナが赤面すると、レヴィオはどうにもだらしない顔になった。

「そうだな。だが、夫婦なら当然のことだぞ？」

「そ、そうね……でも、あれが全てではないの……？」

「あんなものはまだ二割程度だ」

「に、二割……!?」

衝撃にユスティーナは目を見張った。

(あれで二割なんて……！)

夫婦の営みについて疎(うと)いユスティーナは愕然とし、口を閉ざせずにいた。新妻の初心(うぶ)な反応に、レヴィオが喉の奥で笑う。

「可愛いやつめ」

素早く額に口付けると、レヴィオが腕に力を入れて体を少し起こす。

上腕の筋肉が皮膚の下で張り詰めて、ユスティーナは一瞬それに見惚れてほうっと息を吐く。流れるような体重移動で彼はユスティーナの隣にぴたりと寄り添った。先日の再現をするように首の下に腕を差し入れられたが、ユスティーナにはもう戸惑う心はなく、夫に体を委ねきる。

ユスティーナの理想通りの胸筋がすぐそこにある。そっと手を置くと、鼓動と体温と大胸筋が掌から伝わった。

(本当に、素敵……)

うっとりとするユスティーナの腰に、レヴィオの手がかかる。その手はするすると艶やかな絹の上を走り、ユスティーナの豊かな胸の下で止まった。

「ユスティーナ、前回も、こうして体を触っていっただろう。覚えてるか？」

「ええ……」

ユスティーナが頷くと、レヴィオは寝衣の帯を片手で解いた。

絹が擦れ合う涼やかな音のあとに、腰に開放感が広がる。彼は自らの胸に置かれたユスティーナの手を摑み、指先に口付けた。敏感に神経が通う指先に、唇の柔らかさと人の熱を感じて、ユスティーナの体は小さく震える。

「今宵はそれを、唇でするぞ」

「唇で……？」

「そうだ」

ユスティーナの腕がシーツの上に優しく置かれると、今度は唇が重なった。つい一昨日何度ももたらされた口付けが、今夜は全く違う意味をもってユスティーナを痺れさせていた。

夫との口付けに、鼓動が速まっていく。

「は、ぁ……」

甘い息を吐き出したユスティーナの口内に、柔らかな舌が侵入する。少しずつ自分が侵略されていく快感に、呼吸が乱れはじめていた。

掬い取られたユスティーナの舌とレヴィオの舌が擦れると、互いの唾液が混ざり合った。

「媚薬の効果を混ぜておこうな……苦痛が、少しでも和らぐように……」

「ん……」

そんなものはなくとも平気だと思えるほどに、ユスティーナの身はレヴィオを求めていた。掻痒感が下肢に走り、気付けば膝が内へと入り込む。

ユスティーナの口内を隅々まで確かめるように、レヴィオの舌は優しく動いていた。

「はぁ、ん……」

甘い痺れが心地よく頭蓋の内へ広がると、意識は急速にぼんやりと蕩けていき、ユスティーナは更なる刺激を求めるように自らの舌をぴくりぴくりと動かした。レヴィオはユスティーナの欲求を察して、深く舌を絡ませる。

「うまいぞ、ユスティーナ……」

「ふぅ、ぁ……」

唇をつけたままレヴィオが喋ると、濡れた唇が擦れ合い、ユスティーナの喉がこくりと鳴った。混ざり合った唾液が、熱く喉を焼いていく。

「触れていくぞ……」

口付けたまま、レヴィオの手がユスティーナの寝衣を開いていく。夜の空気がユスティーナの白く滑らかな肌を撫でつけて、豊かな胸の先端は、ぴんと張り詰めていた。

レヴィオの手が、ゆっくりと肌の上を滑っていく。ひんやりとした気温のなかで肌を温める彼の熱を鮮明に感じて、ユスティーナはわずかに身を捩った。

「はぁ、んっ……」

「そうだ、ユスティーナ……おかしな感覚がするが、回を重ねるうちに慣れるからな……」

ユスティーナがこくりと頷くと、素肌の感触を楽しむように、レヴィオの手はするすると腹部や脇腹を辿っていく。肌に触れられているだけだというのに、体の芯が熱くなり、徐々に息が浅くなっていく。

双丘の片方を掬い上げるように包むと、彼の指先は、淡く色付いた先端を優しく転がした。

「あっ……！」

「ユスティーナ、ちゃんと覚えているな……偉いぞ……もっとその可愛い声を聞かせてくれ……」

ぷっくりと張り詰めた胸の突起を、レヴィオの指は柔らかく挟み込む。体を跳ねさせたユスティーナは、解消されることのないもどかしさを感じて声を上げた。

「あっ、ぅ……」

「そうだ……」

与えられる口付けと、先端への刺激に、ユスティーナはしきりに内腿を擦り合わせた。腰の内では官能的な熱が広がり、それは蜜壺（みつつぼ）から悦楽の印を密かに滲ませていく。突き抜けるような快感を知ってしまった今、緩やかな愛撫はもどかしくさえある。

身悶（もだ）えるユスティーナを一度きつく抱き締めて、濡れた下唇を吸い上げてから、レヴィオは言った。

「ユスティーナ、俺は今から、お前の体に触れる。唇でな」

ユスティーナの頬は紅潮し、瞳は繰り返し与えられた快感で潤んでいた。

「心許ないかもしれんが、俺はここにいる……お前に触れているのは、夫だということを忘れるな。何も怖がることはないからな……」

諭すように優しく口付けて、レヴィオはユスティーナの体を解放した。

支えを失くしたユスティーナの頭の下には、腕の代わりに柔らかな枕が差し入れられた。寄り添っていた熱が離れた心細さに、ユスティーナは頭の下のそれにそっと触れた。

自分を覆うよう体を移動させたレヴィオの肩をうっとりと眺めていたユスティーナは、彼の鳶色の髪が素肌に近付くにつれて、恥ずかしさに目も開けていられなくなる。

だが、首筋を走る彼の唇は羞恥を追いやるほどに心地いいものだった。

唇はしっとりと濡れ、それでいて温かい。指や掌よりも繊細にユスティーナの首を愛撫し、くっきりと浮き出た鎖骨に柔らかな舌が走った。生温かさとぬめりに、体が震える。

「あっ……！」

レヴィオの唇は、ユスティーナの柔肌を甘く食みながら徐々にふっくらとした二つの膨らみへと向かっていた。

唇が胸の丸みを辿り、大きな彼の手はもう一方の乳房をやわやわと包み込んでいる。掌で擦れる先端はぴんと張り詰め、乳房の丸みを確かめるように辿っていた唇が、焦らすように内へ迫る。

「お前の肌は、絹より滑らかだ……俺の唇へも吸い付いてくる……」

「ん……あっ……！」

熱い吐息が先端を掠め、ユスティーナの体はびくりと跳ねた。不安も抵抗感もない行為に伴うものは、紛れもない快感だった。

体を揺らしはじめたユスティーナの腰を、レヴィオの手が掴む。

「ユスティーナ、お前はここの感度もいい……思うままに感じろ」

「んっ……！」

ふるりと揺れたユスティーナの乳房に吸い寄せられるように、レヴィオが張り詰めた突起を口内へ含む。口内の温もりと、柔らかな質感、それらを凌ぐぬめりに、ユスティーナは一際高い声をあげた。指や吐息とは違う、経験したことのない刺激に肌が粟立つ。

「あぁっ……！」

　こんな感覚は知らない。口内に含まれた突起を、彼の舌が舐め転がす。胸から広がる快感は下腹部へと走り抜け、びくびくと体を震わせながらユスティーナは淫らに喉を鳴らした。

「あっ……んんっ……！」

　柔らかく舐っていたレヴィオが口内で突起を吸い、乳房全体がじわじわと痺れる。だがそれ以上に熱く滾っていたのは秘処で、内腿を擦り合わせるくらいではその熱は到底逃がせないほどに膨れ上がっていた。

「んっ……あっ、あっ……！」

　触って欲しい。

　そこだけではなく、ここも。

　媚薬の効果も手伝って、ユスティーナの情欲は鋭く脳髄を刺激する。

「あっ……そこ、んっ……、レヴィオ……！」

「……どうした？」

　ちゅ、と音をたてて吸い上げてから口を離したレヴィオを、ユスティーナは呼吸の乱れたままに見下ろす。

　胸の先端が濡れ、闇夜のなかでぬらぬらと光っていた。夫の唾液に塗れた胸の頂は、淫らに赤く張り詰めている。その光景は、またユスティーナの欲望を掻き立てる。小さく腰を揺らしたユスティーナに、レヴィオは妖しく口の端を上げた。

「……ここか？」

腰を固定していたレヴィオの手がするすると下りて行き、鼠径部を辿る。ユスティーナは恥じらいに細い眉を歪めながらも、こくこくと頷いた。

「んっ……そこ……」

「疼くか？」

「んっ……おかしい、の……そこが、疼いて、仕方ない、の……」

「ユスティーナ、それは、いいことだ」

鼠径部を辿っていたレヴィオの手が、ユスティーナの内腿を辿り、彼の足が器用に膝を押し広げた。大きく足を開いて夫を抱え込む格好になったユスティーナは、薄れた羞恥心が蘇るようで思わず目を背ける。

そんな格好だけでも十分に羞恥を覚えるというのに、自身の内から漏れ出した体液が濡らしている秘処を晒すことが、どうしようもなく恥ずかしかった。

しかし、レヴィオの手が内腿から足の付け根へ至ると、そこは彼を誘うようにぱっくりと開き、恥じらいは情欲に掻き消された。

「感じるか？」

レヴィオが指でユスティーナの秘所を辿ると、くち、と小さな水音がした。

「濡れているだろう？　疼きや、この蜜は、お前が俺の妻として成長している証だ……これは、俺を受け入れる準備だからな……何もおかしなことはない」

伸び上がるようにして、レヴィオは一度ユスティーナに口付けた。不安になることはなにもないのだと諭されるような口付けはユスティーナを安心させてくれた。

「いい調子だぞ、ユスティーナ……それでいいからな……怖くなったら、すぐに俺を呼べ……」

「……ええ……」

「いい子だ……」

もう一度口付けると、レヴィオはまた下へ降りていく。

（これで、いいのね……）

安心感は、ユスティーナの体を蕩けさせた。さっきまで愛撫されていた側とは反対の乳房の先端が、ぬるりと口内に含まれて、同時に蜜で濡れた披裂を彼の指が撫でつけた。

「あっ……んっ……！」

ユスティーナは内で暴れる快感に身をくねらせる。柔らかな舌で乳房の突起を転がされてじわりと淫らに蜜が滲み、溢れ出たそれを絡めて、レヴィオの指は優しく蜜を塗りつけるように花弁を辿った。乱れた息に、甘えるような声が混ざる。

「あぁ、んっ……はぁ、っ……！」

往復する指が与える快感では足りない。もっと疼く部分に早く触れて欲しくて、ユスティーナは腰を揺らした。

「んっ……あ、ぅ……」

充血し、ぷっくりと開いた花弁の奥には、慎ましく身を潜めながらも更なる愉悦を待ちわびた赤い粒がある。レヴィオの指は、秘口から溢れ出した愛液を肉芽に塗り付けて、そっと指の腹で触れた。びりびりと強い痺れが駆け抜けていく。

「あっ……！」

「ここだな？」

レヴィオの指がそこを撫でつける刺激にがくがくと震えながら、ユスティーナは必死に頷いた。

「ユスティーナ、快感を思い出すんだぞ……」

ちゅっ、ときつく乳房の先端を吸われ、ユスティーナはびくりと跳ねた。

それを最後に、レヴィオの唇は更に下へと向かっていく。唇がうっすらと縦筋の入るユスティーナの腹部を走り、腰骨を食むようにされると、ゆるい快感が広がっていった。

「楽にしていろよ、ユスティーナ……俺は今から、ここに、舌で触れていく……」

レヴィオは指の腹で肉芽を擽り、ユスティーナは言葉の意味を知って肩を浮かせた。

「だ、だめよっ！　そんな汚い場所……！」

「お前の体に汚らわしい個所などありはしない……」

ユスティーナの制止もきかず、レヴィオは淡い茂みへと顔を近付けていく。

「あっ、だめっ――あぁっ……！」

レヴィオの柔らかな舌が、蜜を掬い上げるように、蜜口から秘裂を舐め上げた。

凄まじい羞恥と、それを上回る鋭い快感が全身を駆け巡り、ユスティーナは仰け反るように頭を枕に沈める。

「ユスティーナ……お前は、ここまで美しい……まだ男を知らん、無垢なままだ……」

指で触れられる感覚とはまるで違う。唾液で濡れた舌はより柔らかで、より繊細に蠢いてユスティーナの理性を奪った。制止の言葉など一言も発せられないほどの淫楽が全身を火照らせた。

「あっ……ああっんっ……！」

舌は蜜と絡みながら、包皮に隠れた花芽へとたどり着いた。じゅっ、と淫らな水音がする。レヴィオがそっと肉芽を吸い、その刺激はユスティーナを大きく啼かせた。

「ああっ……！」

「そうだ、ユスティーナ……ここがどんなにお前を気持ちよくさせるか、思い出せ……」

熱い息が秘裂を擽り、ユスティーナが身を竦ませる間もなく、レヴィオの舌は剥き出しになった花芽に優しく触れた。強い刺激に瞼の裏側が赤く染まり、ユスティーナの肌は汗ばんでいく。

「はっ、あぁっ……！」

閉じそうになる足はレヴィオの手によって固定され、大きく開脚したままユスティーナは身悶える。

生ぬるい舌が肉芽を擽る。ゆっくりとした動きは、意図的にユスティーナの情欲を煽るようだった。先日与えられた絶頂を追い求めるように、腰が勝手に揺れていた。

「そうだ……怖がらずに感じればいい」

「あ、んっ……！」

レヴィオの舌は、快感を教え込んだ肉芽を優しく蕩かし、その緩やかな刺激は腰の内に熱を溜め、もっともっとと刺激を求めて暴れ回る。

「あっ、あっ……そこ、んっ……！」

「もっとして欲しいんだな？」

「んっ……！」

体中が火照り、力が入っていた。羞恥は欠片も残っておらず、ユスティーナは夢中で頷き、それに応えるようにレヴィオの舌は肉芽を責め続ける。

「あっ、あぁっ……！」

さっきより強く激しい舌遣いに、ユスティーナはきつく枕の端を掴み、高い声をあげる。高まっていく快感の波は蜜壺から新たに愛液を押し出し、レヴィオの唾液と混ざり合って、シーツに淫らな染みを作っていた。

「んっ、あぁっ、はぁっ……！」

舌の動きに連動して体がびくびくと跳ねてしまう。足先まで力が入り、爪先が内向いて息が止まりそうなほど感じていた。

「あぁっ、もっ、んっ……！」

ユスティーナはいやいやと首を横に振る。だが、止めて欲しいわけではなく、迫り来る絶頂に飲み込まれる前の、最後の抵抗のようなものだった。

一定の速度で繰り返され刺激に、秘処全体が硬直する。

「あっあっんっ……！」

生温かい舌のざらつきを感じた瞬間、ユスティーナの目の前は真っ白に染まった。

「ああぁっ……！」

がくがくと体が震え、蜜道が痙攣を繰り返す。レヴィオの舌が止まり、膝を立てていたユスティーナの足が、ばたりとシーツに倒れ込む。脱力したユスティーナは、朦朧としながら荒い呼吸を繰り返していた。そのまま、意識を手放してしまいそうだった。

「ユスティーナ、偉いぞ……ちゃんと覚えていたな……」

レヴィオはそっとユスティーナの内腿に唇を寄せた。ちゅ、ちゅ、と軽く吸われると、ぴりっとした甘い痛みが広がったが、それすらも今のユスティーナにとっては快感であり、喉はひとりでに淫らに鳴った。

「んっ……」

「今度は、お前のここを慣らしていくからな……」

朦朧とした意識のなかで、ユスティーナは自身の蜜口にあたるレヴィオの指を感じていた。たっぷりと濡れたそこへ、レヴィオの指がゆっくりと沈み込む。

「う、ぁっ……！」

ずるずる、と音のしそうな圧迫感がユスティーナを襲った。しかし、痛みはない。ただ、ぬるぬると侵入してくる異物感にユスティーナは脱力していた足でシーツを掻く。

「ユスティーナ、お前の中は、柔らかく温かい……これは、俺を受け入れる準備だ……こんなに狭いままでは、お前を傷付けてしまうからな」

ユスティーナはレヴィオが何を言っているのか理解できないまま、一度こくりと頷いた。

「んっ……」

「愛らしいな……こんなにも濡れているのに……お前の中は、まだ狭すぎる……」

押し入った指はくちゅ、と音をたてて中の媚肉を押し広げ、淫蜜で満たされた内部をゆっくりと掻き乱していく。

「んっ、んっ……」

「慣れれば、ここでも快感を覚えるようになるからな……」

レヴィオが探り出したしこった部分は、ユスティーナに違和感を与える。だが、それは刺激され続けるうちにもどかしい快感となっていき、ユスティーナは泣くように声をあげた。

くちゅくちゅと淫靡（いんび）な水音をわざとたてるように、レヴィオの手は徐々に派手な動きで蜜道を掻きまわす。ユスティーナが甘い苦しみに悶え、その振動にあわせて揺れる乳房をレヴィオが貪った。

「あぁっ！」

予期せぬ刺激を受けて、ユスティーナの媚肉はレヴィオの指にねっとりと絡みつき、奥へ引き込もうとしていた。舌で乳房の先端を転がされる快感と、蜜道を掻き乱される愉悦に翻弄されたユスティーナは、堪えきれない辛さを覚えて仰け反った。

「あっ……ん、レ、ヴィオ……！」

「……辛いか？　ユスティーナ」

ぴんと張り詰めた突起を転がしながら言うレヴィオは、蜜道を掻きまわす手も止めはしなかった。ユスティーナは甘い苦しみに顔を歪めていやいやと首を振る。

「も、だめっ……！　おかしい、のっ……くるしっ……！」

「もうだめか？」

「んっ……あっ、だめっ……！　レヴィオ……！」

「ユスティーナ……それは怖いものじゃないぞ……受け入れろ……」

レヴィオはそう言いながら、ユスティーナに口付け、片腕で抱き寄せた。蜜道に入り込んだ指はくちゅくちゅと淫靡な音をたてながらユスティーナの内を蹂躙（じゅうりん）するが、触れ合った素肌から伝わるレヴィオの熱が辛さを溶かしていく。

ユスティーナは夢中でレヴィオの体にしがみつく。秘口はレヴィオの指を抵抗なく飲み込み、溢れ出した愛液にまみれていた。

「ユスティーナ、指を増やすぞ……」

「んっ……」

一度抜けたレヴィオの指は、宣言通りに二本になってユスティーナの中に入り込んでくる。

「ああっ……！」

先ほどとは比べ物にならない圧迫感にユスティーナはレヴィオに一層きつくしがみ付いた。背に回されたレヴィオの腕が、しっかりとユスティーナを抱き留める。

「痛むか？」

痛みはなかった。ユスティーナは小さく首を振り、隘路でじっと身を固めていた二本の指が、ゆっくりと動き始める。

「あっ……んっあぁ……！」

ユスティーナの足は、レヴィオの腕を挟み込むように閉じていた。額や首筋に汗が滲み、乱れた髪がまとわりつく。ユスティーナは苦痛とは違う、せり上がってくる何かを必死に耐えていた。

「んっ……レヴィオ……！」

ぎゅう、としがみ付くユスティーナに彼はそっと口付ける。

「解れてきたな……ユスティーナ、いよいよ、俺とお前が、夫婦になるときだ……」

待ちわびていたかのように、レヴィオは蜜道に差し入れた指を抜き、ユスティーナに深く口付ける。蓋を失ったようにユスティーナの内からは愛液が溢れ出し、いやらしくぬめりながら滴り落ちた。口内で舌を絡めながら、レヴィオはゆっくりと体を入れ替え、ユスティーナを再び組み敷いた。

「んっ……」

口付けに蕩けそうになっていたユスティーナは、大きく開かされた足の間にレヴィオが体を滑らせても、最早羞恥も感じられなかった。

彼と、夫婦になる。その言葉が、ユスティーナの心を満たしていた。

「いいか、ユスティーナ……しっかり、息をしろ……」

「ん……」

　こくりと頷いたユスティーナにもう一度唇を寄せてから、レヴィオが熱い楔(くさび)を秘処にあてがう。ユスティーナは硬質な感触に、ぞくりと背筋を震わせた。蜜口を押し広げるように入り込んできた肉杭(くい)が、ユスティーナを一思いに穿(うが)つ。

「はっああっ……！」

　指などとは比べようもない、圧倒的な異物感に、蜜道が張り裂けてしまいそうだった。突き抜ける痛みは一瞬で散り消え、内に飲み込んだ熱を押し返そうと、媚肉がひくひくと蠢いていた。

「痛いな、ユスティーナ……」

　労(いた)わるように、レヴィオの手がユスティーナの髪を撫でる。

　額に、頬に、唇に、レヴィオは次々と触れるだけの口付けを落としていく。

「今、お前と俺は、一つになっている……感じるか、ユスティーナ……お前の内に入り込んだ俺を……」

　隘路に満ちた異物がただの異質な熱ではなく、夫の熱だとわかると、ユスティーナを襲っていた違和感は驚くほど薄れていった。蜜壺の奥から、夫を受け入れるため、何かが滲み出していた。

「んっ……はぁ、レヴィオ……」

「ユスティーナ……お前の内が、俺を受け入れようとしてくれている……お前の中は、しっとりと濡れて、柔らかい……」

　言葉にされると、ユスティーナの内はまた蠢いて、レヴィオの肉棒にねっとりと絡みつく。自分の意思と無関係に動くそこが、淫らに悦び震えているようで、ユスティーナは恥じらいながらも乱れていく自分を止められなくなっていた。

「あっ……んっ……」

「ユスティーナ……俺の可愛い妻……」

一突きにユスティーナを貫いたレヴィオは、じっと腰を沈めたまま動かなかった。

ユスティーナが彼の存在に慣れ、自ら腰を揺らすまで、彼は繰り返し髪を撫で、口付けを降らせ続けていた。

「んっ……」

じわじわと痛みが遠のいていくと、隘路を満たす熱が却ってもどかしい。体の奥が疼くようで、わずかに腰を揺すったユスティーナに、レヴィオは深く口付ける。

「ユスティーナ……動くぞ……」

「あっ……んっ、は、ぁっ……！」

レヴィオがゆっくりと腰を動かし始めた。

くちゅ、と粘着質な水音がする。硬い肉棒に蜜道を擦られて、ユスティーナはまた背筋を快感が這い上がっていくのを感じる。

「あっ……！」

ユスティーナが切なく喘ぐと、内に飲み込んだ剛直は更に張り詰め、熱を孕(はら)んだ。

レヴィオはユスティーナの膝を持ち上げ、荒い息を吐き出しながらゆっくりと腰を打ちつける。

蜜が淫らに滲み出し、滑りを助けるようだった。

「あっ、んっ……あぁっ……！」

緩慢な動きだったそれは、徐々に律動を早めていき、ユスティーナの体は上下に揺すられる。くしゃくしゃと髪が乱れ、ユスティーナの手は支えを求めてシーツを摑む。

レヴィオが唸(うな)るようにユスティーナを呼んだ。

「ユスティーナ……お前のすべてが、俺を蕩けさせる……お前と、こうする日を……待っていた……！」

「あぁっ……！」

擦れ合う度に接合部ではくちゅくちゅと卑猥(ひわい)な水音が響き、肉芽を押し潰しながら身の内を突き上げる刺激にユスティーナの快感も膨れ上がってくる。

「あっあぁっ……！」

絶頂の快感を教え込まれたユスティーナの体は、与えられる刺激を夢中で追う。抽送はユスティーナの限界を超えて速まっていた。

「ん、はぁ、あぁっ……！」

「はっ……ッ……！」

レヴィオの吐き出す荒々しい雄の息に、ユスティーナの背はぞくぞくと震え、体は隅々まで強張っていた。肉棒を包み込む媚肉が蠢き、それに合わせて剛直はまた硬度を増す。

「んっはぁっ、あっ！」

激しく体が揺さぶられ、ユスティーナの豊かな乳房も合わせて揺れる。吸い寄せられるようにレヴィオの手がそれを押し潰した。

「あぁっ……！」

「ユスティーナ……！」

名を呼ばれると、鋭い快感とは違う甘い温もりが下肢に走り、また蜜道は妖しくレヴィオに絡みつく。締め付けがきつくなるほどにレヴィオの動きは高まり、体内を蹂躙されるままにユスティーナは快楽に溺れた。

「ん、あぁっあっ……！」

何かが弾け飛びそうになり、ユスティーナの手は支えを求めて彷徨う。

「ユスティーナ……！」

レヴィオの手が力強く背に回り、体を引き寄せた。身を折った彼の胸板と揺れる乳房の先端が擦れる。汗ばんだ肌からする彼の匂いに縋るように、ユスティーナもレヴィオの背に腕を回した。

「あっ……レヴィオ……！」

「そうだ、そうしていろ、ユスティーナ……！」

彼に包まれている実感を得て、ユスティーナの瞳は一度開く。視界には、金色の瞳と、鳶色の髪しか映らない。全身が甘く痺れた。

今、夫に全てを捧げている。

「レヴィオ……！」

甘い嬌声ごと喰らい尽くすようにレヴィオの口付けが降ってくる。目を閉じても、心は金色の瞳に捕らわれたままだ。体の奥を激しく突き上げる律動に、ユスティーナはいよいよ迫る絶頂に押し上げられそうになった。秘処が強張り、背が反り返る。

「あっあっ、あぁぁ……っ！」

「ユスティーナ……ッ！　もう、出るぞ……！」

一層激しさを増した抽送に、ユスティーナの瞼の裏で、光が弾ける。

「ああぁっ……!!」

「くっ……！」

体を反らして果てたユスティーナの内を、熱が焦がした。

びくん、と肉杭が脈打ち、その些細な反応にもユスティーナは小さな悲鳴に似た声をあげる。

「ユスティーナ……お前は、俺の愛しい、ただ一人の妻だ……」

レヴィオの唇が落ちてきて、柔らかな口付けがもたらされる。髪を撫でる手にかつてない安心感と充足感を得て、ユスティーナは意識を手放した。

3

魔王城エストワールハイト

連日の寝坊である。

ユスティーナはふらふらと起き上がり、ベッドの端に座ると、暴力的なまでの眩い昼の日差しに目を細めた。瞼を通してさえ眼球を刺す金色の陽光は、ユスティーナの内に残る気怠さを一掃し、現実を照らし出していた。

ユスティーナは自分の姿と室内を確認する。

寝衣はしっかりと着せられて、帯は体に巻き付いている。昨夜の情交の乱れが嘘のようだった。

誰もいない寝室をユスティーナはぐるりと見まわして、夫とともに横になっていたベッドに視線を落とした。

乱れたシーツには夫婦の睦み合いの痕があり、ユスティーナはにわかに赤面した。それは、自分から滴り落ちた快楽のあとであり、夫婦となった証であり、レヴィオに愛された印でもある。

晴れて夫婦となった達成感と、気恥ずかしさがせり上がってくる。

（ふ、夫婦なんだから、当然のことだわ……！）

恥ずかしさをなんとかやり込めると、ユスティーナは途切れた記憶の最後のことを思い出した。

熱い何かを、身の内に受けた。どくどくと脈打ったレヴィオの体内から放出された熱。体の奥深くで広がったそれを、ユスティーナは確かに感じた。

(あれは……何だったの?)

首を捻ったユスティーナは、腰を擦りながら自室へと戻るべく立ち上がった。体中が重く、その理由は筋肉が硬直し続けたせいだと察して、ユスティーナ低く唸る。

だが、体の重みはまだいい。

未だそこに残るような、異物感。

押し開かれた蜜道が閉じ切っていないように感じられて、ユスティーナは絹の寝衣の上から腿をさすり、慌てて内腿をぴたりと引っ付けた。とろとろと中から残滓が溢れ出しそうな気がしたのだ。

ユスティーナは内股になりながら足早に私室へ戻った。

「ユスティーナ様、お目覚めになられたのですね」

自室に戻った主を真っ先に出迎えたのは、赤毛のロルアだった。

「ええ、すっかり寝坊してしまったわ。ハルヴァリ様はお部屋に?」

「はい」

「そう。身支度をして、ハルヴァリ様のお部屋に向かうわ。そ、その前に……」

湯浴みをしたい。

ロルアは心得たように頷き、ユスティーナが言い掛けた言葉を先読みして口にする。

「はい。湯浴みの準備も整っております」

「……優秀な侍女に世話をしてもらえて、わたし、幸せだわ……」

感じ入ったように頷きながら零したユスティーナに、ロルアはくすぐったげな顔をして肩を竦めた。

「レヴィオ様から、『起きたら湯に入れるように』と仰せつかっておりました。私共の判断ではございません」

「レヴィオ……」

ユスティーナはレヴィオという名に、過剰に反応してしまう。

（レヴィオ……わたしの、夫……）

優しくユスティーナを蕩かす夫。

理想的な肉体美を持つ、自分の夫。

昨夜のレヴィオの体を思い起こし、ユスティーナは頬を染めた。

乙女のような主の反応に、つられるようにして数人の侍女が赤面する。しかし、ロルアは使用人として冷静にその場を捌ききるだけの度量を持っていたらしい。彼女はてきぱきと指示を出し、ユスティーナを待たせることなく昨夜の痕跡を洗い流した。

湯浴みと身支度を終えたユスティーナは、迷わずハルヴァァリの部屋に向かった。

ハルヴァァリが起きている間、エトはいるが、彼は基本的に一人だ。

ユスティーナの中で、どうしてもあの年代の子供は妹のクリスティーナと重なる。クリスティーナは一人では何もできない少女で、ハルヴァァリはそれよりずっとしっかりしているが、昨夜両手を差し伸べて抱擁を求めてきた彼の姿はやはり幼い子供だった。

(昼間は、できるだけハルヴァァリ様と過ごすようにしたいわ。七歳の子供には、もっと愛情が必要だもの)

ユスティーナは強い思いを持って、ハルヴァァリの部屋の扉を叩く。

内から扉を開けたのはやはりエトだ。相変わらず黒ずくめの彼は一度目礼しただけで、声を発することなく扉を静かに開いていく。

「ユスティーナ！」

「ハルヴァァリ様」

扉の隙間からユスティーナが纏う若草色のドレスが目に入ったのか、ハルヴァァリは椅子から飛び降りると真っすぐ抱き着いてきた。幼い夫の体を抱きとめて、ユスティーナは彼の鳶色の髪を撫でてやる。

さらさらとした細い毛質は、レヴィオの髪とまるで違う。体の大きさも、背丈も、声も違うというのに、自分を見上げる蜂蜜色の瞳が重なって見えて、ユスティーナの胸を熱く打った。

「ユスティーナ、お昼はたべたか？」

「いいえ。さっき起きたところです。また寝坊してしまいました」

「ユスティーナはゆるす！　お昼にしよう！」

「はい。お腹がぺこぺこだったので、嬉しいですわ」

ハルヴァァリは丸い頬を持ち上げて、小さな口を目いっぱい広げて微笑んだ。今日のハルヴァァリの衣装は晴れやかな青で、それはあどけない彼の愛らしさを際立たせるようだった。可愛らしい姿のせいか、単に夫への愛情が日増しに強くなっているからなのか、ユスティーナの顔は緩みっぱなしになっていた。

ハルヴァリは、ユスティーナの昼食も自室に運ばせ、二人は夫婦だけの時間を満喫した。

食器類が使用人たちによって部屋から運び出されると、思い立ったようにハルヴァリが声を上げた。

「そうだ！　ユスティーナ、庭を見に行こう！」

「お庭ですか？」

こくりとハルヴァリが頷くと、さらさらとした髪が揺れる。

腹は膨れているし、外はいい天気だ。

愛らしいお出かけのお誘いを断る理由は何一つない。

ユスティーナはにっこり微笑んで、「はい」と答えた。

魔王城エストワールハイトの庭園は広大で、隅々まで手入れが行き届いている。

城の真裏に位置するそこは、ユスティーナの背丈より高い生垣（いけがき）が壁を作る、迷路のような場所だった。

庭園は訪れる者を緑のアーチで出迎え、それを潜（くぐ）ればしばらく真っ直ぐな道が続く。

左右は高さも幅も揃えられた生垣が壁となり、その向こうがどうなっているのかをうかがい知ることはできないが、道幅は広く、ユスティーナとハルヴァリが並んで歩いてもまだまだ余裕があるせいか、圧迫感はまるでなかった。ハルヴァリとユスティーナの後ろにはエトとロルアが続いていたが、二人は親子ほども年の離れた夫婦の邪魔をせず、じっと黙って控えていた。

ユスティーナの手を引くハルヴァリは、迷うことなく奥へと進み、三度角を曲がったところでようやく足を止めた。

「まぁ……」

眼前の光景に、ユスティーナは嘆息する。

開けた空間には瑞々しい芝が敷かれ、白い東屋がひっそりと佇んでいる。

そこをぐるりと囲う生垣には小さな白い花がぽつりぽつりと花弁を開かせ、甘い芳香を漂わせていた。

だが、ユスティーナの目を惹いたのは、東屋の奥に植えられた花だった。

東屋の一面を覆うように、真っ赤な花が絢爛に咲き乱れていた。

ユスティーナがこの城に着いたとき、ハルヴァリが手渡したあの赤い花だ。

「あの花は……」

「そうだ！　ユスティーナが来てくれたときに、あげた花だ。あのときも、エトがいっしょに来てくれて、トゲを取ってくれた」

「まぁ、ハルヴァリ様がわざわざここまで足を運んでくださったのですか？」

「うん！　レヴィオが、この花をあげたら、ユスティーナはきっと喜んでくれるからって」

ユスティーナの胸は、くすぐったさを伴いながら甘くときめく。

幼いハルヴァリが、言付(ことづけ)があったからとはいえ、わざわざここまで足を運び花を摘みとってくれたこと。

レヴィオが、歓迎の意を表し、妻を喜ばせるために花を用意しようとしてくれたこと。

そのどちらもが、ユスティーナの内でじわじわと幸福感となって広がっていった。

思っていた魔王城の暮らしとはまるで違うが、ユスティーナは、ここでの暮らしと、何より優しい夫を得た幸せを噛みしめていた。

「ハルヴァリ様、ありがとうございます。わたし、とっても嬉しいですわ」

ハルヴァリの小さな口が開いて口角が持ち上がる。丸い頬に朱が差して、妻を喜ばせたのだと理解した幼い夫は、満足そうだ。

繋いだ小さな手がユスティーナを引っ張って、二人は東屋に置かれたベンチに腰を下ろした。

咲き誇る赤い花たちは、風が吹くとゆらゆらと揺れ、時折滑らかな花弁を散らせた。その光景はどこか艶めかしいが、赤い花から漂う香りは優しく清楚(せいそ)な甘さで、いやらしさを感じさせない。

（クリスティーナにも見せてあげたかったわ……）

赤い花を眺めながら、ユスティーナは祖国で暮らす妹に思いを馳(は)せた。花の大好きなクリスティーナは、この庭園を見ればさぞ喜んだことだろう。特に、この赤い花は。

ハルヴァリはベンチで足をぶらぶらさせながら、ユスティーナを見上げる。

「ユスティーナは、花が好きか？」

「ええ、大好きです」

実際のところ、ユスティーナは抱えきれない花束より切れ味鋭い剣の方が好きだったが、花を愛でる心は持ち合わせているつもりだった。

「ユスティーナの庭も、作らないと。レヴィオにつたえておこう」

「わたしのお庭ですか？」

「うん！　ここは、母さまの庭で、エストワールハイトに来たときに、父さまが、あげたんだ」

「まぁ素敵」

ユスティーナはハルヴァリの話の隙間を脳内で埋めながら聞いていた。

おそらく、魔王城エストワールハイトに嫁いだ花嫁のために、先代の魔王はこの庭園を用意したのだろう。

そして、先代の粋な計らいを受け継ぐように、ハルヴァリはユスティーナのために庭園を造ってくれるという。妻のために何かしてやろうという夫の気持ちを汲み取り、ユスティーナはハルヴァリの小さな手をそっと握った。

「嬉しいですわ。ハルヴァリ様」

ハルヴァリは満足げに微笑み、ユスティーナの手を握り返す。小さな手に込められた力は頼りなく、レヴィオの手とはまるで違う。けれど、幼少の頃の夫の純粋な愛情は、ユスティーナの心を温かく染めていった。

穏やかな午後の庭で、ハルヴァリとユスティーナは手を繋いだまま、しばらく花の美しさを愛でていた。


部屋に戻ったハルヴァリは、ユスティーナを隣に座らせて色々な話を披露してくれる。

両親が存命であることや、彼らは外遊に行き、なかなか城には戻らないこと。たまに食事で出される緑の豆が大嫌いであること。週に二度、エトから剣術の稽古を受けていること。

ハルヴァリの説明は所々抜けていて、ユスティーナは質問を挟んだり、想像で空白を埋めたりしながら幼い夫の話をよく聞いた。

「では、明日はエトと剣術のお稽古なのですね？」

「……うん……」

さっきまで勢いよく話していたハルヴァリの声が小さくなり、ユスティーナは彼の様子を窺う。

瞼はほとんど閉じかけて、ぐらぐらと頭が揺れている。

（あら）

ユスティーナはくすりと微笑み、幼い夫に呼びかけた。

「ハルヴァリ様、少し、午睡にしましょう」

「……うん……」

辛うじて返事をしたハルヴァリの肩を引き寄せると、小さな体は簡単にユスティーナの膝の上に倒れ込んだ。ユスティーナの膝を枕にしたハルヴァリは、すぐに小さな寝息をたてはじめた。力が抜け切った彼の体は、起きて動いているときよりずっと小さく見える。

エトがどこからか取り出してきた肩掛けを差し出した。ユスティーナは腕を伸ばして、それを受け取る。

「ありがとう、エト」

ふわりとハルヴァリの体にかけてやると、小さな夫の口元がむずむずと動いた。

愛しさが込み上げて、指先でハルヴァリの髪を撫でてやる。安心しきって眠る姿は、ユスティーナの心を満たしていた。

（この可愛い子が、成長するとああなるのね……）

夜の夫の姿を思い浮かべると、ユスティーナの鼓動はまたとくとくと駆け足になっていく。ハルヴァリに抱く愛情や庇護欲とは違う、甘い感情が育っていくのをユスティーナは感じていた。

緩みきった頬を持て余しながら顔をあげると、エトは、また壁と同化するように隅で立っていた。

相変わらず黒ずくめの彼は、よく見れば目の下にくっきりと寝不足の痕を刻んでいる。

「あなた、ずっと起きているの？　お昼はハルヴァリ様についているし、夜は……」

「自分は、レヴィオ様の従者ですから」

「そういうことなの……。今のうちに少し休むといいわ。魔王城は、そう危ない場所ではないんでしょう？」

今のところ、魔界の脅威を感じていないユスティーナの呑気（のんき）な発言に、エトが片方の口の端を上げる。

「ユスティーナ様、魔界は危険に満ちていますよ」

その言葉は魔界で初めて向けられた敵意のようで、ユスティーナはすうっと目を細める。冷徹な皇女と噂されたユスティーナの冬空の瞳は、帝国の皇女としての威厳と、人を竦ませる冷たさを孕んでいたが、エトは動じることなく、また、彼がその後に口を開くこともなかった。


闇に包まれた寝室で、ユスティーナは寝台に横たわったまま、じっとハルヴァアリの寝顔を見下ろしていた。

ぷっくりとした唇がわずかに開き、そこから穏やかな寝息が漏れ出ている。

滑らかなシーツの上で腹這いになり、両肘をついて顎を支えていたユスティーナは、可愛い寝顔に口元を緩ませていた。昼間にハルヴァアリの寝息に誘われて少し午睡をしたせいか、単純にレヴィオに会いたかったのか、ユスティーナは寝付けずに昼の夫を観察し続けていた。

窓の外からは、獣の鳴き声が聴こえてくる。

その鳴き声に重なるのは、今日のエトの言葉だった。

――ユスティーナ様、魔界は危険に満ちていますよ。

これまでは気にもならなかった夜の魔界の気配が、今日は気になって仕方ない。時折窓を叩く風が大型鳥類の羽音に聞こえ、遠吠えがいやに近くで響くようで、ユスティーナは少しの恐怖と好奇心を膨らませる。

窓の外を見てみようかとベッドの上で体を起こした。

（少し、外を覗くだけなら……）

ユスティーナがするするとシーツの上を滑り、片足を下ろしたとき、背後でぎし、とベッドが揺れた。

はっとして、ユスティーナは振り返る。さっきまで七歳の少年だった夫は、一瞬のうちに立派な男に姿を変えていた。

白いズボンだけを纏ったレヴィオは、見事な上体を晒し、ユスティーナに手を差し伸べる。蜂蜜色の瞳は甘く妻を捉え、柔らかな孤を描く唇から紡ぎ出される声は優しくユスティーナを誘った。

「ユスティーナ」

「レヴィオ……」

ベッドを下りようとしていたユスティーナは、再びシーツの上を滑るように中央に漕ぎついて、レヴィオの腕の中に飛び込む。

胸板に思う存分顔を埋めると、彼の素肌の匂いが肺を満たした。大きな手はユスティーナの栗色の髪をそっと撫でる。

「会いたかったぞ、ユスティーナ。体はどうだ？　大事ないか？」

「ええ、平気よ……」

髪を撫でていた手がそっとユスティーナの頬を捉え、顎を引っ掻けるように上向かせた。身を屈めるようにして口付けてきた夫に、ユスティーナも応えようと伸び上がる。

柔らかな唇が重なると、ユスティーナの胸は甘やかに高鳴っていく。

「お前は本当に可愛い妻だ。毎夜でも抱いてしまいたい」

「ま、毎晩……？」

戸惑って目を丸くしたユスティーナに、レヴィオは悪戯っぽく笑った。

「今日のところは、勘弁してやろうな。お前を壊したら大変だ。俺の妻は、お前だけだからな」

もう一度唇を寄せて、ユスティーナの唇を味わってからレヴィオは言った。

「昼の俺は、お前を困らせていないか？」

「ええ、とてもいい子にしているのよ」

初対面の折に喧嘩腰で話したせいか、ユスティーナはレヴィオに対して皇女らしく、しとやかに振舞う必要はないように感じていた。

ハルヴァリに対しては、ある程度の敬意をわかりやすいかたちで示すことが彼のためになると考えている。ただでさえユスティーナはハルヴァリからすれば、親子ほども年の離れた妻だ。馴れ馴れしく、度がすぎた態度を見せれば彼は怯えてしまうかもしれない。ユスティーナは自分なりに、ハルヴァリに寄り添い、必要なときには彼を導く妻であろうと努めていた。

勿論レヴィオにとっても良き妻でありたいが、彼にはありのままのユスティーナを楽しむ気配さえある。自分らしくあっていいのだと思わせてくれる。それが、ユスティーナは嬉しかった。

ユスティーナは飾り気なく、少女のように冬空の瞳を輝かせた。

「今日は、庭園を案内してくれたの。わたしのための庭園を造ってくれるそうよ」

ふふ、とはにかんで笑うユスティーナに、レヴィオは白い歯を零す。

「なんだ。俺が造ってやろうと思っていたのに。まさか七歳の自分に先を越されるとはな」

「造ってくれるつもりだったの？」

「ああ。だが、二つはいらんだろう。俺からは別の物を用意してやる。楽しみにしておけよ、ユスティーナ」

贈り物を欲しいと思ったことはないが、レヴィオが自分のために何を用意してくれるつもりなのか気になって、ユスティーナは頷いた。

滑らかな彼の肌に手を這わせ、そっと腹部に触れる。腹部の筋肉たちの隆起を感じ取ると、ユスティーナはほう、と息を吐き出した。

（素敵なカラダ……）

うっとりとしなだれかかるユスティーナの体を抱き寄せていたレヴィオは、腹部で遊ぶ妻の手を握り込んで口元へ運ぶ。

「悪戯な手だな。食べてしまうぞ」

ふざけているのか、レヴィオは握り込んだユスティーナの中指に軽く歯をたてる。

「やっ、もう！」

慌てて手を取り返したユスティーナが、指先に夫の唇を感じたせいで赤面していると、レヴィオはまた楽しげに喉を鳴らした。

「可愛いやつめ。さぁ、俺はそろそろ仕事に行くぞ。お前はここでしっかり休め」

「お仕事？」

「そうだ。魔王の本業は夜だからな。それに今宵は、やるべきことがある」

皇女として、本業に勤しむ夫を見送ることは何より肝要なことと教え込まれてきたユスティーナだったが、レヴィオと会えるのは、月が上り、夜が明けるまでのほんのわずかなあいだだけだ。起きていられるときにさえ一緒に過ごせないという寂しさは、ユスティーナの胸の内を熱くさせた。

（……いいえ、だめよ。引き止めるような真似をしてはいけないわ）

ユスティーナは離れ難さを懸命に押し止めて、こくりと頷いた。だが、ユスティーナの表情には紛れもない寂しさが滲み、細い眉がわずかに下がってしまっていた。

浮かない顔をしたユスティーナの頬に、レヴィオの指先が滑る。

「お前も来るか？」

「……いいの？」

「勿論だ。ただ、まず着替えろ。お前の滑らかな肌を見ていいのは、俺だけだからな」

レヴィオが首筋に口付けてユスティーナは体を震わせたが、彼はそれ以上のことは求めてこなかった。

彼の腕から解放されたユスティーナはすぐさま自室に戻り、ロルアたちの手を借りて夜の装いに着替えた。

侍女たちが用意したドレスは、昼に用意されるものとはまるで違う、襟の詰まった重厚な雰囲気

の黒のドレスだった。それればかりか、縁に細かな刺繍が施されたヴェールとレースの手袋まで装着し、一切肌を見せない仕上がりに、ユスティーナは魔界の文化に触れた気がした。

寝室に戻ると、ユスティーナを待っていたレヴィオも、その身を黒の衣装で包んでいた。

経験したことのない感覚がユスティーナの鼓動を急かす。

それは素敵な肉体美でユスティーナを魅了したレヴィオだったが、彼の魅力は、服を纏ってなお薄れることはなかった。

漆黒の衣装は彼の引き締まった体にぴたりと嵌り、少年のような無邪気さは影を潜め、代わりに鋭さを際立たせる。腰に佩いた剣は大ぶりで、それを振るう機会があるのかどうかはわからないが、重い剣を悠々と扱う夫の姿を想像し、ユスティーナは惚れ惚れと溜息を吐いた。

(素敵……)

レヴィオも、ユスティーナの姿に満足したようで、目を細めて鷹揚に頷く。

「ユスティーナ、美しいな。今宵のお前は、夜の女神のようだ」

凛々しくも麗しい夫に褒められて、ユスティーナはヴェールの下で、うっすらと頬を染めた。

彼はその場で手を伸ばす。

「来い、ユスティーナ」

ユスティーナは躊躇うことなく、夜の魔王の手を取った。

魔王城エストワールハイトの夜は、戦場のような荒々しさと独特の禍々しさに包まれている。薄暗い大広間は人々で溢れかえり、その大半が、ユスティーナが初めて顔を合わせる見知らぬ者だった。

彼らは、明らかに人とは異なる種族である。

口から飛び出す牙を持つ者もいれば、額にも目がある者もいる。その中には昼間に城で見かける人型の者もいたが、彼らは争うことなく情報を交換し、議論を交わしていた。レヴィオも姿形に分け隔てなく接している。こうあることが当然のような様子だった。

(魔王城の夜……想像通りだわ!)

ユスティーナの心は躍っていた。

ようやく魔王に嫁いだ実感が湧いてきたというものだ。

大広間の最奥のテーブルにレヴィオと並んで座ったユスティーナは、ひしめく魔界の住人たちをしげしげと観察した。

彼らは、魔王夫妻とテーブルを共にしない。

別で用意されたテーブルに載せられた食事は主に肉塊で、それぞれがナイフを手に豪快に肉を切り取り口に運ぶ。血にも似た毒々しい色の酒を傾け、武器を持っている者も多い。

昼の魔王城とは、まるで様子が違っていた。

「……驚いたか?　ユスティーナ」

隣に座るレヴィオが、ユスティーナに身を寄せて尋ねる。黒のヴェール越しに夫を見遣り、ユスティーナは興奮気味に頷いた。

「ええ。これが魔界の夜なのね。彼らはいつもこの城にいるの？」

好奇心に瞳を輝かせるユスティーナを面白そうに見下ろしながら、レヴィオは頷く。

「そうだ。日の出ている間は活動しない者もいるからな。城にいて、いないようなものだ」

「あなたと同じように姿を変えたりするの？」

「いいや。それは俺だけだ」

ユスティーナの瞳は忙しなく動き回り、大広間の人々を捉えていく。

毒々しい緑の肌を持つ種族が、大広間の隅で塊肉を手摑みで骨ごと喰らっていた。

「彼らは、人間も食べる？」

「人間を食おうなんて輩は、このエストワールハイトにはいない。もっと魔界の奥深くには、そういう種族がいないこともないがな」

「まぁ怖い」

そう口にしたものの、ユスティーナの表情に怯えの色は浮かんでいなかった。

ユスティーナはぞくぞくと身震いしながらも、不敵に彼らを見回していた。

魔王城は数多くあるというが、その個々にこれだけの兵ともいえる危険な外観の種族が溢れているのだとしたら、魔界という一つの国に、アルセンドラは武力で遠く及ばない。大帝国として栄華を誇るアルセンドラの国中の兵力をもってしても、このエストワールハイトに集まる彼らさえ排除することは難しいだろう。

個々の力が、人間とは違う。一見して、ユスティーナは彼らの秘めた武力を悟った。

ユスティーナはしかし、そう分析しながらも、彼らと一度でいいから剣を打ち合わせてみたいと思いを募らせていく。

（きっと、強いわ……！）

「夜の魔王城はそんなに面白いか？　ユスティーナ」

真剣に見入っていたユスティーナに、レヴィオはからかうように言った。ユスティーナが頷きながら彼に顔を向けると、レヴィオはヴェールの中に手を侵入させ、ユスティーナの頬を指の腹で撫でた。

「さすが、俺の自慢の妻だ。この光景を見ても顔色一つ変えはしない。それどころか、好奇心にきらきらしている。俺の見込んだ通りだ」

見込んだ通り、とはどういうことかと首を傾げそうになったユスティーナだったが、レヴィオの手がそのまま頬をすっぽりと包み込むと、疑問は霧散した。

伝わる体温と、その手の大きさ。ヴェール越しに妻を見つめるレヴィオの蜂蜜色の瞳は、人前だというのに甘やかな光を湛え、またユスティーナをときめかせる。

「魔王城エストワールハイトへようこそ、ユスティーナ」

真の魔王城の姿を見たユスティーナは、ようやく魔王の妻となれた気がした。

レヴィオに目礼を返すと、彼も鷹揚に頷いた。

月が上りきった頃、大広間の全員が示し合わせたように廊下へ流れ出して行った。当然のように、妻のユスティーナを連れてレヴィオもそれに続く。

昼間は溢れんばかりの明かりが取り込まれる廊下が、夜闇に呑まれたように暗く、ひっそりとしていた。

彼らは騒ぐことなく、足並みを揃えて歩いていく。廊下には靴音と人いきれ、時折武器を引きずる金属音が混ざり合いながら響いているというのに、何故か呼吸音さえ目立つように感じられて、ユスティーナはレヴィオの腕に手を回したまま行先も問えずに足を進めていた。

ちら、と隣のレヴィオを窺えば、彼はきりりとした表情で先を行く彼らの背中を見守っている。

目的を持って進んでいることは間違いないのだろうが、それが何か、ユスティーナには想像もつかなかった。

(……何が行われるのかしら……)

しばらく黙々と歩き続けた彼らが辿り着いた先は、城の入り口だった。

巨大な両開きの扉が閉ざされたそこに彼らは並び立ち、ユスティーナがすっかり飾りだとばかり思っていた古めかしい鎧を装備し始める。それらは実用的な強度を持っているとは思えないほど簡素化されたものだが、鎧(よろい)を身に着けて、彼らは何をしようとしているのか。

さすがに疑問のこもる目でユスティーナがレヴィオを見上げると、彼は一度口の端を引き上げて、視線だけで「見ていろ」と告げた。

「今宵は、滝の岩場まで踏み込むぞ！」

先頭の牙を持つ男が声をあげると、それに呼応して武装した他の面々も雄叫びをあげる。

「行くぞ!!」

勢いよく扉が開かれ、彼らは夜の魔界へ滑り出していく。

熱気が魔王城から放出されていくのとは反対に、夜の冷たい空気が城内へ流れ込んだ。ユスティーナのヴェールがふわりと揺れて、ヴェールを揺らした風の中に、微かな血の臭いが混ざっていた。

開け放たれた扉から最後の一人が出て行くと、ユスティーナとレヴィオの前で、扉はばたんと大きな音をたてて閉ざされた。後に残ったのは、魔王夫妻と、人型の使用人たちや従者たちだ。

「彼らはどこに行ったの？」

「ついて来い、ユスティーナ」

レヴィオの誘うままに、ユスティーナは城の最端に位置する塔へ上った。

塔の内円を這うような螺旋(らせん)階段を上りきると、暗い夜空がぱっくりと口を開いてユスティーナを待ち受けているようだった。

レヴィオがしっかりと手を摑んでいたが、塔の頂上は夜風が吹き付け、月明りが厚雲に遮られているせいか、室内よりずっと暗い。視界が奪われたような錯覚を起こしたユスティーナは、風に攫(さら)われそうになるヴェールを押さえ、何度も目を瞬いた。

腰のあたりまでの囲いがなされた塔の頂は、魔王城エストワールハイトの周辺をくまなく見渡すことができる。

人間界との境界である大河を隠す、鬱蒼とした森。そこから魔界の奥地へ続く、広大な灰色の岩場。

その更に奥には、まばらに木が生え、黒い土が剝き出しになっている。

夜の視界は悪く、全てを鮮明に捉えることはできないが、手付かずの土地の荒々しさにユスティーナは息を吞む。

ごうごうと吹き付ける強風の中に、遠く金属音と怒号が混ざっていた。

ユスティーナの目は、闇に慣れると自然と塔の遙か下、寂寥とした灰色の大地へと注がれた。

森を背に広がる灰色の岩場で、さっき城から飛び出して行った軽装備な彼らが、魔獣と戦っていた。魔獣の姿ははっきりとは見えないが、獣に似た四足歩行のものが多いようだった。

言葉もなく目を見開いて、その光景を食い入るように見つめるユスティーナの肩に、レヴィオが自らの上着をかけてそのまま背後から抱きすくめる。

「怖いか？　ユスティーナ」

本気で心配しているわけではなく、からかうように耳元で囁かれた声に、ユスティーナはレヴィオを仰ぎ見る。背後に感じる広い胸に身を預け、ユスティーナの後頭部が彼の体に当たった。

「あれは、何をしているの？」

「あれは魔獣狩りだ」

「狩り？　食べるの？」

ユスティーナが目を丸くすると、レヴィオは歯を零して笑う。

「お前は本当に、可愛いな。魔獣なんて食えたものじゃないぞ。あれはな、増えすぎた魔獣を間引いてる」

「間引く？　どうして？」

「魔界から溢れるからだ」

レヴィオはユスティーナの体を抱き寄せたまま、戦闘の行われている方角に背を向けた。

ユスティーナの視界はぐるりと変わり、黒々とした森と、その向こうに遠く広がる故郷——人間たちの世界を見た。

「わかるか？　ユスティーナ。増えすぎた魔獣は、やがて魔界を飛び出して人間界へ迫る。そうさせないために、ああして間引くんだ。エストワールハイトは、いわば防衛線だ。人間界と魔界の、衝突を防ぐためのな」

ユスティーナは、静まり返った夜の人間界を見渡し、背後の夫を振り返る。

「……人間界を、魔獣から守ってくれているのね？」

「そうだ。人間には、到底できんからな。魔獣は、人間には危険すぎる」

人間たちは、魔界と魔王に怯えていた。

魔王城エストワールハイトから届いた書状に、多くの人間が「何故今頃人間の妃など欲するのか」と震えあがった。

（わたしたちは、何も知らないんだわ……）

ユスティーナは、人間たちが勝手に魔界に悪い印象を抱いていることを恥じた。自分たちが守られていることも知らず、境界線を越えた先にいる魔王を敬遠していた。

夜空のもと、レヴィオの鋭い金色の瞳は、妖しげにきらめきながらユスティーナに注がれている。

その瞳を、ユスティーナは怖いとは思わない。

彼が、禍々しい容姿をした魔族たちを統べる魔王だとはっきり認識した今でも、それは変わらなかった。

「……どうして、このことを人間に伝えないの？　守られていると人間たちが知れば、魔界と人間界の関係は、よくなるはずだわ」

「よくする必要はない。今のままでいい」

「どうして？」

「勝てんとわかる敵がそこにいる恐怖に、いつか人間は耐えられなくなるからだ」

そうかもしれない、とユスティーナは納得した。

圧倒的な脅威を前に、人間は竦み上がるだろう。魔獣を管理している魔王に、いつか自分たちも管理されるのではないか、と、悪い方へ人間は考えるかもしれない。その恐怖はいずれ、魔王城エストワールハイト対人間界の構図を作り出してしまうかもしれない。

誰にも感謝されることもなく、ただ当然の務めとして人間界を守っている魔王に、ユスティーナは底知れぬ度量を感じた。

敬意ともいえるそれは、夫となったレヴィオに対しては、強い愛情へと変換されていく。

（このひとの妻になれて、わたしは幸せだわ……）

ユスティーナは、レヴィオの腕の中で身を捩り、向かい合った。

ヴェールを外してそっと上向けば、レヴィオは全く威厳のないだらしない顔になって、ユスティーナの望むままに唇を重ねた。


明け方近くに自室に戻ったユスティーナは、ほとんど寝惚けながら侍女たちに寝衣へ着替えを頼み、ふらふらと寝室に入りベッドに横になった。

レヴィオはまだ彼の私室から戻っていないが、戻ってくる前に眠ってしまいそうなほどユスティーナの瞼は重く閉ざされてしまう。ひんやりとしたシーツの感触も、意識を繋ぎ止めてはおけないほどまで体力の限界は近付いていた。

世界の境界線が不明瞭になるような浮遊感を覚えながら、ユスティーナの意識は混濁した。

寝室の扉が開くかすかな音と、隣に誰かが入ってきた気配に、ユスティーナは口元を綻ばせる。さんざん塔の上で口付け、愛を囁いた夫の温もりに包まれて眠れることに、喜びを感じていた。

寝台に上がり、ユスティーナの被る上掛けの中に侵入してきたレヴィオは、シーツの上を滑るようにして妻の体を背後から抱き寄せる。

絹の寝衣越しに伝わる夫の温もりに、体中から更に力が抜けていく。腹部に回された腕に手をやれば前腕を包む筋肉の張りが伝わって、ユスティーナの胸はまたときめいてしまう。

「ユスティーナ、ゆっくり休め」

「ええ……」

ユスティーナの栗色の髪をレヴィオの指が優しく払い、露わになった白い首筋に、彼は唇を寄せた。首筋を食むように口付けられて、ユスティーナは甘い息を吐き出す。

「ん……」

悪戯な唇は留まるところを知らず、ユスティーナの小さな耳へ迫り、つんと立ち上がる耳殻を柔らかく唇で挟み込んだ。

「んっ……何をするの……」

「お前は、耳まで可愛い」

耳元で囁きながら、振り返ろうとしたユスティーナの体を固定したレヴィオは、耳朶をちゅ、と口内に含む。

「んっ……」

「愛らしいな、ユスティーナ……明日の夜が、もう待ち遠しいほどだ」

耳に口付けながら話すレヴィオの吐息は熱く、ユスティーナの肌を擽る。

夫の腕の中で、ユスティーナはほとんど意識を手放しかけていたが、肌を刺激されると勝手に吐息が零れ出し、小さく体が揺れてしまった。

ユスティーナの足がズボンに包まれたレヴィオの足に絡み、臀部に何か、硬直したものを感じた。

（まぁ……寝室まで、剣を持って来るなんて……）

ぼんやりした意識のままに、ユスティーナは臀部に当たる剣の柄に触れた。

硬い柄は何故か温かく、思ったより大ぶりな剣の柄のようで、形状を確かめるようにそれを摑んだ瞬間、ユスティーナの耳元で荒い息が放たれた。

（レヴィオ……どうしたの、かしら……）

夫の異変を察知したユスティーナは、そうっと振り返ろうとしたが、身を捻ったところで体力は尽き、ユスティーナは夢の中へと旅立った。

一人取り残されたレヴィオが苦く笑っていたことを、寝入ってしまったユスティーナが知ることはなかった。

4

愛の育つとき

ユスティーナの寝坊は、最早日課になりつつある。

昼前に起き出した主の希望通りに、侍女たちは手早く準備を整え、ユスティーナを送り出した。

淡い黄色の地に、白のレースをあしらった可愛らしいドレスを纏ったユスティーナがハルヴァリの私室を覗くと、執務机で書類の山に埋もれていた彼はぱっと表情を明るくして朝の弱い妻を出迎えた。

「ユスティーナ！」

「ハルヴァリ様」

飛びつく夫の鳶色の髪を撫でていたユスティーナは、ハルヴァリの護衛官の視線に気付き、顔を上げる。

エトの漆黒の瞳が、じっとユスティーナに向けられていた。その眼にはユスティーナを見張るような厳しさがあり、不躾（ぶしつけ）な眼差しに眉を顰（ひそ）めながらも、ハルヴァリの前で彼を諫（いさ）めるようなことはしてはならないと、ぐっと堪えた。

いつものようにそのままハルヴァリの私室で昼食を終えると、彼は自ら着替えるべく立ち上がった。

「今日は、けいこだ」

「まぁ。わたしもご一緒しても？」

「うん！」

ハルヴァリは稽古にはあまり乗り気ではないようだったが、自分にとって必要なことは思っているのか、単にエトに「稽古をしたくない」と言い出せないのか、従者の世話を受けて訓練着に着替えた。

訓練所は、魔王城エストワールハイトの塔とは反対側の城の端に位置する大広間ほどに広い部屋で、大きな窓が部屋の二面にいくつもついているせいか、室内は光で溢れていた。

灰色の石を真四角にくり抜いたような室内は飾り気もなく、唯一の彩である窓の両側でまとめられた赤の厚布は、室内で異彩を放ち、いやに毒々しく感じられる。

大きな窓から真っ白な光の差す訓練所の中心で、動きやすい訓練着を身に纏うハルヴァリが握るのは、練習用の刃を鋳つぶした剣である。

彼の身長に対してそれはいささか大きく、構えたそばから切っ先が揺れた。

対峙（たいじ）するエトは剣先を床に向けたまま動かないが、その一見脱力しきった構えには隙がない。同じく訓練用の剣を握っているが、武器を握らせていること自体が物騒に思えるほど、その真っ黒な瞳には獰猛（どうもう）な光が宿っていた。

内に秘める怯えに背を押されたように、ハルヴァリが走り出す。

（いけない——）

ハルヴァリの構えは隙だらけだ。

大きく腕をあげてエトに突進していく速度は、遅い。愛らしい動きはまるで無力な子ウサギのようで、ユスティーナが思ったとおりに、エトはハルヴァリの振り下ろした剣を軽くいなした。

キィン、と甲高い金属音がしたが、それがハルヴァリの蜂蜜色の瞳に火を灯す。

鋭く金色に輝いた瞳がエトを睨み上げ、ハルヴァリは体を回転させながらエトの剣を薙ぎ払うように踏み込む。浅い。エトは素早く構えを変えて、小さな魔王が繰り出した剣を圧し返した。

二、三歩よろめきながら後退したハルヴァリは、重い剣を一度下げ、小さな手で柄を握りなおす。

そのときの瞳はもう、いつもの優しく甘い蜂蜜色の瞳に戻っていた。

（今、一瞬……）

ユスティーナは確かに、ハルヴァリの中にレヴィオの影を見た。しかし、ハルヴァリは、エトとの打ち合いに早くも飽きてきているようで、もう一度剣先をあげて黒ずくめの護衛官に挑む様子は見受けられない。

表情の読めない顔で、エトは淡々と言った。

「ハルヴァリ様、それでは強くなれませんよ」

「……どうやったらつよくなる？」

「鍛錬に近道はありません」

ユスティーナは、一人大きく頷く。

訓練所に用意された椅子に座って二人を見守るに徹していたユスティーナは、ハルヴァリを励ましてやりたい気持ちを必死に押し込めていた。

(わたしが口を出していいことではないわ)

騎士団でも、騎士たちの育成や訓練に関する事柄は、騎士団長の決定に委ねられている。それには、指示系統を維持する意図や、これまでの歴史のなかで培われた経験が生かさているなどの理由があるものだ。

一方的に見える剣術の稽古にも、きっとエトなりの意図があるのだろう。部外者が口を挟んではいけない。

ユスティーナは幼い夫を、優しい眼差しで見守った。

ハルヴァリは小さな唇をやや突き出して眉を下げていたが、エトが「もう一度」と言うと、再び剣先をあげて構えなおした。

ハルヴァリの構えは先程と変わらないが、繰り出す剣の速度と角度は先程よりやや鋭く、エトは一歩引いて攻撃を躱(かわ)した。

(学んでいるのね……)

夫の成長を見守りながら、ユスティーナは護衛官の力量にも注目していた。

エトは、かなりの手練れのようだ。

少年魔王を守る護衛官なのだから当然と言えば当然だが、剣技だけを取ればアルセンドラの騎士団長ゼレドにも引けを取らない。是非エトとも一戦交えてみたいものだと獲物を狙うように観察しながら、ユスティーナは、もう既に懐かしくさえ感じる騎士団長のことを思い出していた。

乱暴に打ちつけられた剣の重みに、ユスティーナの手から訓練用の剣が弾き飛ばされる。アルセンドラ帝国騎士団の屋内訓練所の床の上に派手な音をたてながら落下した剣は、反動でくるりと回ってからゆっくりと動きを止めた。

「そんなことで魔界でやっていけるのか？　ユス」

付き合いの長いゼレドは、ユスティーナを「ユス」と愛称で呼ぶ数少ない人間である。

公の場ではゼレドもユスティーナを皇女として扱うが、個人的な会話はいつだってこんなふうに適当で乱暴で気の置けないものだった。

傾きかけた陽が鋭く室内に入り込み、その眩しさに目を細めたユスティーナと違い、向かい合うゼレドは慣れたものだと言いたげに涼しい顔をしていた。

「あなた、結婚って知ってる？　わたしは魔界に戦争をしかけに行くわけじゃないのよ」

ユスティーナの口調は、ついつい呆れたものになる。

兄の護衛官だったゼレドがその腕前と国への忠誠心を買われて騎士団長に就任する以前から、彼は暇をみつけてはユスティーナの稽古をつけてくれる。他の団員が、「皇女殿下にお怪我をさせてはいけない」とすんなり相手になってくれないなかで、彼は貴重な対戦相手であり、師でもあった。

ゼレドは、三白眼気味の目に親しげな笑みを浮かべた。

「やっと嫁いでくれて嬉しい限りだ。さっさといなくなってくれ」

「言われなくても、明日にはいなくなるわ。あなたこそ、早く奥さんを貰うのね」

二人の間には、艶めいたものは一切なかった。

ゼレドの恋人を何人か知っていたユスティーナは、恋人が不満を漏らせば「女は面倒だ」とばかりに切り捨てる彼を「無神経で狭量な男」だと思っているし、ゼレドはゼレドで、剣術の稽古にばかり興味を示すユスティーナを「変人」とはっきり言ってくる。

無論、それは個人的なやりとりのあいだでのみ許された発言で、彼はそのあたりの処世術にも長けている。公の場で丁重に皇女扱いされる度に、ユスティーナは彼の外面の良さに呆れていた。

なにより、真っ向勝負で挑みたいユスティーナと、どんな手を使ってでも勝ちにいくゼレドでは根本的に考え方が合わない。

今の勝負もそうだった。鍔迫り合いに持ち込んだ彼は、あろうことかユスティーナの腕を摑み、身動きを封じたうえで剣を打ちつけてきたのだ。

(まったく、本当に負けず嫌いなんだから……)

ユスティーナも特に剣術に関して負けず嫌いな自覚はあるが、ここまでではない。

最後の対戦さえ自分の信念を曲げず勝ちにこだわった彼に、やや恨めしげな視線を向けて、転がった訓練用の剣を拾い上げる。

周囲では、団員たちが片付けを始めている。

ユスティーナは「明日の準備をしなければ」と騒ぐ侍女たちの目を盗み、最後の手合わせにやってきたのだ。そろそろ戻らなければならない。

「戻るわ。手合わせをありがとう」

「負けた言い訳はしないのか？」

「しないわ。負けは負けだと、いつもあなたも言ってるじゃないの」

訓練ならば勝ち負けで済むやり取りは、戦場では生死に直結する。ゼレドの勝利へのこだわりはそこにある。自分の好むやり方とは異なるが、実戦を第一に考えるゼレドのやり方に、ユスティーナは不満をこぼしたことはなかった。

考え方や信念は、人の数だけあっていい。

正反対のゼレドから学んだ一番のことといえば、自分にとって異質なものを許容する心だったのかもしれないと、ユスティーナは今になってようやく気付いた。

(狭量だと思っていたけれど、騎士団での稽古を許してくれたあたりは、彼なりの許容だったのかもしれないわね)

ゼレドが訓練用の剣を受け取るべく手を伸ばしていた。

これまでの日々に感謝しながら、ユスティーナは無言のまま剣を渡した。

「年増だと言われてもへそを曲げて帰って来るなよ」

「……あなたって本当に無神経な男ね」

一気に感謝の気持ちが薄らぎ、ユスティーナは顔をしかめて踵(きびす)を返した。

別れの挨拶は必要ない。まるで寂しさを感じないからだ。

互いに惜別の念を持たないところだけは気が合ったのだと、ユスティーナは不敵に笑って訓練所を後にした。

（……まぁ、もう会うこともないでしょう）

騎士団長との思い出にあっさりと蓋（ふた）をしたユスティーナは、食い入るように幼い夫が訓練に励む姿を見守り続けた。

稽古の終了を告げられたハルヴァリは、ばたんとその場で仰向けに倒れ込んだ。

「ハルヴァリ様!?」

両手を広げて倒れ込んだハルヴァリにユスティーナが駆け寄ると、彼は玉のような汗を額に浮かべながら、目を閉じて荒い息を整えようとしていた。

丸い頬が紅潮し、開いた唇は乾いている。

「水を」

ユスティーナは訓練所の隅で控えていた侍女に指示を出し、すぐに手元に運ばれた水をハルヴァリに飲ませるべく、小さな体を抱き起こした。

ハルヴァリの背中は汗ばんで服までじっとりと濡れていたが、腕にその服の湿り気を感じても、ユスティーナは不快に思うことはなかった。爽やかな汗の匂いは好ましいほどだ。こくこくと音をたてながらハルヴァリは水を飲み干して、ユスティーナの腕の中でぐったりとしながら、力なく微笑んだ。

「ありがとう、ユスティーナ」

「いいえ。ハルヴァァリ様、よく頑張りましたね。とても素敵でしたわ」

ユスティーナは思ったままにハルヴァリを褒めたが、彼は眉を下げて小さな顔をふるふると左右に振った。

「でも、エトには、かてないし、僕は、よわいから……」

「そんなことはありません。毎日続けていれば、力はついてきます。それに、もし勝てなくても、毎日続けた努力は実になります」

実体験に基づくユスティーナの言葉には熱がこもっていた。

それに、とユスティーナはハルヴァリの耳元でそっと続けた。

「ハルヴァリ様が最も力をつける頃には、エトの力は衰えている頃です。すぐに逆転できますわ」

悪戯っぽく未来を囁いた妻に、ハルヴァリはしばらくぽかんとしていたが、意味を噛みしめると白い歯を零して笑った。

「そうか。僕は、このまま、がんばる！」

「はい、その意気です！」

夫を励ます妻の役目を終えたユスティーナは、ハルヴァリと共に彼の私室に戻り、彼が汗を洗い流しているあいだ、自室から窓の外を眺めていた。

昨夜、塔から見下ろした魔界と、昼間の魔界はまるで違って見える。

灰色の岩場の荒涼とした風景が、今は昼の光に照らされて、昨夜の血腥さを感じさせない。この土地のどこにあれだけの魔獣が身を潜めているのか、純粋に興味が湧いた。

窓の側に肘掛け椅子を置き、そこに座っていたユスティーナは、側で控えていたロルアを見上げる。

「ロルア、魔獣は昼間、どこにいるの？」

「魔獣は日の光を嫌いますから、太陽が出ているあいだは魔界のもっと奥地に身を潜めています」

「そして、夜になるとやってくるのね？」

「はい」

なるほど、とユスティーナは再び窓外の景色へ意識を向ける。

昼と夜で魔王がハルヴァリとレヴィオに姿を変えるように、この魔王城エストワールハイトも、昼と夜では違う顔を持っている。

昼間は安全で穏やかだが、夜になれば荒々しく危険に満ちるこの城で、どうしてこんなに幸せに暮らしているのかと、ユスティーナは少し可笑しく思ってしまった。


しばらくしてユスティーナの部屋の扉が、控えめに叩かれた。

扉の側にいた侍女がすぐに応じると、開かれた扉の隙間から顔を覗かせたのは幼い夫で、ユスティーナはそれに気付いてすぐに立ち上がって両手を広げた。

「ハルヴァリ様」

「ユスティーナ、入っていいか？」

「ええ、勿論です。どうぞこちらへ」

大きな瞳を輝かせながら部屋に入ってきたハルヴァリは、色鮮やかな室内を首を巡らせて見回して、ユスティーナの元までやってくると、そのままぎゅうっと淡い黄色のドレスに抱き着いた。

小さな夫からの抱擁に、ユスティーナは微笑みながら鳶色の髪を撫でる。さらさらとした髪はまだ根元が湿っていて、体を洗ったあと、すぐこの部屋を訪れたことが窺えた。

そうまでして自分を求めるハルヴァリに、ユスティーナの心は母性に満ち温かくなっていく。

夫婦の抱擁を、ユスティーナ付の侍女たちも、いつの間にか部屋に入っていたエトも、見守っていた。

ハルヴァリは年上の妻に抱き着いたまま顔を上げ、ぱっと大きく口を開いて笑った。

「あの花だ！」

ユスティーナは、この城に到着した折にハルヴァリから貰った花を窓辺に飾っていた。侍女たちが手入れをしてくれているおかげで、花弁の鮮やかな赤はそのまま保たれている。

自分の贈った花が飾られていたことが嬉しかったのか、ハルヴァリの頬はわずかに紅潮していた。

「ええ、ハルヴァリ様がくださったお花です。嬉しくて、飾っているのですよ」

はにかんで笑うハルヴァリの髪をユスティーナがまた撫でると、彼は淡い黄色のドレスに顔を埋めた。

(恥ずかしいのかしら？)

微笑ましく思っていたユスティーナだったが、ハルヴァリは長く妻に抱き着いたまま離れようとせず、その様子にユスティーナはふと首を傾げる。

「ハルヴァリ様？」

「ん……？」

顔を上げたハルヴァリの目は、とろんと閉じかけていた。

(あら。剣の稽古で疲れて、体を洗ってすっきりしたから眠いのね)

ユスティーナは微笑ましい夫の様子に目を細め、彼の小さな手をひいた。

「ハルヴァリ様、少し午睡（おひるね）にしましょう」

「……うん……」

「こちらにどうぞ」

ロルアがすかさず薄紅色のシーツの掛けられた寝台へ二人を導く。上掛けを剝がしたロルアに礼を述べて、ユスティーナはハルヴァリをベッドに座らせた。

ほっそりとした足に穿かされた靴をユスティーナが脱がしてやると、ハルヴァリは自らごそごそとベッドの中央まで進み、こてんと横になった。ユスティーナもその隣に横になる。ハルヴァリの瞼は既に閉じ、手だけがユスティーナを求めてシーツの上を彷徨（さまよ）っていた。

「ここにいますよ、ハルヴァリ様」

呼びかけながら手を握り、反対の手でとんとんと体を軽く叩くと、ハルヴァリの丸い頰がわずかに持ち上がり、小さな唇から安堵の息が漏れ出した。

穏やかな寝息が聴こえてくる。ユスティーナはベッドの側に控えていたロルアにだけ聞こえるように言った。

「わたしも、少し休むわ」

「お召し替えはよろしいですか？」

「ええ、お昼寝だもの。このままでいいわ」

「かしこまりました」

夫婦がベッドを共にする、と、表現するにはいささか愛らしすぎる添い寝に、侍女たちが退室する。エトとロルアがその場に残っていたが、ユスティーナは気にもならなかった。

ユスティーナはそのままハルヴァリの隣で、夜に向けて仮眠をとった。


夜の気配に包まれた寝室で、ユスティーナは微睡んでいた。

連日の夜更かしに疲れは溜まっていたが、少し昼寝をしたことで睡眠不足はいくらか解消されている。それでも夜になれば眠気はやってくるもので、ユスティーナは、ベッドの隣で何かが動き、自分を引き寄せるまで目も開けられなかった。

するすると滑らかなシーツの上を体が滑る感覚に、ユスティーナは目を閉じたまますりと笑う。ゆっくりと瞼を引き上げれば、闇のなかで金色に光る瞳がユスティーナを愛しげに見下ろしていた。

「会いたかったぞ、ユスティーナ」

「……わたしもよ」

柔らかな唇が重なり、ユスティーナは目を閉じる。

触れ合うだけの口付けでは物足りなく、強請（ねだ）るようにユスティーナはレヴィオの腕に触れた。剝き出しの上半身から伝わる熱がユスティーナの纏う絹の寝衣を温める。早くその熱を素肌に感じたいと、ユスティーナは密かに思った。

妻の唇を味わうように、何度も口付けたレヴィオは、ユスティーナの栗色の髪をそっと撫でる。

「ユスティーナ、お前は今宵も美しいな」

ふふ、とユスティーナは声もなく笑う。

弧を描いたユスティーナの下唇を軽く吸って、レヴィオは続けた。

「今日は七歳（ハルヴァリ）の俺と何をした？」

「今日のあなたはね……剣の稽古をしていたのよ。汗をたくさんかいて、とても頑張っていたわ」

「エトとの稽古か。見ていてもつまらんだろう？」

「いいえ。わたし、剣は好きだし、小さなあなたが頑張る姿はとっても可愛いのよ。それからね、今日はわたしの部屋でお昼寝をしたの」

ちゅ、と小さく音をたててレヴィオはまたユスティーナに口付ける。

「あの、薄紅色の寝台か？」

「そうよ。わたしのお部屋に、小さなあなたがくれた花を飾ってあるの。それを見つけて、あなた、とても喜んでくれたのよ」

「また、七歳の俺に先を越されたか。俺もまだお前の寝台に上がったことはないというのに」

合わさったレヴィオの唇が笑みを浮かべていることに気付いて、ユスティーナもそのまま口の端を上げた。笑っているせいでユスティーナの唇はいつものふっくらとした弾力ではなくなっていたが、レヴィオはそれを気にする様子もなく、また小さく音をたてて唇を離す。

「あの花をまだ飾っているのか？」

「ええ。夫から初めて貰ったものだもの。侍女たちがとてもよく世話をしてくれているから、まだ枯れてないのよ。そうだ、レヴィオ」

ユスティーナは触れたレヴィオの腕を揺する。

「なんだ？」

「あの花の種を、妹に贈りたいの。いけない？」

「あの花の？」

頷いたユスティーナの頬に口付けて、レヴィオは首を横に振った。

「ユスティーナ、あの花はな、魔界でしか咲かん。どうせなら、ここに呼んでやれ。咲いているところを見せてやりたいんだろう？」

「いいの？」

魔王城に人間の客を招いていいと思っていなかったユスティーナは、目を丸くして夫を見上げた。レヴィオはその反応にどこか満足気に目を細める。

「構わんぞ。ここはもう、お前の城でもあるのだからな。ただ、夜になるとびっくりするだろうから、人間の客を呼ぶなら昼にしろ。いいな？」

「ええ！　嬉しいわ！」

ユスティーナはレヴィオの体に抱き着いた。

無邪気に抱き着く妻の体重を片腕で支え、レヴィオは栗色の髪に隠されたユスティーナの耳に唇で触れる。くすぐったさに首を竦めたユスティーナだったが、髪越しに触れる唇が快感を呼び起こし、レヴィオに抱き着いたままわずかに身を捩って膝を内に入れた。

ユスティーナの足に、何かが当たる。

（……何かしら？）

絹の寝衣に包まれたユスティーナの足は、硬質な何かの感触を辿りきれない。レヴィオの首に巡らせていた手を片方放し、そっと足に当たるそれに手を伸ばす。

おそらくレヴィオのズボンであろう張りのある生地の向こうに、硬質なものがあった。足に当たっていた得物はこれで間違いないはずだと、ユスティーナはそっとそれを摑もうとする。

「ユスティーナ……」

レヴィオが妻を呼ぶ声には、何故か嬉しそうな響きが滲んでいる。

ユスティーナは夫の体の下で、更に身を捻ってズボンの上から剣の柄にしてはいささか太いようなそれを、ぎゅっと摑んだ。

「う……っ！」

「えっ!?」

剣の柄かと思ったが、そこを摑むと、夫が呻く。

ユスティーナは驚いてそこから手を離し、レヴィオを見上げた。呻いた彼は、しかし、あまり辛そうな顔をはしておらず、どちらかといえばでれっとした締まりのない顔になっている。

（……ん？）

ユスティーナは、レヴィオの腕の中で小さく首を傾げ、もう一度、そうっとそこに手を這わした。

レヴィオの目が細められ、恍惚とした息を零す。

「……これは、なに？」

剣の柄ではなく夫の体の一部のようだが、それが何か、ユスティーナには見当もつかなかった。

問われたレヴィオは一瞬ぽかんとしたが、何かを察したように突然楽しげに喉の奥で笑った。

「随分大胆なことをすると思ったら、何かわかってなかったのか。可愛いやつめ……」

素早く口付け、レヴィオは殊更優しい手つきでユスティーナの頭を枕の上に置いた。横たわる妻の体に覆いかぶさったまま、彼は引っ込んだユスティーナの手を、再びそこに導いた。

掌に、張りのあるズボンの生地と、硬質ながら弾力もある何かの感触が伝わる。

「これは、俺だ。ユスティーナ」

「……え……？」

ユスティーナは確かめるように掌に感じるそれを辿る。

剣の柄のような円柱で、ユスティーナの手では握り込めないほどの太さがある。これがレヴィオだと言われても、ユスティーナには理解できない。

ぱちぱちと瞬いてそこをまさぐる妻に、レヴィオは笑いながら口付けた。

「ユスティーナ、お前とひとつになったとき、お前の中に入り込んだものがあっただろう？　それがこれだ。覚えてるか？」

「ええ……これが……？」

激しく身の内を突き上げていた物の正体に触れたユスティーナは、好奇心に誘われてレヴィオの硬直したそこを撫でまわした。

硬い棒状の物の下には膨らみが続き、それが睾丸(こうがん)であることを人体の構造の知識で悟ったユスティーナは、はっとする。

(これって……)

ほんの幼い少年たちが全裸で駆けまわる光景を、ユスティーナは何度か見たことがある。恥じらいもなく晒されたそれは、今触れている夫のものより、もっとずっと小さく垂れ下がっていたが、つまり、あれが、これなのだろうか。

ユスティーナは混乱しながら、さわさわとそこに触れる。それは色めいた欲求ではなく、夫の体に起きた異変に対する心配だった。

「こ、これが普通なの？　これで、大丈夫なの……？」

「心配してくれてるのか？　お前は優しいな」

レヴィオはズボン越しに男根を撫でまわすユスティーナの額に唇を落とした。

「俺のここはな、お前が欲しいと吠えて、こうなっているんだ。お前の中に入り込み、思うままにお前を突き上げて啼かせたい……そう主張しているだけだ。満たされて中のものを吐き出せば、元に戻る。大人の男はみんなそうだ」

レヴィオの声には、欲情が滲んでいた。ユスティーナはそれが自分の悪戯な手の仕業だと知らず、夫のそれをしきりに握っては擦り、手で確かめていく。

掌に感じる、硬直した感触。それは他のどの部位より硬く張り詰め、握ったときに反発する硬さは筋肉の圧とは異なるようで、くびれた部分から上は程よい弾力を持っている。不思議な構造を調べ尽くすように、ユスティーナの手は徐々に遠慮がなくなっていた。

（大人にならないと夫婦の営みができないとだけ聞いたけれど……こういう……）

ユスティーナは全てを知った気になっていた。これを身に飲み込む夫婦の営みは経験したし、夫の体の最終形態も確認した。魔王城で、大人の女として、着実に成長している気がした。

（ということは、このあいだ、わたしの中で弾けた熱が……子種ということね！）

納得したユスティーナは一人で繰り返し頷き、はっとして赤面した。思わず、夫のそこを握っていた手に力が入った。

レヴィオは、一度眉を寄せて、熱い息を吐き出す。

「あっ、ごめんなさい!!　痛かった……？」

「いいや、痛みはない。心地いいだけだ」

「……気持ち、いいの……？」

上目遣いに夫を窺うユスティーナに、レヴィオは愛しげな眼差しを向けて、そっと唇を寄せた。

「俺の妻は、無垢で、好奇心旺盛だな。可愛くてしかたない……」

柔らかな唇が触れ合い、レヴィオの手がユスティーナの腰に触れた。その些細な刺激に体が疼き、ユスティーナは色付いた吐息を零した。

「はぁ……っ」

「ユスティーナ、俺に妻を愛でさせてくれ……」

愛でるという意味を、ユスティーナは本能で理解した。

唇が再び重なったが、それは先程までの可愛らしい口付けでなく、淫らで情熱的なものだった。薄く開いたユスティーナの唇をこじ開けたレヴィオの舌は、躊躇いなく口内を蹂躙していく。

「はぁっ……あ……」

生温い舌が口蓋を擽るのが心地よく、帯を解かれるのももどかしく感じるほどだった。するすると帯が滑り、合わせた袂から内へ入り込んでくる大きな手に、背筋がぞくりとする。

「んっ……は、ぅ……」

開けた寝衣が肌の上を滑っていく感覚さえ、甘美に感じられた。ユスティーナの白い乳房の先端は既にぷっくりと身を起こし、淫らな刺激を待ちわびている。

「は、んっ……」

自分でもわかるほどに腰の内に熱が溜まり、その熱は蜜となって外へ滲み出ていく。掬い上げられた舌に応えるように、ユスティーナも、ぴく、と舌を動かして絡めた。

「ユスティーナ……うまいぞ……お前は、本当に覚えがいいな……」

レヴィオの舌はユスティーナの舌を絡め取り、口内へ導くと軽く吸った。

「んんっ……」

甘い痛みは心地よい刺激となり、ユスティーナを震わせる。ユスティーナの豊かな胸をレヴィオの大きな手が包み、優しく揉みしだいていく。掌で先端が擦れるとうずうずと秘部が疼いて、ユスティーナは内腿を擦り合わせた。

「ユスティーナ……少しずつでいい……慣れてきたら……気持ちいいときには、そう言うんだぞ」

「んっ……わかった、わ……っ」

首筋を辿っていくレヴィオの唇に、ユスティーナは次に我が身を襲う刺激に期待を膨らませた。

ユスティーナの張りのある乳房を唇で食みながら、先端へ到達したレヴィオの舌が、そっとそこを濡らす。

「あっ……!」

「ユスティーナ、敏感になってきたな……こうやって、お前の体はどんどん刺激を感じやすくなっていく……成長している証だ、素晴らしいことだぞ……」

柔らかなレヴィオの舌が張り詰めた突起を転がすと、もどかしく緩やかな快感が広がる。そこを口内で弄りながら、レヴィオの手はさっきからしきりに揺れるユスティーナの腰に向かっていた。

「ここも……もう触れられても、怖くないだろう？」

大きな手が足の付け根を辿り、既にじっとりと濡れたそこに触れる。ユスティーナは待ちきれず身悶える。突き上げられた快感が蘇り、蜜道が疼きながらさっき触れたレヴィオを求めていた。

「あっあっ……」

「濡れているな……いい調子だぞ、ユスティーナ……」

「あっ……！」

淫らに蜜を溢れさせる秘口がレヴィオの指を飲み込んだ。圧迫感を覚えたが、ユスティーナはそれより遙かに太い夫のそれを飲み込めるのだと知ってしまっている。事実を知ったユスティーナはその指が与える快感をすべて受け入れようとしていた。

「あっ……んんっ……！」

まるで夫のものが挿入されているようで、ユスティーナの情欲は煽られていく。内のしこった部分を彼の指は繊細に刺激し、ユスティーナはまた腰を揺らした。

「あっんっ……はぁ、あ……っ！」

「ユスティーナ……お前の声を、もっと聴きたい……」

胸の先端をきつく吸い上げ、小さな悲鳴をあげたユスティーナから熱が離れた。妻の両足を割り裂いたレヴィオが、その間に身を滑らせて、そのまま顔を埋めてしまう。

「ああっ……！　レヴィ、オ……そ、なところっ……んっ……！」

「ユスティーナ……お前の蜜は甘い……」

温かな舌が秘裂全体を隅々まで舐め上げていく。

「んっ、レヴィオ……だめっ、あっ……！」

押し止めようと伸ばしたユスティーナの手は、レヴィオの髪に触れて止まった。与えられる快感は羞恥を遥かに上回り、止められるはずなどなかった。ユスティーナの花弁は赤く膨れて花開き、小さな粒も身を起こして触れられるのを待っていた。

「ここで快感を得ることは、もうわかっただろう……わかるか、ユスティーナ。ここは、淫らに成長してきている……」

「ああっ……！」

レヴィオの柔らかな舌が、ぷっくりと張り詰めた赤い粒を擦りあげる。全身が溶けそうなほど熱くなり、呼吸もままならない。自分の体に、こんなにも淫らな器官があるなど知らなかった。まるで、夫に愛されるためだけに存在するようなそこを、今、レヴィオが。

「あっ……レヴィオ……！」

恐怖ではなく、快感に襲われて夫を呼ぶユスティーナの蜜道に、レヴィオの指がとぷりと沈み込む。ぴちゃ、と淫靡な音をたてながら肉芽を舐める舌と、内の一点を押すように刺激する指に、ユスティーナは夢中で高く声をあげる。

「あっ……！　あぁっ、んっあぁ……！」

きつく枕の端を摑みながら、ユスティーナは足先まで力を込めて、必死に内で膨らむ快感を追いかけた。

「あっあっ……やぁ、レヴィ、オ……あっ……！」

レヴィオの舌は休むことなくユスティーナの花芽を操り続け、入り込んだ指は繊細な動きを続けている。体中を駆け抜ける快感に翻弄されるユスティーナの上で揺れる乳房に、もう一方のレヴィオの手が伸びてくる。

「あっ……そこ、あぁっ……！」

きゅう、と胸の先端を摘まれて、ユスティーナは一際高い声を上げた。頭の中が真っ白になる。体中が火照り、汗ばんだ額に髪が張り付いていた。それにも構わず、ユスティーナは喘ぎ続ける。

「んっあぁっ……！　レヴィ、オ……あっ、もっ……！」

気持ちいい。

たった一言発する余裕もなく、ユスティーナは全身を硬直させて、がくんと大きく跳ねた。

レヴィオの指を飲み込んだ蜜道がひくひくと収縮し、奥へ奥へと飲み込もうとしているようだった。達したユスティーナが脱力しきっていると、レヴィオの唇が腿や腹部を辿りながら這い上がり、唇へ達した。

「ん……」

「ユスティーナ……今から、俺が、お前の中に入るぞ……」

ぼんやりとユスティーナは頷く。ズボンの上から触った硬直したレヴィオのそこを受け入れるのだと思うと、何故かユスティーナは恍惚とした気持ちになる。それを表すかのように、愛液は蜜口から溢れ出し、秘部はぐっしょりと濡れていた。

「お前は、本当に可愛い妻だ……俺を受け入れようと、こんなにも滴らせている……」

秘口に熱い楔の先端をあてがいながら、レヴィオの唇は何度もユスティーナの唇に触れ、ふっくらとした柔らかさを味わう。

ぐっ、と腰を沈めたレヴィオの剛直が、蜜で溢れたユスティーナの隘路へ入り込む。

「あっ……！」

「ユスティーナ……痛むか？」

痛みはなかった。本来の狭さを押し広げられている違和感はあったが、それは体の奥深くまでレヴィオと繋がっているという事実に掻き消され、ユスティーナの内に広がる甘やかな快感を邪魔しない。

「んっ……あっ……」

「お前の中は、柔らかく俺を包み込む……飲み込もうと、絡みつき、締めあげながら……」

レヴィオはゆっくりと腰を動かし始める。

蜜道の奥に到達したレヴィオの剛直は、優しくそこを押し上げて、ユスティーナの内に眠る更なる悦楽を呼び起こそうとする。

「あっ、あぁ……っ！」

ユスティーナはレヴィオの腕に縋りつく。夫を求めた妻を、レヴィオはきつく抱き締めた。体が密着するとこれまでと違う角度で媚肉が擦れ、ユスティーナは目を開けて声を発する。

「ああっあっ、レヴィオ……！」

「どうした、ユスティーナ……お前は本当に、愛らしいな。こんなにも、俺にしがみついて……」

髪を撫でる手を感じ、ユスティーナは体内を突き抜ける快感に呑み込まれそうになる。再び目を閉じて大きく息を吸い込むと、レヴィオの匂いが胸を満たした。

愛する夫の腕のなかにいるのだと感じて、ユスティーナは回した腕に力を込めた。

「あっあぁ……」

「ユスティーナ……動くぞ……」

「んっ……」

ゆっくりと最奥を押し上げるだけだった剛直が、ずず、とユスティーナの内を削り取るように引いて行き、再び奥を穿った。

「ああっ！」

「ユスティーナ……もっとだ……もっとお前を、俺にくれ……！」

激しくユスティーナを貫き、大きく揺さぶるような抽送が繰り返される。急激な刺激に瞼の裏が明滅した。打ちつけられる腰にがくがくと震えながら、ユスティーナは喉を鳴らす。

「あっんっは、あっ……！」

押し潰されたユスティーナの乳房が微かに揺れて、レヴィオの胸板で擦られると堪えきれない快感が膨れ上がる。

レヴィオが腰を引く度に、ユスティーナの内に潜むざらついた部分が引っ掻かれる。奥を突く刺激と交互にやってくるその快感は、ユスティーナの蜜道をきつく狭め、レヴィオの剛直を締め上げた。

「あぁっ！」

「つ……ユスティーナ……！」

苦しげに呻きながらも、レヴィオの抽送は止まらない。名前を呼ばれ悦ぶように、蜜道は大きくうねり、彼の肉棒に絡みつく。

ユスティーナはきつくレヴィオにしがみついた。レヴィオが吐き出す雄の息が頬に触れ、それにユスティーナの全身の毛が逆立った。

「あぁっんっ……も、あぁっ……！」

「ユスティーナ……！　言ってみろ……、お前の感じている、快感を、言葉にしろ……」

激しく腰を打ちつけられ、ユスティーナはきつくレヴィオの背を抱き、叫ぶように声をあげた。

「あっレヴィオ！　きもちい、いっ……！　ああぁっ！」

言葉にして認めてしまうと、ユスティーナの体は更に快感に溺れていく。猛り狂ったように律動を速めたレヴィオが、ユスティーナを抱く腕に力を込める。

「あっああぁっ！」

全身に力が入った。蜜壺を蹂躙する剛直が硬度を増す。

「ああぁ……っ！」

ユスティーナの目の前が真っ白になり、がくがくと身が震えた。

「つ……出すぞ……ッ……!!」

絶頂に妖しく蠢くユスティーナの内で、レヴィオのそれも激しく脈動しながら精を吐き出した。

身を焼く熱が広がっていくのを、ユスティーナは感じていた。

「はぁ……はぁ……」

ユスティーナが脱力しきって吐き出す艶めいた吐息に、レヴィオの荒い呼吸が混ざる。呼吸の整いきらないままに、レヴィオの指が、乱れたユスティーナの髪を梳いた。

「ユスティーナ……俺の、愛しい妻……」

柔らかな唇が唇に触れると、ユスティーナの蜜道は、またきゅうっと狭まっていく。自らの内が蠢いた刺激にさえ敏感に身を震わせるユスティーナの頬を、レヴィオが包む。

「ユスティーナ……お前への想いが止まらない……悪い、このまま、もう一度だ……！」

「あっ……レヴィオ……！」

再び動き始めたレヴィオの与える愉悦に、ユスティーナは抗うことなどできなかった。貪欲に求められながら、ユスティーナはその事実にも、悦びを感じてしまっていた。


昼前の光を浴びながら、ユスティーナは重い腰を擦っていた。

昨夜、ユスティーナは自分がいつ眠りに落ちたのかも覚えていなかった。

背面から突き上げられ、ものの数拍で達してしまったユスティーナは、夫が無事二度目の満足を味わえたのかどうかさえ知らずに気を失ってしまったのだ。

ベッドで足を伸ばして座るユスティーナの寝衣は、またしてもきちんと着せられている。夜な夜なレヴィオが寝衣を戻してくれているのだと思うと、ユスティーナは夫婦の睦み合いよりもそちらの方が気恥ずかしいものに思えて、一人赤くなった。

ユスティーナは、熱くなる頬を両手で覆う。

(寝衣くらい、自分で着られるようにしないと……!)

さんざんあられもない姿を行為中には晒しているが、それとこれとは別、とユスティーナは考えていた。

夫に身の回りの世話をしてもらうなど、妻としてあるまじきことだ。少なくとも、ユスティーナの常識ではそうなっていた。

(今度は、きちんと服を着るところまで、起きておくわ)

決意も新たに、ユスティーナは一人取り残された寝室から自室に戻った。

「ユスティーナ様、お目覚めになられましたか」

「ええ。すっかり寝坊したわ……ハルヴァリ様はお部屋に?」

「はい。何度かこちらにおいでになっていらっしゃいました。ユスティーナ様はまだ起きないのかと仰って」

「あら」

ロルアとユスティーナは、同じ感情を抱いたらしい。顔を見合わせてくすりと笑う二人に、他の侍女たちもつられるように小さく笑っていた。

あまりにも可愛らしい魔王の様子に、ユスティーナは口元を緩ませながら湯浴みと身支度を終え、彼の部屋に向かった。

　穏やかな薄紫のドレスを纏ったユスティーナは、寝室を通ってハルヴァリの部屋の扉を叩いた。中からエトが顔を覗かせ、静かに目礼を寄越した。彼が扉を開くと、ハルヴァリは執務机に顎を乗せてぼうっとしていたようで、ユスティーナの登場に瞳を輝かせて椅子から飛び降りた。

　ハルヴァリは落ち着いた青の衣装を身に着けている。それは彼の鳶色の髪によく似合っていた。

「ユスティーナ！」

「ハルヴァリ様」

　いつもより勢いよく飛びつかれて、ユスティーナはぐらつきそうになった。ドレスの中でしっかり肩幅に足を開き何とか幼い夫の体重を支えたユスティーナは、さらさらとした髪を撫でて、素直に寝坊を謝罪する。

「申し訳ありません、すっかり寝坊癖がついてしまったようです」

「ゆるす！　ユスティーナは特別だ！」

「まぁ、お優しい」

　くすりと笑うユスティーナに、ハルヴァリは白い歯を覗かせて応じる。その表情はどことなくレヴィオに重なって、ユスティーナは違う意味で小さく笑ってしまった。

「ユスティーナ、庭に、かぞくを呼びたいときいた！」

「あら、もうお話がお耳に入りましたの？」

「うん！　レヴィオから！」

ハルヴァリが指さした執務机には、おそらくレヴィオが昼間の自分に宛てて書いたのであろう手紙が置かれている。

昼間に客人を招くなら、ユスティーナが紹介する夫はハルヴァリになる。

事前にハルヴァリに話を通しておくことは必須だと思っていたが、レヴィオは手早くそれを済ませてくれていたようだった。さすが、本人である。話が早い。

「妹がいるのか？」

「はい。ハルヴァリ様と同じくらいの歳の妹がいます。とっても綺麗なお庭ですから、是非、妹にも見せてあげたいのです。招いてもよろしいでしょうか？」

「うん！」

きちんと理解できているのか怪しい「うん」だったが、ユスティーナは取り敢えず昼と夜、どちらの夫からも許しを得ることができたのだとほっとする。

アルセンドラにも、赤い花はある。

しかし、それは毒花で、庭園に植えられることもなければ、部屋に飾られることもない。遠出した折に自生しているそれを目にしたクリスティーナは、赤い花に触りたがって、よく侍女たちを困らせていた。

それは、ユスティーナにも覚えのある経験だった。

この魔王城エストワールハイトに咲く赤い花は、毒花ではない。

クリスティーナに触れさせてやることができるのだ。ユスティーナは、いずれ自分と同じようにどこか遠い地へ嫁ぐことになるであろうクリスティーナに、姉として願いを一つ叶えてやりたいと思った。

（わたしは、運が良かったんだわ。こんなに幸せな結婚生活を送れているんだもの……）

ユスティーナはハルヴァリの髪を撫でながら、内に溢れ出す母性を感じた。それは紛れもない夫への愛情であり、忠誠の証でもあった。

日増しに夫への愛情が育っていくのを、ユスティーナはひしひしと感じていた。

鳶色の髪を撫でていると、ハルヴァリは何かを思い出したように勢いよく顔を上げた。

「そうだ！　ユスティーナ、今日は、夕方から滝のいわばに行くんだ！」

「滝の岩場？」

ユスティーナが首を傾げると、ハルヴァリは自身の机へ駆け寄って補佐官からの手紙を手にした。そこには、レヴィオの流麗な文字が並んでいた。

「ええっと、滝のいわばで……しさつがあるって。テュイダが来てほしいって言ってるから、って」

聞き覚えのある名だったが、未だテュイダと面識のないユスティーナは、どんな人物か想像もつかないままにハルヴァリの説明を聞くことになった。

「夕方になったら、馬車に乗って……ユスティーナといっしょに！」

「まぁ、わたしもご一緒してよろしいのですか？」

「うん！　レヴィオが、ユスティーナもいっしょに、って！」

ハルヴァリは屈託なく笑って、手紙を妻に差し出した。

「見てよろしいのです？」

「うん！」

夫の手紙を見る了解を夫から取り付けたユスティーナは、その指示書に目を通した。

どうやら、魔王城エストワールハイトが治める領地の滝の岩場と呼ばれる場所で何かあったらしい。テュイダとやらの報告によって、レヴィオは滝の岩場へ視察へ赴くことを決めたようだ。

（詳しいことは書いてないわね）

おそらく詳細を書くことで、ハルヴァアリが混乱すると判断したのだろう。だが、その手紙には確かに「ユスティーナ様にも同行して頂くように」と指揮官としての丁寧な言葉が綴られていた。

（ユスティーナ様ですって）

ふふ、と思わず笑みを漏らしたユスティーナに、ハルヴァアリは表情を明るくする。腰のあたりのドレスを、小さな手がぎゅっと摑んだ。

「ユスティーナも楽しみか？」

「ええ、とっても楽しみです！」

「そうか！」

彼は外出を楽しみにしているだけではなく、妻を新たな場所に連れて行くことを喜んでいるようだった。小さな夫が自分を想い、あれこれ考えてくれていることが嬉しくてたまらない。この愛らしい優しさに、自分はどう応えられるだろうかと、ユスティーナは心からの笑顔で幼い夫を見つめていた。

窓のない黒塗りの馬車は、軽快な速度で夜の魔界を進んでいく。

魔王城エストワールハイトを出発したのは空が赤く染まる夕刻で、外はそろそろ夜の気配が濃くなってきている。到着する頃を見越して、侍女たちはユスティーナに夜の衣装を用意した。さすがに馬車のなかではヴェールは付けずに手に持っていたが、夜の装いに身を包むユスティーナと違って、ハルヴァリはいつもと同じような衣類を身に着けている。

(夜になれば、レヴィオが現れるからかしらね)

隣に座るハルヴァリは、普段ならベッドに入っている頃だ。彼は大きな欠伸を立て続けに三度も繰り返しているが、興奮気味にユスティーナに滝の岩場の説明をしてくれていた。夫として、これから向かう場所を妻に紹介しておいてやろうという気持ちを汲み取り、ユスティーナも質問を挟みながら、少しずつ滝の岩場という場所を把握しはじめていた。

「では、その大きな滝のそばに、今夜泊まる砦があるのですね？」

「うん！　でも、砦のうらがわは、ひとりで行ったらだめなんだ。滝の近くは、危ないから」

「落ちてしまっては大変ですものね。砦からも滝は見えるのですか？」

「うん！　でも、ちょっとだけだから、明日、いっしょに滝を見にいこう！」

「まぁ、楽しみですわ！」

妻の喜びように、ハルヴァリも満足げに表情を緩ませていた。幼い夫の愛らしい様子に目を細めながら、ユスティーナは彼の体をそっと引き寄せて自身の体にもたれさせた。

「それでしたら、明日に備えて今のうちにしっかり休んでおきましょう」

「うん」

こくりと頷いたハルヴァリは、支えを得ると急速に脱力していき、その目はとろんと閉じかかっていた。随分無理をして起きていたのだろう。馬車の揺れもあいまって、ハルヴァリはそうかからずに眠りに落ちた。

小さな体を滑らせるようにして膝を枕に横たわらせると、まだ意識が微かに残っているのか、小さな唇が力なく弧を描く。

（本当に可愛い……）

夫に心癒されたユスティーナは、向かいに座る護衛官に声を掛ける。

「あなたも今のうちに休んだら？　外には他の護衛がついてくれているんでしょう？」

馬車の周辺には、護衛の気配が密集していた。夜の護衛を務めるのは、あの屈強な魔族たちだという。安全な旅路を確保できていると信じて疑わないユスティーナに、エトは片方の口の端を上げた。

「ユスティーナ様、今の魔界は、特に危険に満ちていますよ」

「……どういう意味なの？」

「レヴィオ様が、視察が必要だと判断なさった理由があるという意味です」

まるで答える気のない彼の返事に、ユスティーナの眉はぴくりと歪んだ。エトから向けられるわずかな反発や蔑視はこれまでにも感じたことがあったが、今の彼の態度は、ユスティーナを快く思っていないと明言しているに近い。ここまであからさまな態度を取られては、さすがに黙っていることなどできなかった。

「……あなた、何が気に入らないの？」

しかし、魔王の妃の厳しい視線にもエトは動じることなく、口を閉ざしたまま挑むようにユスティーナを見据えた。

澄みきった青と、闇のような黒の瞳が真っ向からぶつかり合い、馬車のなかの空気がぴりりと張り詰めた、そのときだった。

膝の上にかかる重みが増し、低い声が緊張感を掻き消した。

「どうした、ユスティーナ？」

「レヴィオ」

身を起こしたレヴィオは、夜の衣装を纏っていた。悠々とハルヴァリと並んでいた座席はレヴィオの体に圧迫されたが、彼の存在を側に感じるとユスティーナはほっとした。

人目もはばからずユスティーナの頰に唇が押し当てられ、大きな手が髪を撫でた。

「疲れたか？」

「いいえ……」

ユスティーナは、エトの不躾な態度を彼に報告するつもりはなかった。これは自分とエトの問題であって、レヴィオの口添えでの和解は根本的な解決には至らない。

（そうよ。言わなくていいことだわ）

そう断じたユスティーナの頰を、彼の手が包み込んだ。レヴィオの匂いをかすかに感じて、強張った表情もようやく緩んでいく。

「ユスティーナ、昼間の俺から聞いたか？　滝の岩場の視察に向かうぞ」

「ええ、聞いたわ。崖の上に建つ砦なんでしょう？　とっても大きな滝があると教えてくれたわ」

「そうだ。魔族でも落ちれば命はない」

「まぁ怖い」

想像していたよりずっと大きな滝のようだ。ユスティーナの瞳が好奇心にきらりと輝くと、レヴィオも白い歯をこぼした。

「俺の妻は好奇心旺盛だな。まったく、可愛くて仕方ない。お前はきっと、滝の岩場を気に入るだろう。だが、今回は遊びにいくわけじゃないからな。砦に着いたら、まずはテュイダからの報告を受ける。視察はそのあとだ。テュイダについては聞いたか？」

「いいえ」

「テュイダにはな、特別な力がある。今回はその能力で異変を察知し、調査に向かっていた」

「そんなによくないことが起きたの？」

「そうだ。滝の岩場には、更に奥深くの魔界からやって来る危険な魔獣を防ぐ結界がある。まぁ、簡単に言えば柵や網のようなものだ。大きいものの侵入は防げるが、小さいものはすり抜けて入り込んでしまう。わかるか？」

「ええ」

アルセンドラにも、獣を防ぐための防護柵や、大な魚が入り込まないよう用水路に網を仕掛けておく文化がある。具体的に結界がどのようなものかはわからなくとも、それらに似た何かが滝の岩場に存在するのだとユスティーナは理解した。

「その結界に、何かあったのね？」

「そうだ。俺の妻は理解も早いな」

頬に唇を寄せられて、ユスティーナはレヴィオの胸に手をあててそれ以上の接触を押し止める。布越しに伝わる胸板の逞しさに思わず胸が高鳴ったが、今は緊迫した状況だ。そのまま夫の胸に頬擦りしてしまいたい気持ちは、ぐっと堪えた。

「それで、急に視察に行くことになったのね」

「俺としても現状を把握しておきたい。それに、お前とテュイダも早めに顔を合わせておいた方がいいだろう。面白いやつだぞ」

彼が面白いと表現するテュイダはどんな人物だろうと、ユスティーナの想像はもくもくと膨らんでいった。


魔王を乗せた馬車が滝の岩場に到着したのは、真夜中を過ぎた頃だった。

レヴィオの手を借りて馬車から降りたユスティーナのヴェールのなかに、澄んだ空気が入り込み、ひやりと肌を撫でていく。

絶え間なく流れる力強い滝の音が聞こえ、ユスティーナは周囲を見回した。しかし、月光さえ黒雲に遮られた闇のなかでは、滝を見つけるどころか足元さえはっきりと捉えることはできなかった。

眼前に建つ砦は魔王城ほどの大きさはないが、重厚な二枚扉が守る玄関は、十分な威厳を放っていた。ずっしりとした扉が内から開かれると、レヴィオはユスティーナを誘って砦の中に足を踏み入れる。

砦のなかは、明かりが灯されていた。魔王城エストワールハイトよりずっと古くに建てられたことが察せられる石造りの砦の廊下に、軽やかな靴音が響く。

「レヴィオ様！」

（え――？）

息を切らして駆けつけたのは、人間と同じ姿の女だった。

長い黒髪を高い位置で纏めた彼女は、肌こそ出していないが体の線を敢えて強調するようなぴったりとした男装で、張り詰めた胸元がやけに目立っている。

浅黒い肌はエトに似ているが、彼女の瞳は黒ではなく血のような暗い赤だった。レヴィオを見上げて無邪気な笑みを浮かべる顔は愛らしい造りで、瞳はレヴィオを映してきらきらと輝いている。

「来てくださってよかった！　私ではどうしようもなかったので」

安堵した表情と彼女の口調には、レヴィオに対する親密さが窺えた。

「突然城を空けてしまってすみません。見えてしまったので、もう後先考えられなくって。調査を終えたらすぐに城に戻るつもりだったのですが、思ったより状況が悪くて……私ったら、報告書に変なこと書いていませんでした？　送ってから心配になってしまって」

ヴェールの下で、ユスティーナの眉はじりじりと中央に寄っていく。エトの不敬より、ずっと性質の悪いものを感じ取っていたせいだった。

ユスティーナには、彼女の態度に、夫に対する好意が滲んでいるように見えた。

「本当に、勝手なことをしてしまってすみませんでした」

「構わん。おかげで早く手が打てる。それより、俺の妃に挨拶をしろ。ユスティーナ、これがテュイダだ」

（……この女が!?）

愕然としたユスティーナに、テュイダはとってつけたように両手を叩き合わせた。

「ああ、お妃様でしたか！　私ったら、ご挨拶もせずに失礼しました。はじめまして、テュイダと申します。すみません、レヴィオ様から昼と夜についての説明をするように仰せつかっていたのは私だったのに、こちらに来てしまっていて……」

「気にするな。おかげで俺は、妻の可愛い反応を楽しめた」

レヴィオは笑っていたが、ユスティーナはぴくりとも唇の端を動かせないでいた。複雑なユスティーナの心境など知らず、レヴィオが腰を引き寄せる。

普段なら胸が甘くときめく距離感だったが、今は夫の腕の中にいてさえ、胸のざわめきがおさまることはなかった。

ユスティーナはレヴィオにしっかりと手を握られたまま、馬車の向かいに陣取るテュイダをじっと見つめていた。

妃の視線を感じていないはずはないだろうが、テュイダの赤い目は一度もユスティーナに向けられることはなく、ただひたすらレヴィオに注がれていた。

「飛び出したは良かったんですけど、私ったら全然現地調査の役に立てなくて。一緒に来てくれた人数はそう多くなかったし、結界の柱すべてを確認してもらうのにどれくらい日数がかかるか、ぞっとしていたところだったんです。レヴィオ様が途中で増援を出して下さなければ、きっとまだ調査は終わっていませんでした」

どうやら、魔界の結界とやらは多数の柱を軸にして、柱と柱の間に網を走らせているらしかった。今回は、そのうちの柱の一本に異常があるため、結界全体に歪みが生じたという。

テュイダは、ユスティーナが嫁いでくる朝に結界の歪みを察知し、数人の魔族とともに滝の岩場に向かったそうだ。魔王城から結界の柱までは距離があり、柱の調査は滝の岩場を拠点とするのが妥当だったということは、砦で説明を受けた際にユスティーナにも理解できた。

そして、今の話を聞くに、テュイダが不在だった理由を知ったレヴィオは、彼女からの報告が届く前に増援を出したことになる。

国を治める者として迫る危機に対処するのは当然の務めであり、その判断次第で国が滅ぶこともあるのだから、レヴィオの下した「増援を送る」という判断は迅速かつ賢明だったといえるのだろうが、ユスティーナはどうしても胸のなかでもやもやとした不満を抱いてしまっていた。

(そんなに彼女を信用しているの？)

テュイダの赤い瞳は、この世に存在するのはレヴィオただ一人であるかのごとく彼だけを映している。

その彼女を、自分の夫が重用していること自体がユスティーナを十分戸惑わせたというのに――。

速度を落としていた馬車が完全に停止すると、外から扉が開かれた。外の警戒をするべくエトが真っ先に馬車を降り、その隣に座っていたテュイダも腰を浮かせた。

「レヴィオ様、手を貸していただけませんか？」

(また⁉)

ヴェールの下でユスティーナはさすがに眉を顰めた。

テュイダは、馬車に乗り込むときにも、こうしてレヴィオに手を貸してくれとせがんだのだ。

「エト、手を貸してやれ」

乗車時にも、彼はこうしてテュイダの頼みを退けてエトに託した。レヴィオの声をうけてエトが手を差し出せば、テュイダは何の躊躇いもなく彼の手を借りて馬車を降りる。

(だったら最初からエトの手を借りればいいじゃない！　どうしてレヴィオに触れたがるの⁉)

レヴィオに触れたがり、熱っぽく彼を見つめる。テュイダの行動のすべてが、ユスティーナの目には〝夫に対する好意〟に映っていた。

「ユスティーナ、どうした？ 疲れたか？」

「……いいえ」

ついつい、ユスティーナの声は不満めいたものになる。

しかし、ユスティーナは結界の知識に乏しいからこそ、今、感情を爆発させてレヴィオを煩わせるような真似をしてはならないと自分を戒めていた。

自分が思っているよりも、事態は逼迫しているかもしれないのだ。

(そうよ。こんなことくらいで、取り乱したりしないわ)

ぐっと奥歯を噛みしめながら差し出された夫の手を取って馬車を降りると、ヴェールを通してさえ、つんとくる土の臭いが感じられた。

一足先に到着していた魔族たちが、松明を手にして周囲を照らしている。

その明かりのおかげで視界はいいが、光の向こうには真っ暗な闇が広がり、空には時折稲光が走った。魔界の奥深くにいるのだと実感して、レヴィオの腕に添えた手に力がこもる。

人間界から見たときには、この雷雲はひどく遠く見えた。それが今、自分の真上にあるのだ。いつものユスティーナならば、冬空の瞳を輝かせて夫を質問攻めにしていたに違いなかった。

「あれが結界の柱だ」

レヴィオが指を差した先には、松明の明かりが天辺まで届かないほど巨大な石柱が聳えていた。

「あれが他にいくつもあるの？」

「そうだ。目視できる範囲にはないが、かなりの数があるぞ」

「まぁ、すごい……」

魔界の広さを知らしめられた気分で、ユスティーナは状況にそぐわない興奮を覚えた。

柱の周辺には、実際の網もなければ柵もない。結界とはいかなるものなのだろうと、ユスティーナは忙しなく周囲を見回していた。

その視界の隅に、ひらりと長い黒髪がちらついた。

「レヴィオ様！」

(なっ——!?)

ユスティーナは思わず足を止めた。

レヴィオはユスティーナに左手を貸してくれている。テュイダは、あろうことか夫の右手に摑まろうと彼の右側にぴたりと寄り添ったのだ。

(なんなの!?)

彼女の手がレヴィオの右手に添えられて、ユスティーナはかあっと全身が熱くなるのを感じた。

あまりのことに声も出ない。

「暗いので、腕を貸してください」

「俺は妃を支えている。お前はエトの腕を借りろ」

「あ、そうでしたね！　失礼しました」

レヴィオに窘められてテュイダはあっさりと離れていったが、問題はそこではなかった。最早、ユスティーナにとってテュイダは許し難い敵となりつつある。

こんな気分になったのは、生まれて初めてだった。自分は夫を愛しているし、レヴィオからの愛情も感じている。それでも、彼女の存在はユスティーナを不安にさせた。

(レヴィオは、わたしの夫よ!?)

知らず、レヴィオの腕に添えた手にきつく力が入っていた。テュイダを遠ざけた彼の右手が、そっとユスティーナの手に重ねられる。

「ユスティーナ、行くぞ。ここから先は、魔獣が出るおそれもある。俺の側を離れるな」

「……ええ」

心のなかをすっかりテュイダに掻き乱されてしまったユスティーナは、石柱に到着してもその大きさや高さに感嘆することもできなかった。

巨大な石柱は灰色の岩で、今にも傾きそうなほど根元が細くなっている。

「ああ、削れたか」

そう言って、レヴィオは石柱に右手をあてる。レヴィオの手から煙が立ち上るように靄が発生し、それは瞬く間に巨大な石柱を包むと一瞬にして晴れた。

靄が晴れたあとには、根元が細くなっていた石柱が均等な幅に膨らんでいた。一瞬にして、石柱の形状が変わったのだ。ユスティーナは目を丸くしてレヴィオを見上げる。

「何をしたの？」

「レヴィオ様、すごいですね！　やっぱり、魔王の力なら修復可能だったんですね。本当に、大事にならなくてよかった！」

ユスティーナが夫に投げかけた問いは、テュイダの歓声によってほとんど掻き消されてしまった。

「テュイダ、静かにしろ。妃の声が聞こえんだろう――なんだ、ユスティーナ？」

さすがにレヴィオの声にも呆れが滲んでいたが、ユスティーナの精神力はとうに限界を迎えていた。

夫の金色の瞳が自分だけを映し、彼の手が愛しげに頬を撫でても、胸の奥は軋むように嫌な音をたてるばかりで、魔王の力への興味はあっという間に削がれてしまった。


砦に戻り、部屋に通されたユスティーナは、寝衣に着替えてベッドに入ってからもなかなか眠ることができなかった。

頭のなかは、あのテュイダのことでいっぱいだった。

彼女は、確かに優秀な人物なのだろう。説明は要点を捉えていてわかりやすく、視察に向かうための手配は早かった。

しかし、妻のいる男性に対して、あんなに気安く接するなどどういうつもりなのだろう。あまりにも非常識ではないか。独身ならいざ知らず、妻帯者となったレヴィオにああもべたべたと。

はっと思い至って、ユスティーナはぱちりと目を開いた。

（まさか、これまでずっとああだったの……!?）

当然のようにレヴィオの腕に摑まったテュイダの行動が、ユスティーナが嫁いでくるまでの習慣だったとすれば、間に割って入ったのは自分ということになる。

(そ、そんなっ……！)

ユスティーナは乱暴に寝返りをうち、上掛けをぐるんと抱き込んで勢いよく左右に頭を振った。

(そんなことあり得ないわ！)

考えたくもない想像を全力で否定する。

テュイダからレヴィオに対する特別な感情はありありと感じられたが、レヴィオからテュイダに対する態度は、エトへのそれと変わらないものだった。彼らのあいだにある信頼や絆はあくまでも主従のそれであり、男女の色恋ではないはずだった。少なくとも、レヴィオはテュイダを何とも思っていない。

視察中も馬車のなかでも、レヴィオはずっとユスティーナの手を握り、腰を引き寄せていた。テュイダの前でもいつもと同じように甘く自分を見つめてくれることが、レヴィオが彼女を求めていないという何よりの裏付けだろう。

(そ、そうよ……腹を立てる必要なんてないわ……)

だが、ユスティーナは寝台の上で一人、ぎゅっと下唇を噛んでいた。

今、レヴィオは視察の結果を踏まえて今後の対応策を練っている。その場には、当然テュイダもいる。

仕事だと理解していても、その場にレヴィオに好意を向ける女が一人でもいることに胸が騒いで仕方ない。どうしてそんなふうに感じてしまうのか、自分でもよくわからなかった。夫婦関係は良好で、大切にされていると実感している。ただ、今夜は漠然とした不安と寂しさが、体から熱を奪っていった。

ふと、熱を求めて手を伸ばし、冷たいシーツの感触にレヴィオの不在を一層強く感じて、ユスティーナは体を丸めた。

（レヴィオがいないと落ち着かないなんて……）

嫁いでからというもの、ユスティーナが眠るまでレヴィオの体温は常にそばにあった。すっかり彼の存在や熱に甘やかされて、彼がいないと寂しくて眠ることもできないとは、これでは八歳のクリスティーナと同じだ。自嘲気味に苦笑して、ユスティーナはもう一度体の位置を調整する。

（大丈夫よ。レヴィオは、すぐにきてくれるわ……）

自分を落ち着けるように深く呼吸を繰り返すうちに、ユスティーナは眠りについた。

ほどなくして愛しい夫の温もりが自分を包んでくれたことを、眠りに落ちたユスティーナが知ることはなかった。

昼の光に照らされた滝は、水量も、幅も高さも、ユスティーナの想像を遥かに上回っていた。

広い川幅を流れる水は、灰色の岩場のあいだを勢いよく流れていき、滝口から下へ飛沫をあげながら落ちていく。崖の向こうには黒い空が続き、高さを感じさせる。さすがに滝壺がどうなっているのか覗き込んでみたいとは、思っていても口には出せなかった。

「落ちたら死んでしまいますよ？　気を付けてくださいね」

テュイダの注意に頷いたハルヴァリが、ユスティーナの手を引いて歩きはじめる。爆発音にも似た音を奏でる水の勢いはすさまじく、飲み込まれればそのまま真っ直ぐ滝壺まで運ばれてしまいそうだ。

「すごい……」

ぽつりと呟いたユスティーナに、ハルヴァリが顔を上げた。

「ユスティーナは、滝を見るのははじめてか？」

「いいえ、アルセンドラにも滝はありました。でも、ここまでの規模のものはありませんでしたから、びっくりしてしまいました」

「人間の世界にも、滝があるんですか？」

ハルヴァリとユスティーナの会話に入ってきたのはテュイダだった。

滝を見に行きたいとハルヴァリが希望した折に、真っ先に同行すると名乗りを上げたのは彼女だった。エトとテュイダの二人が背後に控えていると思うと、ユスティーナの足取りは重くなる。

昨日の不快感は、そう簡単に拭い去れるものではない。

「ええ、あるわ」

無意識に、ユスティーナの声は硬いものになった。素っ気ない答えに、テュイダが不思議そうにぱちぱちと瞬く。その血のように赤い瞳は、どうにもユスティーナをはっきりと捉えていない。

（どうして目を合わせないの？）

敢えて視線を外したような眼差しに、ユスティーナの気持ちはくすぶっていく。まるで、レヴィオの妻は見たくないと言われているような気がした。

「ユスティーナ！　もう少し近くで見よう！」

「少しだけですよ」

幼い夫の冒険心を満たすべく、ユスティーナは三歩川縁に接近する。細かな水滴を肌に感じて、ハルヴァリが歓声をあげた。ハルヴァリが手を伸ばして、崖の更に先を指差す。

「あっちは？」

「崖際は危険です。滝口の側には、近付かないでください」

背後から飛んできた厳しいエトの声に、ハルヴァリは眉を下げてしまった。しゅんとした幼い夫の気分を変えてやりたくて、ユスティーナは別の提案をしてみる。

「ハルヴァリ様、見て下さい。あそこに花が咲いています。一緒に見に行ってくださいませんか？」

「うん！」

二人の立つ場所から五歩ほど滝口へ進んだそこに、白い花が咲いていた。どこにでもあるような花だったが、ユスティーナが見たいと言えば、彼はそれを叶えようとしてくれる。

荒々しい滝の側で、穏やかな散策を楽しむハルヴァリとユスティーナを見て、テュイダがほっとしたように呟いた。

「お妃様は、すっかり魔界に馴染んでいらっしゃるのですね」

「あら、どういう意味？」

さっきの失敗を反省し、意識的に穏やかに問い返したユスティーナに、テュイダは何の躊躇いもなく続けた。

「人間のお妃様は、きっと魔界に怯えてしまって馴染めないと、皆思っていたんです。エトなんて、最後まで『人間なんて！』って反対していたんですよ」

くすくすと笑うテュイダに悪意は感じられなかった。それよりも、背後に控えるエトから冷たい視線を感じていた。

人間の妃に反対していた——それは、はじめて聞く話だ。だが同時に、彼がユスティーナを良く思っていない理由もはっきりした。エトはまだ、人間の妃を受け入れていないのだ。

「なんの話だ？」

首を傾げたハルヴァリに、この話を聞かせてはならない。ユスティーナは幼い夫の髪を撫で、彼ににっこりと微笑みかけた。

「少しエトとお話があるので、テュイダと待っていていただけますか？」

「うん」

どのような話が待っているのかも知らずに了承したハルヴァリをテュイダに任せ、ユスティーナは、エトを視線で促して歩かせた。

ハルヴァリとテュイダから十分に距離を取り、ユスティーナは昂然と顎を上げてエトを見据える。

「あなた、わたしが人間だから気に入らないというの？」

「はい」

面白いほどあっさりと認めたエトに、ユスティーナは言葉を失う。

「人間は、理由もなく騙し合い殺し合う蛮族と聞いております。そればかりか、脆弱な種族らしく臆病で卑怯だと」

「それは偏見よ！」

「人間は、レヴィオ様を裏切る可能性があります。ハルヴァリ様を見捨てるかもしれません。魔界の者なら、そんな心配はなかったのに」

「なっ――わたしはレヴィオを裏切ったり、ハルヴァリ様を見捨てたりしないわ！」

「それはどうでしょう。人間は、騙し合う種族ですから」

エトの漆黒の瞳を睨みつけながら、ユスティーナはきつく拳を握りしめた。

（こんなふうに思われていたの……！）

文化や習慣の違いによる苦労や、ある程度の偏見を持たれている可能性は覚悟していた。しかし、魔王に嫁いでからまだ日は浅くとも、エトは、夫と接するユスティーナをずっと見ていたはずだった。ハルヴァリは心を開き、レヴィオはユスティーナを受け入れてくれている。

それでも、エトの目には自分がレヴィオを裏切り、ハルヴァリを見捨てる可能性のある蛮族として映っているのだ。

根強い偏見より、ユスティーナ自身や夫への愛情を否定されたようで、悔しさと怒りが渦巻いていた。

今はっきりと言っておかなければならない気がした。

「わたしは、愛する夫を傷付けるような真似は絶対にしないわ」

ハルヴァリもレヴィオも、愛しい夫だ。彼らも同様に、ユスティーナに愛情を向けてくれる。その二人を裏切るなど、いかなる状況でもあり得ないとユスティーナは断言できる。

冬空の瞳が強い意思を湛えると、エトは不快感も露わに眉を寄せ、吐き捨てるように言った。

「……口では、なんとでも言えます」

「なんですって!?」

ユスティーナが声を荒げたのと、テュイダが叫んだのは同時だった。

「ハルヴァリ様！」

言い争っていた二人は、弾かれるように声の方に顔を向けた。

小さな背中が、滝口のすぐ側で傾げるのを認めると同時に、ユスティーナは駆け出していた。

ハルヴァリの立つ地が、欠けて沈んでいく。ほんの一瞬、振り返ったハルヴァリの金色の瞳がユスティーナを捉えた。小さな唇が言葉を紡ぐ。

――ユスティーナ。

鳶色の髪が、青い上着が、白のズボンが、黒い水に飲み込まれて視界から消えた。

「ハルヴァリ様！」

「ユスティーナ様！」

エトとテュイダの制止より先に、ユスティーナはハルヴァリを追って激流のなかに身を投じた。

大量に入り込んだ水を咳込んで吐き出しながら、ユスティーナはハルヴァリの体を茶色い岩肌の上に横たえる。

「ハルヴァリ様……！」

頬を叩いて呼びかけると彼は大きく息を吸い込み、激しく咽(むせ)て水を吐き出した。小さな背を撫でてやりながら、ユスティーナは彼が息をしていることにまずは安堵した。

ハルヴァリの体が飲み込まれたとき、滝口から、小さな手が覗いたのだ。

ほんの一瞬、見間違いかもしれないそれに飛びつくと、あとは浮遊感にも似た落下が待つばかりで、真上から叩きつけるような水のなかで必死に手を伸ばして崖の岩肌に掴まった。

だがそれも長くは続かず、再び押し流された先に、滝の裏側に隠された洞窟があったのだ。せり出した洞窟の上部に背中を強(したた)かぶつけたが、なんとか中に入り込めたのは幸運だった。

あのまま滝壺まで落とされていたら、命はなかったかもしれない。

「ユスティーナ……？」

「ハルヴァリ様、ここにいますよ。大丈夫、足場が崩れて落ちただけです。きっと、救助が来ますから」

こくりと頷いたハルヴァリの瞼は、すぐに閉じてしまった。蜂蜜色の瞳が見えなくなると、ユスティーナはどうしようもないほど不安に駆られた。

今、この小さな夫の命を守ってやれるのは自分しかいない。それは、とんでもない重圧だった。

（しっかりするのよ。ここにいると、伝えないと）

ユスティーナは、深呼吸を繰り返し、なんとか平静を取り戻した。

その場にハルヴァリを残して洞窟の入り口に立ってみたが、水の勢いがすさまじく、滝を見上げることさえできない。目の前は白く泡立った激流で覆われ、上を見上げれば落下の波に飲まれてしまいそうな錯覚を起こす。

ならば下はどうかと見下ろしてみても、あまりの高さに水面は判然としない。飛び降りて無事でいられる想像はつかなかった。かといって、ハルヴァリを抱いて垂直に聳える崖を上りきることができるとも思えない。足を滑らせて落下すれば、命はない。

「エト！　テュイダ！　誰か——!!」

ユスティーナの叫びは、大自然の水流の音にいとも容易く掻き消されてしまう。

上へも下へも進むことはできない。ここで救助を待つほかない。

ユスティーナはハルヴァリの元へ戻り、彼の濡れた上着を脱がせ、水を吸って重くなったドレスも脱ぎ捨てた。下着姿で小さな体をぎゅっと抱き締めると、体温が混ざり合い、冷えた体が温まっていく気がした。

生きている。ハルヴァリは、眠っているだけだ。肌に感じる彼の呼吸は規則的で、穏やかだ。

（大丈夫、きっと、助けがくるわ）

気付けば、指先が小刻みに震えていた。考える余裕もなくハルヴァリを追いかけたが、今になって、恐怖が足元から這い上がってくるようだった。

（レヴィオ……）

夫の体を抱きすくめながら、ユスティーナは大きく息を吐き出して目を閉じた。

「ユスティーナ」

心地よく響く声に誘われて、ユスティーナは意識を取り戻した。

闇のなかで自分を見下ろす金色の瞳と、体を支える力強い腕。夜の夫の姿を認めて、ユスティーナは力ない声で彼を呼んだ。

「レヴィオ……」

「ユスティーナ、滝に落ちたのか？」

「ええ……」

満足に返事もできずに、ユスティーナはレヴィオの熱を貪るように彼の胸板に顔を埋めた。息が止まるほどの抱擁で自分を受け止めてくれる存在を実感して、強張った顔は半日ぶりに綻び、肩からも力が抜けていく。

ハルヴァリが目覚めたときの安堵とは違う、何もかもから守られていると思える安心感に、ユスティーナは心の底からほっとしていた。

「何があったんだ？」

「わからないわ。気付いたら、あなたは滝の側にいて、足元が崩れて流されていったの」

「俺を助けるために、飛び込んだのか？」

「ええ」

顎を持ち上げられたユスティーナの胸は、真上から注がれる金色の瞳に高鳴ってしまう。愛しげに自分を見つめる夫を失わずに済んだのだともっと実感したくて、ユスティーナはねだるように彼の腕に触れて目を閉じる。

唇が触れ合うと、心が満たされていく。いつもより優しい口付けは、まるでユスティーナを慈しむようだった。角度を変えて重ねられていた唇が離れると、彼の手が髪を撫でた。

「ユスティーナ……お前は、愛情深く、勇気に満ちているな。お前が俺を救ってくれた。俺はいったい、お前に何をしてやれるだろうな……」

レヴィオの声には、彼の命を救ったユスティーナへの感謝と愛情が満ちていた。

夫が生きていること、そして、自分を愛してくれていること。それだけで十分——そう思ったユスティーナは、ぱちりと目を開けてレヴィオを見上げた。

（そうじゃないわ……！　訊くなら今よ！）

言いたいことが、山ほどあった。問いたいことが、次から次へと溢れてくる。

テュイダのこと、エトのこと。彼女とはどういう関係で、どうして人間の妃を娶ったのか。

氾濫を起こした感情のなかで、ユスティーナは自身の心に突き刺さる一番大きな問題を夫にぶつけた。

「き、聞きたいことがあるの。だから、答えてもらうわ！　テュイダは、あなたの何なの？」

「テュイダ？　俺の部下だと言っただろう？」

「違うわ。あの人は、だって、あなたに特別な感情を……！」

言葉にするのも腹立たしく、語尾は力なく掠れていった。ぽかんとしていたレヴィオは、意味を解するとやや締まりのない顔になって、ユスティーナに甘い口付けを落とした。

「可愛いやつめ。俺が愛するのはお前だけだぞ。でも、そうだな。お前が安心できるように説明しておくか。テュイダの目はな、普通の目じゃない。あいつの目は未来を見る」

「未来？」

「そうだ。あの赤い目は、この先起きる出来事を見ることができる特別な目だ。その能力で、テュイダは結界の歪みを察知した。なんでも見通せるわけじゃないが、あの目は魔族のなかでも珍しい。ここまではわかるか？」

「ええ……」

頷いたユスティーナを抱いたまま、レヴィオが体を起こす。洞窟の壁に背を預けた彼は、ユスティーナを自身の足の上に横抱きにするように座らせて続けた。

「そのかわりにな、テュイダの視力は弱い。あいつに見えているのは影だ。色はなく、境界も不鮮明で曖昧な世界であいつは生きている。だが、魔力の強いものははっきり見えるらしい。だからテュイダの目には、俺がはっきり見える。テュイダが俺に助けを求める理由はそれだけだ」

——レヴィオ様、手を貸してください。

馬車に乗り込むときに彼女がレヴィオを呼んだ理由を知って、ユスティーナは自身の嫉妬心を恥じた。彼女が何故、あんなにもきらきらとした目で夫を見つめるのか、訳を知ってしまえば、彼女を責めることなどできるはずもない。

　彼女の目には、確かにレヴィオは特別な存在として映っていたのだ。

「ごめんなさい、わたし……」

「構わん。先に言っておけばよかったな。不安にさせて悪かったな、ユスティーナ」

　どうして気付かなかったのだろう。彼女の視線が自分の上をすり抜けていることに、ずっと違和感があったというのに。後悔に、ユスティーナの心は痛んだ。

「わたし、おかしかったんだわ。エトにも、あんな態度を取って……」

「エト？　エトと何かあったのか？」

　ユスティーナは首を左右に振ったが、レヴィオの大きな手が両頬をしっかりと包み込むと身動きも取れなくなってしまう。

「ユスティーナ、隠すな。エトはああ見えて厳しいことを平気で言うからな。何か言われたのか？」

「……違うの、わたしが聞いたのよ。ねぇ、レヴィオ。エトは、いいえ、大勢の魔族が、人間との結婚に反対だったんでしょう？　どうして反対を押し切ってまで人間の妃を娶ったの？　あなたは人間と関わる必要はないと思ってるのに、わざわざ人間の妃を欲しがるなんて、何か理由があるんでしょう？」

　言ってしまえば、あとから言葉は勝手に続いて飛び出していく。洗いざらい心のうちを曝け出したユスティーナは、不安に瞳を潤ませながら、じっと夫を見つめていた。

闇のなかでもはっきりとわかるほど、甘い光が蜂蜜色の瞳に浮かぶ。両側の頬を包む彼の親指が、そっと肌を撫でた。

「欲しかったのは、人間の妃じゃない。お前だ、ユスティーナ」

「……え……？」

「俺は昔、お前に会ったことがある。そのときから、お前を妃に迎えたいと思っていた。お前は気付いていなかったから、知らないのも無理はない」

心臓を鷲摑みにされたように、ユスティーナは動けなくなる。

瞬きさえ忘れた妻に、レヴィオは目を細めて鼻先に口付けた。

「そうだぞ、ユスティーナ。俺はお前を妃に迎えたくて、アルセンドラに書状を送った」

「……本当に……？」

「嘘をついてどうする。俺はどうしても、お前が欲しかったんだ。ユスティーナ」

愛しげに名を呼んだレヴィオが、またユスティーナに触れるだけの口付けをもたらした。

ユスティーナは、早鐘を打つ胸に手をあてる。落ち着けようとしても、喜びに震える胸は静まってくれない。

レヴィオの打ち明けた真実は、ユスティーナを驚かせ、全身が溶けてしまいそうなほどの幸福感を与えていた。

顔を赤らめ、陶然と夫を見つめ返すユスティーナの髪を梳いて、レヴィオは満足げに目を細めた。

「驚いたか？」

「ええ……だって、書状にわたしの名前はなかったもの……」

「名指しでお前を求めれば、人間たちは、魔王が人間界を見張っていると勘違いするかもしれん。下手に刺激して怯えさせて、お前を隠されてしまっては困るからな」

確かにそうだろう。これまで長らく関わりのなかった魔王から、皇女を名指しで求める書状が届けば、国の混乱はもっとひどいものになっていたに違いなかった。

大臣たちが慌てふためく様子が容易に想像できて、ユスティーナは思わずくすりと笑う。

「そうかもしれないわ。でも、あやうく、妹が嫁いでくるところだったのよ」

「お前の妹は、まだ子供だろう？」

「ええ。でも、魔王が七歳なら、求められているのは八歳の妹のはずだから、仕方ないと送り出されるところだったわ」

「八歳の幼子を、人間は本気で親元から引き離していいと思っているのか……わけがわからんな」

苦く笑いながらしみじみと呟いたレヴィオに、ユスティーナは底なしの安堵を覚えた。

幼いクリスティーナが嫁いでくる可能性など、レヴィオは考えもしなかったのだ。それは、クリスティーナに対する意識の違いがあるせいだろう。彼女を幼気な少女と見るか、国の駒として捉えるかによって、あの書状の意味は違ってくる。

アルセンドラの大多数の人間は、クリスティーナを一人の少女としてではなく皇女の一人として認識していたが、レヴィオは彼女を庇護すべき子供として捉えていたのだ。

それは、ユスティーナがハルヴァリを恐ろしい魔王としてではなく、愛らしい少年として見ている感覚に近い気がした。

「だったら、お前は妹の身代わりで魔界へ来たのか？」

「身代わりというわけではないけれど、七歳の魔王に嫁いできたつもりだったわ。わたしはお飾りの妃でも構わなかったし、魔界にも興味があったから——」

不意に口付けがもたらされ、ユスティーナの胸はまたしても大きく高鳴った。啄むように何度か繰り返された口付けは、ユスティーナを甘く痺れさせ、間近で自分を捉える金色の瞳から目が離せなくなる。

「よく来てくれたな、ユスティーナ」

レヴィオの大きな手が両頬を包み、もう一度、優しく唇が重なった。

「ユスティーナ、お前が来てくれて、嬉しいぞ。俺はお前を妃に迎えたくて、沈黙を破ってアルセンドラに書状を送った。反対もあったが、人間の妃に反対していた連中は、人間では魔界に怯えて妃の役割を果たせないと思い込んでいただけに過ぎん。お前を見て、皆考えを改めた。エトもじきにわかるはずだ。今頃、お前の勇気ある行動に考えを改めているかもしれん」

魔界と人間界の間には、双方にいくつもの偏見がある。ユスティーナのなかにも、先入観はあったのだ。だが、こうして共に過ごすうちに、共通する部分の発見もあれば、文化の違いも埋めていける。レヴィオの言葉は、ユスティーナに勇気をくれるようだった。

「それにな、俺はお前をお飾りの妃にしてやるつもりはない。俺の妻は、お前だけだ」

レヴィオははじめから、自分を求めてくれていたのだ。

愛する夫が、魔界と人間界の長く続いた沈黙を破ってまで自分を求めてくれたことが嬉しくないはずがない。

昨夜から続いていた不安や疑問は、一瞬にして歓喜と幸福に塗り替えられていった。唇は自然と弧を描き、いつまでも笑みがおさまることはない。

「レヴィオ、わたし、今とても幸せよ……」

「ユスティーナ……」

でれっとした顔になったレヴィオに、ユスティーナは自ら飛びついて彼の唇を奪った。レヴィオはやや目を見張ったが、すぐに白い歯をこぼしてユスティーナの腰を引き寄せた。

「ユスティーナ、あんまり可愛いことをしていると、いつまで経ってもここから脱出できん」

「もう……」

言外の響きにユスティーナが恥じらって目を伏せると、今度はレヴィオからの深い口付けがもたらされた。二人は滝の音が響く洞窟のなかで、しばらく愛を囁き合っていた。


昨日の騒動が嘘のように、穏やかな朝だった。

ユスティーナは早々に起き出して、ベッドの上で伸び上がった。隣で眠るハルヴァリは、まだ目覚める様子はない。

幼い夫の寝顔に癒されながら、ユスティーナは昨夜の出来事を思い起こしていた。

レヴィオが魔王の力で滝を堰き止めると、すぐに上から縄が降りてきた。あっという間に崖の上に引き上げられたユスティーナは、その場で泣き腫らした目のテュイダから謝罪を受けることになった。

「申し訳ありませんでした……！　私がもっと注意していれば……！」

「いいのよ。無事だったんだもの」

レヴィオはエトたちと事後処理の打ち合わせを始めている。ほんの数歩先にいるレヴィオを視界の端に捉えながら、ユスティーナはテュイダに微笑みかける。

きっと、自分たちが崖の上に戻るまで、彼女は生きた心地がしなかっただろう。その心境は容易に察せられて、ユスティーナはテュイダを責める気にはなれなかった。

夫の愛の告白で多少気分が高揚していたせいもあるかもしれないが、ハルヴァリを危険にさらしてしまったことも、レヴィオに対する態度のことも、ユスティーナのなかにわだかまりは一つもなかった。歩み寄るべきは、自分の方だったのだ。

「もう、十分泣いたでしょう。後悔は、次に活かせばいいだけのことよ」

「お妃様……」

「あなたも疲れたでしょう。わたしもくたくただわ。休む準備を始めましょう」

「はい……！」

次なる目的を得たテュイダは、涙を乱暴に袖口で拭うと、ユスティーナに深々と礼をしてレヴィオたちの輪の中に飛び込んでいった。

「えっ」

レヴィオに抱き着くのかとひやりとしたが、テュイダを抱き止めたのは額にも目のある大柄な魔族の男で、二人の親密な雰囲気に、ユスティーナは胸をなでおろした。

(本当に、レヴィオがはっきりと見えるからという理由だけだったのね……)

レヴィオが彼女に恋愛感情を抱いていないことはよくわかったが、テュイダからの気持ちも恋愛のそれではなかったのだ。

一人で勝手に嫉妬心を燃やしていた。恥ずかしくなり、ひとしきり苦笑していたユスティーナに、今度はエトが近付いてきた。

テュイダのように泣き腫らした目をしているわけではないが、憔悴しきった様子のエトを相手に、ユスティーナは先刻の続きをする気にはなれなかった。

「……さっきは、失礼しました」

渋々、といった複雑な心境が滲む声だった。本心ではないのでは、と、つい言ってしまいそうになるのを押し止め、ユスティーナは彼の言葉を待った。

「……どうして、ハルヴァリ様を追って滝に飛び込まれたのですか」

「わからないけれど、呼ばれた気がしたのよ」

あのとき確かに、ハルヴァリの蜂蜜色の瞳はユスティーナを捉え、小さな唇が自分の名を紡いだ。

だが、もしそれがなかったとしても、ユスティーナは躊躇うことなくハルヴァリの後を追っただろう。

愛しい夫を助けたい、幼い彼を守りたい。その思いのあまり、死ぬかもしれないとは浮かんでこなかった。短慮な行動を注意でもされるかと身構えたユスティーナだったが、エトは、もっとずっと晴れやかな顔をしていた。

「……ユスティーナ様でした。自分ではなく、あのときハルヴァリ様が呼んだのは、ユスティーナ様です」

彼の眼差しには、ユスティーナに対する蔑視や反感はもうなかった。

目礼を残して背を向けたエトを、ユスティーナは呆然と見送った。

(今のは……私を受け入れてくれた、ということ?)

明確に言葉にされたわけではないが、歩み寄りの気配を感じ取り、ユスティーナはエトの変化を前向きに受け止めることにした。いつまでもいがみ合っているよりも、変わろうとしてくれている彼に応えたい。

「ユスティーナ、砦に戻るぞ」

入れ替わりでやってきたレヴィオが軽々とユスティーナの体を抱き上げた。小さな悲鳴をあげながら彼の首に腕を回すと、愛しい金色の瞳がすぐ側に迫る。交わった視線のなかにさえ温かな想いが込められているようで、ユスティーナは何も言わずにレヴィオに身を任せた。

レヴィオの温もりに包まれて眠る夜が明け、朝の光がハルヴァリの髪を照らしていた。

睫が揺れ、何度も瞬きを繰り返しながら幼い夫が目を開くのを、ユスティーナは溢れる母性を感じながら見守った。

大きな蜂蜜色の瞳がユスティーナの姿を捉えて、やわらかな笑みに丸い頬が持ち上がる。

「おはようございます、ハルヴァリ様」

愛しい夫の髪を撫でながら、ユスティーナは満たされた気持ちの朝を迎えた。


魔王城エストワールハイトから届いた手紙は、皇帝を思い悩ませる内容だった。

魔王に嫁いだ第一皇女ユスティーナからの手紙の内容に、彼女の父親であり、皇帝であるクラウスはきつく眉を寄せる。

ユスティーナの癖のある流れる文字は、色々と書き連ねていたが、その内容はたった三点に集約される。

『元気である。幸せである。妹を招待したい』

ユスティーナは、魔王城に咲く毒のない赤い花をクリスティーナに見せたいと書いてきたのだ。

魔王城は危険な場所ではない、とも手紙には書かれている。

無論、クラウスは父親としてその言葉を信じたいと思っていた。娘が危険のない場所で、健やかで幸せに暮らしているならそれに越したことはない。

しかし、この招きには易々と応じるわけにはいかなかった。

白一色の議会の室内には、興奮気味に議論を交わす男どもが溢れている。話題はユスティーナからの魔王城への招待一色で、口々に彼らが意見を述べる光景は馴染みのものだというのに、今日ばかりはその熱論がクラウスを重く悩ませる。

「これは罠かもしれませんぞ！」

「こう言っては何ですが、ユスティーナ皇女殿下は、独特な感性をお持ちでいらっしゃいますし……」

「ご本人はお幸せになっている気かもしれませんが、魔王がどういうつもりかは我々には到底想像も及ばぬところです」

——わかりきったことばかり抜かしおって。

クラウスは年寄りと呼称される相談役たちをじろりと見遣り、盛大な溜息を吐いた。

ユスティーナは、確かに、変わっている。

着飾ることより剣を好み、物怖じしない。あれだけ騎士団に足しげく通い、体を鍛えることに熱中し、騎士団長と懇ろとの噂を囁かれながら、あっさりと少年魔王に嫁いでいった。

クラウスは、長女のユスティーナを手放すのが惜しいばかりに、そして、大切なユスティーナと恋仲と囁かれていた騎士団長のゼレドへの期待もあり、二十四まで縁談の一つも用意してやらなかった自分を後悔した。

こんなことならば、早々に降嫁させておくべきだった。

まさか、魔界へ嫁がせることになってしまうとは。

暗雲に包まれ、雷鳴轟く魔界に嫁いだユスティーナ当人が「元気で幸せ」と言うなら、父親としてそれ以上口を挟むべきではないが、結婚した相手は七歳の少年魔王だ。一般的にいわれる幸せはこの政略結婚にはあり得ないはずだった。

七歳の子供を王として擁立したのだ。おそらく先代の魔王は身罷ったのだろう。少年魔王が実質的な政権を握っているはずがない。魔王城エストワールハイトの真の支配者は別であると考えた方が自然だ。

そして、それらを考慮すれば、尚更ユスティーナがお飾りの妃に過ぎないことは容易に想像がつく。

ユスティーナが何をもって幸せだと主張しているのか、クラウスをはじめ、この議会にいる誰にも理解できなかった。

――既に、魔王には娘を一人取られてしまった。

どうしてもその意識の拭えないクラウスは、さすがにクリスティーナまで魔王城に送る気にはなれなかった。いくらユスティーナからの誘いとはいえ、送り出したクリスティーナを返してもらえる保証はない。

だがしかし、ここで招待を断るのは憚られた。

「断れば、魔王を軽んじたと取られかねませんぞ……」

問題はそこだった。

厳めしい表情で悩むクラウスに手を差し伸べたのは、クラウスの実妹の夫である、ホルワーズである。彼は、蓄えた豊かな口ひげを揺らしながら張りのある声で言った。

「私の妻を行かせましょう。ユスティーナ皇女殿下の叔母にあたるマリアンならば、魔王も文句はありますまい」

ホルワーズに降嫁したとはいえ、皇帝の妹であるマリアンは元皇女だ。クリスティーナの名代として、身分は申し分ない。

妙案だと、クラウスは頷いた。

実の妹を魔界に差し向けることに心苦しさを感じないわけではないが、八歳の娘を守るためには致し方ない決断といえた。

それに、マリアンは普通の女だ。ユスティーナと違い、一般的な立場でものを見る。今後こういった招きがあるようなら、魔王城の様子は把握しておくに越したことはない。

魔王城がどんな場所だったか観察させるにも、マリアンはうってつけの人材に思われた。

「マリアンを魔王城に向かわせる。護衛にはゼレドをつけさせろ。あの男ならば、有事の際にも生きて戻って来るだろう」

こうして、魔王城エストワールハイトには、ユスティーナの叔母にあたるマリアンと、その護衛として騎士団長のゼレドが向かうことになった。

早急に返事は用意され、十日後にお招きに与り(あずか)たいという旨の手紙が魔王城エストワールハイトに届けられた。


魔王城エストワールハイトの庭では、大規模な植え替え作業が連日行われていた。

先代の妃の庭はそのままに、迷路のような生垣の一部を取り崩して、新たな妃であるユスティーナの庭園が造られる予定だ。

ユスティーナは、どのような〝自分の庭〟ができあがるのかと期待に胸を膨らませながら完成を告げられる日を待つのみで、あれやこれやと口を挟むような真似はしなかった。自分の庭ができることへの喜びを言葉にして伝えれば、昼の夫ははにかんで、夜の夫は甘やかにユスティーナを蕩かしてくるのだった。

人間の姿の庭師たちの作業は決まって昼に行われ、それを見守るべく、ハルヴァリは仕事を終えると庭園に行きたがった。剣の稽古があるときにはエトが許してくれなかったが、それ以外の日には、ハルヴァリとユスティーナが庭を訪れるのは日課になった。

作業中の庭を覗いては、ハルヴァリは「まだだ！」とユスティーナに伝えてくれる。

見ているのでわかっているが、ユスティーナはにっこりと微笑んで「完成が楽しみです」と幼い夫に答えた。

散歩ついでに二人は先代の妃の庭に向かい、ときには芝の上で追いかけっこをしてへとへとになるまで遊び尽くした。体力を消耗した二人には、午睡という日課もできていたが、それを窘(たしな)める者はいなかった。

ユスティーナは、故郷アルセンドラに手紙を出していた。

妹クリスティーナを招く内容の手紙である。自分にしては相当頑張ってあああでもないこうでもないと幸せな生活ぶりを書き込んだつもりだったが、返ってきた返事は「十日後にお招きに与りたい」

という素っ気ないものだった。

約束の日は、いよいよ明日に迫っていた。


ハルヴァリとの平和で穏やかな午睡が日課なら、隣から伸びてくる手に引き寄せられて目を覚ます夜も、ユスティーナの大切な日課である。

シーツの上を滑る感覚は最早ユスティーナには慣れ親しんだものになっていて、自分を起こす夫を見上げたときにぶつかる蜂蜜色の瞳と、その引き締まった見事な身体に、ユスティーナは毎夜想いが募っていくのを自覚していた。

いつものように、レヴィオはユスティーナに優しく口付けを落とす。

「会いたかったぞ、ユスティーナ」

「わたしもよ」

じゃれつくようにユスティーナがレヴィオの首に腕を回すと、彼はいつものようにやや締まりのない表情になり、「可愛いやつめ」と言いながら繰り返し唇を重ねる。

柔らかな唇の感触と、布越しに伝わる体温、そして何より、肩甲骨を覆うしなやかな筋肉の手触りにうっとりするユスティーナに、レヴィオは言った。

「いよいよ明日だろう？　お前の家族が来るのは」

「そうよ。今から楽しみだわ」

「俺も、お前の家族に会えるといいんだがな。そうもいかん」

「いいのよ。代わりに、ハルヴァリ様に会えるんだから」

「そうだな。少年魔王の存在を示す、いい機会かもしれん」

レヴィオの言葉に、ユスティーナは意外そうな顔になる。目を丸くして、ぱちぱちと瞬きを繰り返す妻を、レヴィオも不思議そうに見下ろしていた。

「なんだ？」

「少年魔王の存在を示すって、どういうこと？　魔王が子供だと知らしめて印象を良くしたいの？」

「よくする必要はない。だがな、人間の妃を欲しがるのは、生贄（いけにえ）が必要だったからだと思っている人間は少なくないはずだ。そうではないと証明できれば、お前の家族は安心するだろう」

「わたしの、家族の気持ちを考えてくれていたのね……」

ユスティーナは冬空の青の瞳に、はっきりと情熱の色を浮かべてレヴィオを見上げた。愛しげな眼差しを向ける妻に口付けて、レヴィオはユスティーナを抱き締める。

「当然だ。愛しい妻の両親を、安心させてやりたいと思うのはおかしなことじゃないだろう」

「レヴィオ……嬉しいわ。わたし、あなたと結婚できて、幸せよ」

「ユスティーナ……」

締まりのない顔になったレヴィオは、結婚してから毎夜欠かさずそうしてきたように、ユスティーナの唇を優しく食み味わう。

「俺の愛しい妻……いくら抱いても抱き足りない……」

「もう……」

恥じらって赤くなるユスティーナだったが、抱き締める腕が下におりていき腰を掠めると、体の奥に刻み込まれた快感が蘇って小さく体が震えた。

柔らかな唇を感じて、ユスティーナは目を閉じる。掌から伝わる感触が鮮明になり、滑らかな肌と、その下でレヴィオを形作るしなやかな筋肉をはっきりと感じた。ユスティーナの手は愛する夫の肌の上を滑り、背中から、特にお気に入りの胸筋を求めて胸へとまわった。

ユスティーナの薄紅色の唇を軽く吸い上げたレヴィオが、唇を押し当てたまま口角を上げた。

「……そんなに俺の胸が好きか？」

悪戯な響きをもつ声に、ユスティーナもつられて笑みを浮かべる。

「ええ……とっても素敵……んっ……長く武術をしているの……？」

「そうだな。色々やるが、なかでも、剣を使うのは好きだぞ」

互いの湿った唇が擦れ合い、吐息が混ざる。艶めいた雰囲気のなか、ユスティーナの瞳はぱちりと開き、冬空の瞳がきらりと輝いた。

「剣を？　好きなの？」

「ああ、お前も好きだろう？」

何故知っているのか、と、ユスティーナは疑問にも思わなかった。

ユスティーナの頭の中にあったのは、正装したレヴィオがいつも腰に佩いている剣を振るう姿や、この引き締まった体から繰り出される剣技についての興味ばかりだった。

未だ、魔界に夢見てきた強敵との手合わせを実現できていないユスティーナは、この機を逃してはならないと瞳をきらきらとさせる。

「手合わせを！」

「俺とか？」

途端に面白そうな顔になったレヴィオに、ユスティーナはぶんぶんと首を上下に振る。頭の下で長い髪がくしゃくしゃになっていたが、それどころではなかった。

ユスティーナはまるで少女のように、夢見る瞳で夫を見上げていた。

「わたし、アルセンドラではそこそこの腕前だったのよ！　ここに来る前から、魔界にはきっと強敵がひしめいていると思っていたの。でも、昼間の魔王城はとっても穏やかでしょう？　夜は夜で、手合わせを頼める雰囲気でもないし」

一旦息継ぎに言葉を切ったユスティーナを見下ろすレヴィオは、白い歯を零していた。気を悪くしたふうもなく、興奮気味に話すユスティーナを止めることもない。

「だから、一度だけ、打ち合わせるだけでいいの。あなたと剣を交えてみたいわ！」

「そう言われてもなぁ……」

口の端を引き上げながら渋るように言ったレヴィオは、ユスティーナの腰を弄っていた手を移動させ、掌全体で、絹の寝衣に包まれた腹部を殊更優しく擦った。

「ここにはもう、俺の子がいるかもしれん」

暗闇の中でもわかるほど、ユスティーナの頬は急速に赤く染まった。

（ここに……？）

夫婦生活は順調そのもので、レヴィオは二日に一度は必ずユスティーナを求めた。ユスティーナも求められることに嫌と感じることなく応じ、その夫婦の営みが続けば、そのうち子を授かる可能性もあることを承知していた。

だが、実際言葉にされると、ユスティーナは何故か恍惚とした気分になってしまうのだった。

赤面したユスティーナを、レヴィオの蜂蜜色の瞳が柔らかく捉える。

「その体に、何かあったら大変だ」

「……でも……」

ユスティーナは、頼むように夫を上目遣いにうかがった。

魔王の子を宿しているかもしれないとなれば、それこそ他の誰も手合わせには応じてくれないだろう。頼める相手はレヴィオのみで、何より、ユスティーナは彼と剣を打ち合わせてみたかったのだ。

愛する夫が、どれだけ自分の力量を上回る存在か、知りたかった。

ユスティーナの瞳は情熱を孕んで潤み、濡れた唇は拗ねるようにわずかに尖っていた。

「……一度だけでいいの。木剣で、少しで構わないから……お願い、レヴィオ」

「ユスティーナ……」

だらっとした締まりのない顔になったレヴィオは、「まったく」と呟きながらユスティーナの唇を奪った。

「そんなに愛らしく頼まれたら、断れんだろう。明日、一度だけだぞ？」

「ええ！」

飛びつくようにレヴィオの体に抱き着いたユスティーナを、彼は軽々と受け止めた。シーツの上をユスティーナの体が滑り、上に覆いかぶさったレヴィオがもたらした情熱的な口付けに、ユスティーナは甘く蕩けていくのだった。

5 客人たちの夜

久々に、ユスティーナは早朝から起き出していた。

朝日の漏れ入る寝室にレヴィオの姿はなく、穏やかな寝息をたてて眠っているのはハルヴァリだった。

ハルヴァリの丸い頬にはシーツの痕がつき、鳶色の髪は乱れて額に張り付いている。

昨夜、とことんユスティーナを甘く啼かせた夫は、朝になると子供になってしまう。けれどユスティーナは何故かそれが愛しくて、夫の幼少の姿であるハルヴァリが可愛くて仕方なかった。

(可愛い……)

ユスティーナはシーツの上をするすると滑り、幼い夫の額に張り付く髪を指先で慎重に払ってやる。ちょっとした悪戯心が首をもたげて、そうっと丸い頬を突いてみると、柔らかな弾力とユスティーナのそれより滑らかに感じられる肌の感触が伝わった。

(お肌すべすべね……)

つんつん、と二度ほど突いてみても、ハルヴァリは身じろぎもしない。

深く眠っている姿はユスティーナの母性に激しく訴えかけてきて、胸の奥がじわじわと熱くなった。

ハルヴァリの頬をもう一撫でして、ユスティーナは彼の私室に繋がる扉を叩く。

がた、と中から音がして、エトが顔を覗かせた。エトの態度に劇的な変化はないが、これまでのような厳しい視線を向けられることはなくなっていた。

「エト、悪いけれど、ハルヴァリ様のお側についていてくれる？　目覚めたときに、一人にしたくないわ。わたしは準備をしなければいけないから」

「わかりました」

「お願いね」

エトに後を頼み、ユスティーナは後ろ髪を引かれながらも自室に戻った。

昼頃にはアルセンドラから、妹のクリスティーナが到着する予定だ。ある程度の準備は整えてあるが、最終的な確認もしておきたい。皇女として女主人の教育を施されたユスティーナにとって、客をもてなす用意は難しいことではないが、得意なものでもなかった。

心を尽くしてもてなしたいと願うユスティーナの心に応じてくれたのは、魔王城の使用人たちで、彼らは様々な提案をユスティーナにしてくれた。

アルセンドラでは使用人からの進言は礼を欠くとされていたが、ユスティーナはそうは思わなかった。彼らの「自分たちにはこれができる」「こういうものも用意できる」という提案は、ユスティーナを助け、満足させた。

そのなかで最もユスティーナを支えてくれたのは、侍女のロルアだった。いまや彼女はただの侍女ではなく、ユスティーナにとって最も信頼のおける侍女となっている。

寝室から私室に戻ってきた主を出迎えたロルアは、既に湯浴みの準備を整えてくれている。ユスティーナは期待に胸を膨らませ、彼女に微笑みかける。

「おはよう、ロルア」

「ユスティーナ様、おはようございます。湯浴みの準備は整っています」

「ええ、ありがとう。今日は忙しい一日になるわ。あなたたちにも手間をかけるけれど、宜しく頼むわね」

「はい」

ユスティーナと侍女たちは互いに頷き合って、魔王城に客人を迎える一日が始まった。


湯浴みを終えたユスティーナは、迷うことなく落ち着いた青のドレスを纏った。

繊細な白のレースがあしらわれたそれは、一見地味な色合いの青を可憐(かれん)に演出し、ユスティーナの冬空の青の瞳を温かく見せてくれる。

ユスティーナの長い髪は後ろで緩くまとめて結われ、全体的に柔らかな印象に仕上がった。満足のいく出来栄えに、ユスティーナは侍女たちに賛美の言葉を贈り、寝室へ戻った。

寝室には既にハルヴァリの姿はなく、ユスティーナはそのまま彼の私室へ向かう。

扉を叩けばすぐにエトが応じ、中からまだ眠そうな顔をしたハルヴァリが顔を覗かせた。

「ユスティーナ！」

とろんとした表情で笑うハルヴァリは、着替えの最終段階だったようで、髪と同じ鳶色の上着のボタンを従者に留めてもらっている。邪魔になってはいけないと、ユスティーナは彼の部屋には入らず、その場で挨拶をした。

「おはようございます、ハルヴァリ様」

「おはよう！　今日は客人がくるひだな」

「はい。わたしはもてなしの用意が済んでいるか確認して参ります。朝食の席で、お会いしましょう」

「わかった！」

ハルヴァリは勢いよく頷き、ユスティーナはその元気いっぱいの愛らしい様子に活力を得た気分で、女主人の務めに奔走した。


太陽が真上に上る頃、魔王城エストワールハイトの主ハルヴァリと、その妻であるユスティーナは境界線まで迎えにやった馬車の戻りを城の前で待っていた。

ハルヴァリは、エトから紙を受け取って何度もその内容を確認している。

紙に記されたレヴィオの整った文字を追うハルヴァリは、ぶつぶつと言葉に出してそれを飲み込もうとしていた。

ユスティーナは、レヴィオが昼間の自分にきちんと助言を与え、それをハルヴァリが信じて実行しようとしている様子が可愛くて仕方なかった。

漆黒の馬車が城に向かって進んでくるのが確認できると、出迎えの面々はやや緊張した面持ちになる。

使用人の人垣は圧迫感を与えかねないので、必要最低限の人員のみの出迎えだが、十人の使用人は総じて口を引き結び、背筋を伸ばして顎を引いた。

ハルヴァリが紙をエトに返し、ユスティーナを仰ぎ見る。その顔にも、わずかながら緊張がさしていて、ユスティーナは七歳の夫を落ち着けるように微笑んだ。

馬が地を踏む軽快な音と、馬車の滑車がからからと回る規則的な音が迫り、城前に滑り込んだ馬車はゆっくりと止まった。

黒塗りの車の扉が開かれ、まず魔界の地を踏んだのは、丈高く頑強な体を持つ騎士団長ゼレドだった。

（あら）

おそらく護衛のために遠出を余儀なくされたのだろう。騎士団の青の制服を纏った彼は、車の中に手を差し伸べた。

伸びてきた白い手がゼレドの岩のような手に添えられて、車から恐る恐る出てきたのは、叔母のマリアンだった。

「え……？」

マリアンは濃緑のドレスをひらめかせながら降り立つと、聳える魔王城エストワールハイトを恐ろしげに見上げ、出迎えのなかにユスティーナの姿を認めてあからさまな安堵の息を吐いた。

首を傾げたユスティーナは、戸惑いながらゼレドとマリアンを交互に見遣る。

手紙には、マリアンが来るとは書かれていなかった。だが、クリスティーナを遣るとも書かれていなかったことに思い至り、ユスティーナは遠く離れた両親に落胆する。

（どうあっても、魔王城にクリスティーナを来させたくないわけね……。あれだけ幸せに暮らしていると書いたのに……招いた意味がないじゃない）

誰彼構わず魔王城に招きたかったわけではない。

クリスティーナに、赤い花を見せてやりたかったのだ。

可愛い妹に、毒のない赤い花を触らせてやりたい一心で招待状を送り、心を尽くして準備をしてきたというのに。

自分と、協力してくれた使用人たちの気持ちを踏みにじられたように感じて、ユスティーナの表情は翳った。だが、せっかくここまで来たマリアンを追い返すわけにもいかない。到着したのがマリアンだからといって追い返せば、両親は「やはりクリスティーナが目当てだったのか！」と穿った見方をするかもしれない。

（ここはもうマリアンを出迎えて、さっさと帰ってもらいましょう）

魔王城エストワールハイトの女主人として、ユスティーナは堂々とマリアンとゼレドを出迎えた。

「よくお越しくださいました、叔母様。そして、団長」

マリアンは四十を回って増え始めた目尻の皺を深くしながら、気品あふれる笑みを浮かべた。だが、その口元はいつもよりやや強張り、声も震えているのをユスティーナは聞き逃さなかった。

マリアンは、流れるように腰を落として七歳の少年魔王に頭を垂れる。

「お招きありがとうございます」

「ようこそ、エストワールハイトへ。妻の妹君にあえて、嬉しくおもいます」

ハルヴァリはきっと、レヴィオの言伝通りの歓迎の意を伝えたのだろう。

妹君、と言われたマリアンは微妙な顔になったが、ユスティーナは微笑んで、改めて叔母を紹介する。

「ハルヴァリ様、こちらは、わたしの叔母のマリアンです。こちらが、アルセンドラの騎士団団長、ゼレド。妹のクリスティーナは、来られなかったようです」

「え、ええ、私が名代で参りました」

ユスティーナの説明に、ハルヴァリは一瞬ぽかんとした。

その間の抜けた表情は、時折レヴィオが見せる表情と重なって、ユスティーナの瞳には愛情が浮かぶ。

「そうか！」

幼い少年魔王が何かを理解したように笑って頷くと、その愛らしい笑みに、マリアンも一瞬つられて笑った。

取り敢えずマリアンが妹ではないと理解したらしいハルヴァリに場が和んだところで、魔王夫妻は人間界からの客人を魔王城に招き入れた。


魔王城エストワールハイトの先代の妃の庭で開かれたお茶会は大規模なものではなかったが、必要最低限の人数のみ配置したことで、マリアンの緊張は幾分解れたようだった。

初めは先代妃の許可なく庭園でお茶会を開くのはいけないと、客人を大広間に通す予定だったが、レヴィオが「母は気にしないだろう」と許可を出したのだ。大広間から先代妃の庭までは距離がある。客人を疲れさせないための配慮に、ユスティーナは感謝した。

やわらかな陽光の降り注ぐ庭に咲き誇る赤い花と、その花から漂う清楚な甘い香りに、マリアンは満足げに微笑み、白の東屋でユスティーナに向き直った。

「とても美しいお庭ですこと。それに、お食事も人間の世界と変わらないなんて、驚いたわ」

夜な夜な血の滴る肉塊を豪快に骨ごと頬張る種族もいることは隠し、ユスティーナは大きく頷いた。

「ええ、何不自由なく、とても幸せに暮らしているのです。全て、ハルヴァァリ様のおかげです」

ユスティーナの隣に座ったハルヴァァリは、ベンチで足をぶらぶらとさせながら満足げに白い歯を覗かせる。

おそらく、何もわかっていないであろう無邪気な笑顔に、マリアンの警戒心もいくらか薄れていたようだった。

マリアンの後ろで控えて立つゼレドが、じっとユスティーナとハルヴァリを観察していた。その不躾なまでの注視に、ユスティーナは眉を顰(ひそ)めてゼレドに視線を送る。

長年の付き合いである。

視線一つで、ゼレドはユスティーナの気を害したことを察し、すっとハルヴァリから視線を逸らした。その一連のやり取りを見ていたハルヴァリが、きょとんとした顔でユスティーナに尋ねる。

「ユスティーナ、ゼレドも、叔母か？」

「いいえ。ゼレドは、王族ではありません。アルセンドラでは有名な剣士です。エトと同じように、王族を守るのも仕事です」

「エトと同じ？　つよい？」

「ええ、アルセンドラでは誰も敵いません」

「エトよりつよいか？」

「さぁ、それは……」

首を傾げたユスティーナだったが、ハルヴァリは好奇心の籠る眼差しでゼレドを見上げていた。

若干戸惑ったような表情を浮かべたゼレドだったが、ハルヴァリの注意が他に向いているうちに、と、マリアンが喋りはじめた。

「それで、ユスティーナ、あなたは本当に、ここで幸せに暮らせているのね？」

「はい。それはもう」

「剣技は、続けているの？」

やや非難の混じる視線に、ユスティーナは素直に首を横に振った。

以前からユスティーナが鍛錬に励むことを好ましくないと感じていた節のあるマリアンは、ほっと安心したようだった。

「そう。あなたも、嫁いで変わったのね。相変わらず剣を握っていたらどうしようかと思っていたのよ」

相変わらず剣を握りたい衝動はあるので、ユスティーナは返事に困る。

騎士団のような鍛錬を積む場がないだけで、手合わせの相手さえいれば、剣を打ち合わせたいと今でも考えいている。

（それに、今夜……）

レヴィオと手合わせの予定がある。想像しただけで血が騒めくユスティーナだったが、不意に昨夜の会話を思い出して自然と手が腹部に触れた。

「あなたが剣を手放してくれて、安心したわ。女性なのだから、剣のお稽古中に、何かあったら大変ですものね」

「……はい。子を産むのも、妻の務めですし……」

ユスティーナの頬はにわかに赤く染まり、気恥ずかしげに長い睫が冬空の瞳を隠す。

マリアンは凍り付いたように動きを止め、その細い眉がきつく中心に寄っていく。叔母の険しい表情には気付きもせず、ユスティーナは緩む口元を手で隠した。

（いやだ、まだできてもいないのに！）

　一人恥ずかしがって首を振ったユスティーナが「先の話ですから」と付け足しても、マリアンの表情は強張ったままだったが、女性二人のやり取りはそこで一時中断となった。

　ハルヴァリが、突然ゼレドの剣の腕前を見たいと言い出したのだ。

「ゼレドと剣の稽古をしたい。いいか？」

　ハルヴァリが尋ねたのは、エトだった。彼は言葉もなく首を横に振る。頑として許可できないという表情に、ハルヴァリは小さな唇を突き出した。

「稽古をするのはいいことだって、いってたのに」

「それとこれとは別です」

　ぴしゃりと却下したエトに、ハルヴァリはなおも食い下がろうとしていた。

　剣の稽古が嫌いだったハルヴァリは、このところ真面目に稽古に打ち込むようになっていた。勝てないと思っていた相手にも、いつか勝てるかもしれない、とユスティーナが言ったことで、彼はやる気になったようだった。

　やる気になるのはいいことだが、さすがにユスティーナも、ゼレドとハルヴァリが手合わせをすることには賛同しかねた。

（ゼレドは加減を知らないもの。ハルヴァリ様に何かあったら、それこそ困るわ）

　ハルヴァリはどうしてもゼレドの腕前が気になるらしく、最終的にはゼレド本人に矛先が向いた。

「僕と手合わせして欲しい」

　ゼレドの三白眼気味の黒目が、ちら、とユスティーナを捉える。

ユスティーナは静かに首を横に振った。

だが、ゼレドは口元に不敵な笑みをはいて、ユスティーナの望む答えとは真逆の返事をする。

「喜んでお受けいたしましょう」

ゼレドの態度は、おそらくユスティーナに対する挑発だった。しかし彼の返事は、エトにはさぞや不遜なものに映ったのだろう。ハルヴァリの背後で、じり、と芝を踏みしめる音がした。

「自分が出ましょう」

「そ、そんな……」

マリアンがなんとかその場をうまく鎮めようと微笑んで口を挟んだが、ハルヴァリが無邪気に頷くと、少年魔王の護衛官と大帝国アルセンドラの騎士団長は、熱く滾る闘志をぶつけ合った。


穏やかなお茶会が、突如闘技大会に変わってしまったことにマリアンは慌てふためいていたが、ユスティーナは「やるなら訓練所にしましょう」と二人を移動させた。

エトとゼレドの対決をハルヴァリが認めてしまった以上、ユスティーナがやめさせようとしてもエトは聞かないだろう。

それならば、せめて美しい芝を踏み荒らさずに済むよう場所を移すべきだと、ユスティーナは現実的に考えていた。

何より、二人の打ち合いに興味があった。

訓練所に移動したエトとゼレドは、早速中央で訓練用の剣を手に向き合う。

ハルヴァリとユスティーナは並んでその様子を見守り、マリアンは竦み上がりながらユスティーナの後ろに隠れた。

「ほ、本当に止めなくていいのかしら？」

「止めても聞きはしません。互いにやり合えば納得するでしょう」

突き放した物言いのユスティーナに、マリアンは非難めいた「まぁ」を零したが、対峙する二人が話し始めたのであとに続く言葉は飲み込んだ。

先に口を開いたのは、ゼレドだった。

「まさか、魔王の護衛官殿と打ち合えるとは。私は旧知の姫に発破をかけたつもりだったんですがね」

エトは目を細めて、ゼレドを見据えた。

「その旧知の姫君は、既に魔王の妃だ」

「そうでしたなぁ。何分、相手が幼い御子なもので、忘れておりました」

「貴様……」

安い挑発に、エトは簡単に乗ってくれたようだった。

「一本勝負でどうです？　護衛官殿は、まだお若い。先手はお譲りしましょう」

はっ、と、エトが鼻で笑う。

エトの浅黒い手が差し出され、招くように指先が曲げられる。

（かかって来いと言いたいわけね。大した自信じゃない）

ゼレドが剣を構える。エトは剣先を床に向けたまま、すっとゼレドを待つ姿勢をとった。

一見隙だらけに見えるエトだが、その威圧感はすさまじく、ユスティーナは知らず手に汗を握る。

訓練所の隅々まで空気が張り詰め、灰色の室内は陽光で満たされているというのに、影が差したように薄暗く感じられた。

じり、とゼレドの靴が磨かれた床を踏みしめる。

体格ではゼレドが有利だが、剣技の勝敗は体の大小では決まらない。ゼレドは大柄な分小回りが利かない。エトは冷静な観察眼と、それを活かす敏捷性を持っている。ユスティーナの目には、エトが有利に映っていた。

ゼレドの猛進に、エトが剣を振り上げる。甲高い金属音が響き、ユスティーナの背後でマリアンが悲鳴をあげた。

エトはゼレドの剣を受け流すと、一歩踏み込んでがら空きの腹を狙い、払いを繰り出す。素早く繰り出された剣をすんでのところでゼレドが叩きつけ、エトは距離を取るべく一歩後退した。

追撃にゼレドが踏み込む。下から掬い上げるように振り上げられたゼレドの剣は鋭い音をたてながらエトの剣に絡みつき、双方剣をかち合わせたまま睨み合う。

力圧しなら自分が有利。確信したゼレドが圧し切ろうと力を込めた。エトの剣先がぐらりと揺れる。

「気概が足りないなぁ！」

「人間風情が……！」

吐き捨てたエトがゼレドの剣を弾き返す。

飛び退ったゼレドにエトの剣が迫る。

（早い――）

ユスティーナは背後で震えるマリアンを忘れ、白熱した打ち合いに集中していた。

エトの鋭い払いがゼレドの体勢を崩そうとし、身を捻ったゼレドが追い詰められた。首筋を狙った一突きに、体勢を低くしたゼレドが対応する。

拮抗した戦いに熱くなっていたユスティーナは、視界がどんどん暗くなっていることに気付かなかった。

「な、何なの……」

怯えたマリアンがユスティーナのドレスを掴む。

その瞬間、訓練所の窓の外で金色の稲光が轟音とともに大地を貫いた。

「きゃあ!!」

訓練所が暗闇に包まれ、ユスティーナの体にマリアンが縋りつく。

急に太陽を隠した暗雲が繰り返し雷鳴を轟かせ、強風が窓を揺らした。暗闇の中で、ユスティーナは隣のハルヴァリを守ろうと腕を伸ばした。しかし、ユスティーナが触れたのは頼りなく小さな肩ではなく、鍛えられた立派な大人の腕だった。

（えっ……？）

戸惑ったユスティーナの手を、大きな手が握る。

「まずいな。先代が戻ったらしい」

レヴィオの声は、轟音と混ざり合いながらもユスティーナの耳に届いた。闇に目が慣れず、ユスティーナは夜の夫の姿を捉えることができなかった。足早な靴音が近付いて来る。

「レヴィオ様」

「エト、この場を頼む。客人に部屋を用意しろ」

「はい」

暗闇の中でされた短いやり取りの後、ユスティーナの頬に素早い口付けを残して、レヴィオは訓練所を出た。

エトが訓練所の隅に用意されたランプに火を入れ、ぼんやりとした明かりが室内に揺れると、マリアンは一層きつくユスティーナにしがみ付いた。がたがたと震える叔母の体を抱きながら、ユスティーナはエトに尋ねる。

昼間が突如、夜になったのだ。理由を訊かないわけにはいかない。

「どうなっているの？」

「先代が城にお戻りになっただけです」

エトがちら、とマリアンとゼレドに視線を走らせた。

どうやら、部外者には説明したくないことがあるのだろうと察して、ユスティーナは口を噤(つぐ)んだ。

使用人たちによって、マリアンとゼレドの部屋が早急に用意された。

取り乱したマリアンを何とか宥めたユスティーナは、急ぎ自室へ戻り、ロルアを捕まえる。

「先代がお戻りになったと聞いたけれど、どういうことなの？」

部屋に戻るなり開口一番そう尋ねたユスティーナに、ロルアは困ったように眉を下げる。

「突然お戻りになったので、事前にお知らせもできず申し訳ありません」

「それはいいのよ。どうして夜になったの？　まだ、夕方にも間があるはずよ」

「魔界とは本来こういう場所ですから……」

ユスティーナはよくわからないままに、ロルアに「まずは、お召し替えを」と言われ、夜の装いに着替えることになった。

着替えを終えたユスティーナが、更にロルアに事情を問い質そうとしたところに、寝室からレヴィオが顔を覗かせた。

「着替えたか」

「レヴィオ！　どうなっているの？」

寝室からユスティーナの部屋に入ったレヴィオも、黒の衣装に身を包んでいた。

引き締まった体を包む黒の衣装は、レヴィオのもつ凛々しさや鋭さを際立たせたが、彼の目に宿るのは甘い光だった。

レヴィオは手袋に包まれたユスティーナの手を取ると、強引にその体を引き寄せた。踊るようにレヴィオの腕の中におさまったユスティーナは、ヴェールの向こうで甘く自分を見下ろす夫に、胸を高鳴らせてしまう。

「ユスティーナ、お前は本当に美しい。俺の自慢の妻だ。先代もお前を気にいるだろう」

「先代……お父様とお母様が、お戻りになったのね」

「そうだ。せっかくの家族との再会を邪魔してしまった。悪いな、ユスティーナ」

「それはいいのよ」

ユスティーナが首を振ってこたえる頃には、侍女たちは部屋から退出していた。

「でも、どうして急に夜になってしまったの？」

二人きりになったユスティーナの私室で、レヴィオは手近な長椅子に疑問を浮かべるユスティーナを座らせる。レヴィオも隣に座り、向かい合おうとした二人の膝が触れ合った。

「魔界とは本来こういうものだ。魔王の持つ強力な魔力は、雷雲となり太陽を隠すからな。魔界の奥地は、いつ見ても、暗雲に日を遮られてるだろう？」

確かに、とユスティーナは思い出す。

魔王城エストワールハイトに嫁ぐ折、人間界と魔界の境界線から見た魔界の深淵（しんえん）は厚雲に覆われ、黒雲を走る稲妻ががらがらと低く鳴り響いていた。

だが、このエストワールハイトの城周辺は違う。朝日が差し、昼には温かな風が吹き、時間の流れをユスティーナにも感じさせてくれる。

「だったら、どうしてここには日が差すの？　毎日、ここには朝と昼があるわ」

「それは、俺がハルヴァリに姿を変えているからだ」

首を傾げたユスティーナのヴェールの中に、レヴィオの手が入り込む。

大きな手が頰を包むと、ユスティーナは、荒れていた心が彼の体温によって溶かされるように穏やかになっていくのを感じた。

「魔王の幼少期は人間と変わらん。魔力はないに等しい。成長につれ魔力は強くなり、先代や俺くらいになると、雷雲はどうやっても発生して日を隠す。そして、魔界の生き物は、夜に活発になる。わかるか、ユスティーナ」

レヴィオの指の腹が、ユスティーナの頰を撫でた。

「……夜が続けば、魔獣が人間界に溢れてしまうから、あなたは昼の間、ハルヴァリ様に姿を変えて、魔力で暗雲が日を遮らないようにしているの……？」

「そうだ。ユスティーナ、お前は美しいばかりか、理解も早い。俺の自慢の妻だ」

レヴィオがユスティーナの顔を隠すヴェールをめくり、唇に口付けがもたらされた。触れるだけの口付けだったが、ユスティーナは心の奥から溢れ出す愛情を抑えきれず、ねだるようにレヴィオの腕に触れて目を閉じる。

「ユスティーナ……」

笑みの浮かぶ声で名を呼んだレヴィオは、触れるだけでは足りないと言うように、ユスティーナの唇を味わい、二度、三度と繰り返して、その体をきつく抱き寄せる。

夜にしか姿を見せない夫の腕のなかで、ユスティーナは感動に震えた。

魔王は、人間を守っている。

故郷のアルセンドラをはじめとする大勢の人間を守っているのは、魔界の防衛線となる魔王城エストワールハイトの魔王、レヴィオだ。

夜には魔獣を間引き、朝昼を迎えるために、意識も共有できない幼少の頃の姿に変わるレヴィオを、人間たちは何も知らない。

そして、この先も知ることはないだろう。

(ずっと、知らなかっただけで、わたしたちは魔王に守られてきたのね……)

夫の愛情を、ずっと昔から受けてきた気がした。

互いへの想いを確かめ合うように、二人はどちらともなく唇を重ねた。

柔らかな夫の唇が自分の下唇を優しく挟み込むだけで、ユスティーナの下腹部はじわりと熱を孕み、甘い蜜が滲み出した。

吐息を零すユスティーナの唇をレヴィオの舌が擽ると、薄紅色の花弁にも似たそれは開いていき、口内へ温かな舌を受け入れようとする。

「は……ぁ……」

差し入れられた舌はゆっくりと歯列を辿り、ユスティーナが甘い吐息を漏らすと更に奥へと入り込む。口蓋を優しく撫でつけられ、熱い息が混ざり合えば甘美な痺れが一気に背筋を駆けあがり、ユスティーナはレヴィオの漆黒の上着をきつく握った。

「あ……」

「ユスティーナ……今すぐお前を抱いてしまいたい……」

レヴィオが隙間なくユスティーナを抱き締める。彼の熱を遮る上着に手を滑らせながら、ユスティーナはほうっと息を吐いて頷いた。

「ええ、レヴィオ……わかってるわ……」

互いに待たせている相手がいるのだ。このまま欲望に従って求め合っている場合ではない。

情欲の炎の点った体を持て余しながら、二人は触れるだけの口付けを繰り返し、互いに秘密を共有するように笑い合った。


先代夫妻は、大広間で魔王城エストワールハイトの住人たちと久々の再会を喜び合っていた。いつも以上に騒がしい大広間には、酒と肉の臭いが入り混じり、楽しげな空気が漂っている。

ひしめく禍々しい姿の魔族たちは、開け放たれた扉から入ってきた現在の魔王夫妻に気付くと口を閉じ、道を譲るように大広間の左右に寄った。

大広間の最奥、いつもならハルヴァリかレヴィオと、ユスティーナが座る席に、先代夫妻は仲睦まじく手を握りながら座っていた。

（あの方々が……）

夫の両親に謁見する機会に恵まれると思っていなかったユスティーナは、魔族の人垣が造る道を歩きながら、少しの緊張と期待に胸を膨らませていた。

ユスティーナを連れ立ったレヴィオが立ち止まると、先代は値踏みするような目で人間界からやってきた息子の嫁をしげしげと眺める。

先代は、目元と鼻がレヴィオによく似た苦み走った男で、口に蓄えた髭には白いものが混じっていた。黒に近い頭髪も色褪せていたが、声には張りがあり、その口調も堂々としている。

「そなたが、レヴィオの嫁か」

「ユスティーナだ」

レヴィオの紹介を受け、ユスティーナはその場でドレスを摘み上げ、低く腰を落とした。その流れるような所作は、大帝国アルセンドラの皇女としての威厳を放っていた。

「アルセンドラより参りました。ユスティーナと申します」

「ユスティーナ、よく魔界に来てくれました。嬉しく思います」

声をかけたのは、先代の隣に座る王大妃だった。

王大妃のよく通る声は、女性としての品位や、長く魔王の妃として城を守ってきた貫禄を感じさせる。ユスティーナと同じように黒のヴェールを被る王大妃は、布越しにさえわかるほど目鼻立ちがはっきりとしていて美しい。

「有難いお言葉、感謝いたします」

腰を低く落としたままユスティーナが答えると、レヴィオがその手を引いた。

「もっと気軽に接して構わん」

レヴィオが微笑みながら囁くが、ユスティーナは「そうは言っても」と戸惑いを浮かべる。彼らに敬意を示すのは、先代の魔王とその妃だからではなく、彼らが愛するレヴィオとハルヴァリの両親だからだ。

「ユスティーナ、こちらへおいでなさいな」

王大妃の手招きを受けて、レヴィオが彼女の隣までユスティーナを連れて行く。座ったまま王大妃は自ら隣の椅子を引き、「ここへ」と手で示した。

「失礼致します」

皇女として様々な国の祭典に出席してきたユスティーナだったが、さすがにこれには緊張に硬くなる。それを察したのか、ユスティーナの隣に座ろうとしたレヴィオだったが、その目論見はあえなく失敗に終わった。

王大妃が手袋をはめた手を振って、レヴィオを遠ざけようとしたのだ。

「女には女の話があるのよ。あなたはお父様と、くだらない魔獣狩りのお話でもしてらっしゃいな」

「いびるなよ」

「生意気な。小さい頃は可愛かったのに」

攻撃的な言葉とは裏腹に王大妃の声には優しい響きがあり、レヴィオもそれを理解しているらしく、少し笑ってユスティーナの手を握ってから先代の隣へ向かっていった。

「それにしても、美人ねぇ。よく魔王に嫁いでくれる気になったものだわ」

王大妃はヴェールの奥で目を細め、砕けた口調で笑いながら言った。紅をさされた形のいい唇が弧を描くさまを、ユスティーナはどこか呆然と見つめていた。

楽しげに話す様子は、先程までの気品や王大妃としての風格よりも親しみやすさをユスティーナに与える。

「大変でしょう。昼は子供で、夜はあれだもの。私も、よく自分で三十年も連れ添ったと思っているのよ」

苦労を噛みしめるような王大妃の様子に、ユスティーナは、彼女の奥に座る先代の姿を覗き見る。

「では……」

「そうよ。この人も、レヴィオが後を継ぐまでずーっと子供と大人を行き来してきたの。私は元々魔族の出ですから、何も不思議には思わなかったけれど、あなたは驚いたでしょう？」

「はい、それはもう」

ユスティーナは素直に、盛大に頷いた。

初夜など、レヴィオを誘拐犯だと思い込んだほどだ。王大妃は苦労を共有するようにしきりに首を縦に振っていた。

「そうよねぇ。夜中まで起きていたら朝が辛いし、朝早くから起きていたら、夜までもたないもの。本当、うんざりしたわ」

「聞こえているぞ」

隣に座る先代が非難めいた声をあげたが、先代の手は、手袋に包まれた王大妃の手をしっかりと握っている。王大妃は自らの夫の抗議の声を完全に無視して続けた。

「早く子を産んでしまいなさい。誰かが後を継ぐまで、その生活が続くんですから」

「……ハルヴァリ様は、成長なさらないのですか？」

「しないわ。ずっと七歳のままよ。可愛いけれど、ずっとじゃねぇ」

困るでしょう、と言いたげに肩を竦めた王大妃に、ユスティーナは難しい顔になって唸った。困るような、困らないような。夫の幼少期は、それはそれは可愛らしく、ユスティーナはハルヴァリに癒されている自覚があった。

返答に詰まったユスティーナに、王大妃はにこやか微笑みかけた。

「今日はね、貴方に渡すものがあって戻って来たのよ。本当は、私たちが外遊に行くときに置いていくべきだったのだけれどね、長年身に着けていたから忘れていたのよ」

王大妃は一方的に喋りながら、手袋をはめた手を夫に差し出し、先代は彼女の手に金色の指輪を落とした。

金色の指輪には精緻な彫刻がなされ、深みのある赤い石が嵌っている。ずっしりとした重みを感じさせるその指輪は、王大妃の手の中で一度転がされてから、ユスティーナに差し出された。

「わたしに、でしょうか？」

無言で差し出されたそれに、ユスティーナはヴェールに隠された王大妃の目を見つめる。よく見れば、彼女の瞳は悪戯な少女のような輝きを帯びていて、その気質をレヴィオは受け継いだのかもしれないとユスティーナは密かに思う。

「ええ、そうよ。代々エストワールハイトの妃に伝わってきた指輪で、私もロヴァノのお母様から頂いたの。次は貴女よ」

「ありがとうございます」

アルセンドラにも同じような風習がある。それは指輪ではなく、妃が被るティアラだが、その家の者として認められたという証としては同じだろう。ユスティーナは、代々受け継がれてきたという指輪を敬意をもって有難く受け入れた。

金の指輪は、ユスティーナの掌で鈍い輝きを放っていた。その重みは、魔王の妃となったことを何よりユスティーナに実感させる。

昼と夜、二人の夫に愛され、その両親にも受け入れられたのだ。アルセンドラの皇女ではなく、魔王城エストワールハイトを治める魔王レヴィオの妃、それが自分なのだと、ユスティーナの心には新たな覚悟としてその事実が刻まれた。

ふと顔を上げると、レヴィオの蜂蜜色の瞳にぶつかる。自分を温かく見守ってくれる夫への愛情を感じながら、ユスティーナは、指輪を握りしめた。

ユスティーナがマリアンの案内された部屋を訪ねたのは夕刻を過ぎた頃で、先代の魔王夫妻が早くも城を後にしてからだった。

先代夫妻は再び外遊に出かけて行ったが、王大妃は魔王城に戻るつもりなどさらさらないようで、「渡すものは渡したし、今更またロヴァノの子守をするのもうんざりだから」と、とにかく夫の幼少期には飽き飽きしたという様子だった。先代はそれに文句ひとつ言わず、じっと王大妃の手を握っていた。

そこに夫婦の睦まじさを見て、ユスティーナは温かな気持ちで彼らを見送った。

嵐のようにやって来て嵐のように去った先代夫妻を見送り、レヴィオと短い打ち合わせをしたあと、ユスティーナはマリアンの元に急いで駆けつけたのだが、遅かったようだった。

マリアンは半狂乱で取り乱し、卒倒した後だった。

彼女を通した部屋は、今は使っていない部屋だが手入れは行き届き、真新しいシーツの掛けられたベッドで、マリアンは悪夢にうなされながら眠っている。

緑を基調とした室内で、ゼレドが疲れた顔で息を吐いた。

「どれだけ手がかかったか、想像できるか？　これだから女は嫌いだ。こんな面倒な荷物を押し付けて、何を遊んでたんだ、ユス？」

ユスティーナは久々に愛称で呼ばれ、苦く顔をしかめる。いくら旧知の仲とはいえ、人妻を愛称で呼ぶ彼の無頓着にユスティーナは呆れていた。

「あなた、本当に気の回らない男ね。わたしは人妻よ。親しげに呼ばないでくれる？」

「お子様の嫁になっただけで、人妻気取りか？」

「ええ、そうよ」

ユスティーナは付き合いきれず、適当に返事をする。

レヴィオとは、既に客人への対応を話し合っていた。

魔王城エストワールハイトを治めるのは、七歳の少年ハルヴァアリであると、今後も貫き通すことで結論は出ている。下手にレヴィオの存在を明かせば、昼の魔王と夜の魔王が存在する事情も人間は知りたがる。事情を知った人間たちは、混乱し、怯え、やがて魔王へいらぬ恐怖を今以上に抱くことになる。レヴィオはそれを望まなかった。

レヴィオが人間界と接触をとってもいいと考えているのは、ユスティーナが家族と今後も繋がっていられるようにという配慮ゆえだ。彼は、それ以上の人間との接触を求めていない。ユスティーナも、夫の配慮に対して感謝こそすれど、異論はなかった。

（あれこれゼレドに訊かれる前に、切り上げた方がよさそうね）

考え込んでいたユスティーナに、ゼレドが険しい顔で尋ねる。

「大丈夫か、ユス？」

「――ええ。大丈夫よ。もう遅いから、今日は泊って行ってちょうだい。明日の朝一番で境界線まで送りの馬車を出すわ」

「夜の魔界を徘徊する魔獣に警戒してるわけか？」

「ええ。あなたたちに何かあって、ハルヴァアリ様の策謀だと誹りを受けるのは我慢ならないもの。食事は部屋に運ばせるわ。それと、あなたの部屋は隣に用意したわ。ゆっくり休むのね」

卒倒するまで取り乱したマリアンの隣室が不服なのか、単純に暇を持て余すのが不満なのか、ゼレドはつまらなさそうに片眉を跳ね上げさせたが、結局文句は言わず、使用人の案内について隣室に消えて行った。

ユスティーナは、眠り続けているマリアンを見下ろし、逡巡の末、信頼できるロルアに後を頼んで自室に引き上げた。

いつ目覚めるかわからないマリアンを待っていられなかった。レヴィオと過ごせる時間は限られている。その時間を、今は大切にしたかった。


自室に戻った主を、ロルアがいなくとも侍女たちはてきぱきと寝自宅を整えて寝室へ送り出してくれる。

優秀な侍女たちを育てたのは王大妃だろうか、と想像しながら、ユスティーナは薄暗い寝室へ入る。

ベッドの中央にある影は、いつもなら小さく横たわっているが、今日は大きく、座ってユスティーナを待っていた。

「ユスティーナ」

手を差し出すレヴィオに擦り寄るように、ユスティーナは寝台に上がり、シーツの海を滑っていく。

絹の寝衣を身に着けたユスティーナを抱き寄せるレヴィオは、やはり上体には何も纏っていなかった。彼の匂いを胸いっぱいに吸い込んで、ユスティーナはほう、と息を吐く。

大きく波打つユスティーナの栗色の髪を、レヴィオの手が撫でつける。繰り返されるそれは疲れた妻を労うようで、レヴィオの温かな素肌を頬に感じながら、ユスティーナは口元を綻ばせた。

「ユスティーナ、今日は長い一日だったな」

「ええ、本当ね……」

「疲れただろう。よく頑張ってくれたな。偉いぞ、ユスティーナ。念願の手合わせは、明日必ずしてやるからな」

小さく笑って、ユスティーナは大好きなレヴィオの胸に手をあてる。

（素敵……）

大柄で筋肉が重そうなゼレドとは違う。レヴィオの身体はまさにユスティーナの理想だった。しかし、鍛え上げられた胸筋が愛しくてたまらないのは、それがレヴィオのものだからだと、ユスティーナは確信する。

さわさわと胸をまさぐるユスティーナの薬指には、金色の指輪が嵌っていた。

「もう着けているんだな」

「ええ。せっかく貰ったんですもの。肌身離さずつけておくわ――レヴィオ、お母様もお父様も、素敵な方だったわね。お二人は、とても仲がいいんでしょう？」

レヴィオは何か思い出したように一度眉を寄せてから、口の端を上げた。蜂蜜色の瞳に浮かぶのは少年のような無邪気な光で、それはどこか王大妃に重なる。

「昔はもっと喧嘩もしていたがな、俺が跡を継いでからはいつもああして手を繋いでる」

「とっても素敵ね。わたしたちも、ああなれる？」

「ああはならん。俺はお前をもっと甘やかしてやる」

「きゃっ！」

ベッドの上に押し倒されたユスティーナの頭部は、レヴィオの手で衝撃から守られていた。その手はそのまま、ユスティーナの頭を固定するように首の後ろに添えられ、レヴィオの腕にユスティーナを閉じ込める。

落ちてきた唇を感じて、ユスティーナの鼓動はとくとくと駆け足になっていく。

しっとりと濡れたユスティーナの唇は、重ねられたレヴィオの唇を求めて自ら開き、淫らに夫を誘い込んだ。差し入れられた舌がユスティーナの唇の内側を弄る。

「は……ぁ……」

甘い吐息を零したユスティーナの下唇をちゅ、と音をたてて吸って、レヴィオは囁く。

「ユスティーナ……お前は、幼い俺を優しく育てているんだな。覚えていなくとも、エトたちから聞くお前の俺への態度は、まるで慈愛に満ちた母のようだ」

「そうかしら……」

ふふ、と笑ったユスティーナの唇は、またレヴィオの口内に緩く吸い込まれる。濡れた口内に入り込む感触が楽しくて、ユスティーナは吐息を漏らした。

「はぁ……」

「ユスティーナ、お前を妻に迎えられて、俺は嬉しい。お前は、たった一人の妻だ。もう決して人間の世には帰してやらん」

悪戯っぽく言ったレヴィオに、ユスティーナもくすりと笑って応じる。

「……帰れと言われても、帰らないわ」

「ユスティーナ……」

甘く口付けながら、ユスティーナはどんどん体から力が抜けていくのを感じた。腕の中でどんどんぐったりしていくユスティーナの変化に気付いたのか、レヴィオは柔らかな唇を食みながら、そっと「おやすみ、ユスティーナ」と囁いた。


蒼白(そうはく)になって戻ってきた妻を、ホルワーズは問い質(ただ)した。

ホルワーズの妻マリアンは、虚ろな目で、予定より半日以上も遅くアルセンドラに戻ってきたのだ。更に、この怯えようだ。ホルワーズはただ事ではないと察し、事細かに事情を聞き出した。

マリアンはしばらく会話もままならないほどだったが、長年連れ添ったホルワーズが根気強く宥めると落ち着きを取り戻し、ぽつりぽつりと魔王城での出来事を語り始めた。

魔王は書状にあったとおりの少年魔王で、幼い彼自身は無害な様子だったが、残酷にも側近とゼレドの手合わせを所望したという。ホルワーズは内心「野蛮な」と吐き捨てたが、マリアンは魔王城で経験した衝撃を誰かに伝えようと必死でしゃべり続けた。

「昼が、突然夜になったのよ!」

「突然夜になったとは、どういうことだ、マリアン」

「わからないわ！　わかっていたら、こんなに取り乱すと思っているの!?」

叫びながら涙を零したマリアンに、侍女がハンカチを差し出す。

ひったくるようにハンカチを手にしたマリアンは、啜り上げながら目元を拭い、疲れた顔に怯えの色を濃くして続けた。

「雷鳴が轟いて、さっきまで出ていた太陽が隠れたのよ。それだけではないのよ。ユスティーナがどこかへ行って、不気味な使用人に通された部屋の窓から外を覗いたら……牙を、口から、こんな大きな牙を剝き出しにした男が何人も歩いていたのよ！」

マリアンが両手を使って牙を再現しようとしていた。口元から人差し指を下向けているのが牙だというのだろう。ホルワーズは信じられない思いで妻を見つめた。

「本当か？」

「どうして疑うの!?　見たのよ！　ゼレド殿に訊いてみればいいわ！」

冷静に魔王城の報告をしてくれると期待して妻を差し向けたというのに、これでは話の信憑性がなさすぎる、とホルワーズは内心ゼレドに期待した。

騎士団長である彼はやや扱いにくい男ではあるが、事実を捻じ曲げて報告するような人間ではない。ホルワーズは早速彼を呼び付けようと立ち上がりかけて、妻の細腕が上着の裾を握っていることに気が付いた。

「マリアン？」

「それだけじゃないのよ……」

マリアンは、眩い陽光の満たす部屋の一点を焦点の合わない目で見据えたまま、ぶるりと体を震わせた。丸一日以上そのままの着衣で過ごしているせいで、豪奢な濃緑のドレスは皺だらけだが、今のマリアンには自身の着衣に頓着する余裕はどこにもないようだった。

引き留める妻を突き放すわけにもいかず、ホルワーズは座りなおした。

「それ以上に、何かあったというのか？」

「ええ、ええ……」

再び身震いしたマリアンは、おぞましいものでも見るように眉を顰めた。焦点の合わない目は昨日の記憶を辿っているようで、目尻に走った幾筋もの皺がくしゃりと寄る。

「……ユスティーナは、きっと、あの男に騙されているんだわ……」

「あの男？　例の少年魔王か？」

「違うわ……日が出ているときには、いなかったのよ。それが、雷鳴が轟き、辺りが暗くなったとき、突然男が現れたのよ」

「男？　護衛官とやらか？」

「違うわ！」

取り乱して叫ぶ妻の金切り声に、ホルワーズは背を反らした。

ホルワーズには、何故妻がそこまで平静を失うのかがまるでわからなかった。

「マリアン、落ち着きなさい。それで、その男とは？」

マリアンの瞳は遠くを見つめていた。声を掛ける夫を視界にも入れず、彼女はじっと突如現れた男の影を探しているようだった。しばらくして、マリアンは目を細めながら小さく首を横に振った。

「……顔は見えなかったけれど、背の高い男だったわ。護衛官の男は、突然現れた男を『レヴィオ様』と呼んだのよ」

「レヴィオ？　聞かん名だな」

「きっと、あの男が、ユスティーナを騙しているんだわ」

「騙すとは、どういうことだ？」

突如現れたというだけでも信じ難いというのに、騙すとは穏やかではない。ユスティーナは変わったものの見方をするが、騙しやすい女には分類できないとホルワーズは思っていた。そのユスティーナが、どう騙されているのか、ホルワーズはマリアンが語り出すのを辛抱強く待っていた。

マリアンの唇が、くしゃりと歪む。

それは底意地の悪い笑みにも、せり上がる吐き気を堪えるようにも見えた。

「……ユスティーナは、そのレヴィオという男に、騙されて、子を孕まされるのかもしれないわ……」

「なっ――どういうことだ、マリアン!?」

「ユスティーナは、恥じらいながらこう言ったのよ。『子を産むのも、妻の務め』と。七歳の子が相手なはずがないわ。他に、相手がいるのよ」

由々しき事態だった。

ホルワーズは急かされるように立ち上がり、控えていた従者に、すぐにゼレドを呼ぶように指示した。

6

不穏な気配

マリアンとゼレドの見送りで午前を潰したユスティーナは、昼食をハルヴァリと取るべく幼い夫の私室を訪ねた。

寝室から通じる扉を叩くとエトが顔を覗かせて、すぐにユスティーナを迎え入れるように扉が大きく開かれた。だが、いつも執務机に座っているはずのハルヴァリの姿はそこにはなく、ユスティーナは扉を支えているエトを見遣る。

日頃から表情豊かとはいえないエトが、今日は困った顔をしているようで、ユスティーナは何事かと訝しんだ。

彼の黒い瞳がちら、と走った先は窓辺の長椅子で、そこには緑の衣装に包まれた小さな背中が、ごろんと丸まって横になっている。

(あら、どうしたのかしら)

ユスティーナはハルヴァリの私室に入り、小さく呼びかけてみた。

「ハルヴァリ様」

ぴくりとも反応がなく、振り返りもしない。ただごとではないと、ユスティーナは足早に長椅子

に横になって丸まっているハルヴァリを覗き込む。

長い睫が涙に濡れて、目を赤く腫らしたハルヴァリは、じっと長椅子の背を見つめていた。胸が引き裂かれそうに痛み、ユスティーナはドレスが絨毯につくのも構わず、長椅子の前に膝をついてハルヴァリの髪に触れた。

「ハルヴァリ様、どうしたんです？」

小さな唇は耐えるように引き結ばれ、蜂蜜色の瞳がみるみるうちに潤んでいく。大粒の涙が流れ落ちたとき、ユスティーナは思わず声を漏らして小さな体を背後から抱き締めた。

「ハルヴァリ様……どうして泣いているのか、教えてください」

髪を撫でながら、もう片方の腕でぎゅっと体を抱き寄せると、ハルヴァリは小さく洟（はな）をすすって、ぽつりと言った。

「かあさまが……」

その一言で、ユスティーナは涙の理由を悟った。

ハルヴァリは、昨夜両親が外遊から戻ったと誰かに聞いたのだろう。だが、先代夫妻が現れた瞬間、ハルヴァリはレヴィオに姿を変えた。

レヴィオは両親に顔を合わせているが、ハルヴァリからすれば、両親は自分の知らないあいだにやって来て、顔も見せずに去って行った、と感じられたのだろう。

七歳の少年らしく母が恋しいと泣く姿に、ユスティーナはレヴィオに対するそれとは全く異なる愛情を募らせていく。内なる母性が溢れ出した。

ユスティーナは長椅子の隅に腰を下ろし、ハルヴァリの小さな体を抱き起こすと、そのまま膝の上に抱き上げて、腕のなかにきつく閉じ込める。よしよしと背中を撫でてやると、ハルヴァリの頭はユスティーナの肩にこつんと預けられ、ドレスの肩口を彼の涙が濡らしていった。

「ハルヴァリ様、いいのですよ。悲しいときは、たくさん泣きましょう。わたしがここに居ますから」

小さな嗚咽が聴こえて、ハルヴァリの手がユスティーナのドレスをぎゅっと握った。

ハルヴァリの体から力が抜けるまで、じっとエトはその光景を見守っていた。完全にハルヴァリが脱力すると、エトはほっとしたように息を吐いて、ぽつりと言った。

「……顔を洗ってきて、いいでしょうか」

「ええ、ゆっくり洗ってくるといいわ」

エトは使用人を呼んで有事に備えたが、初めて幼いハルヴァリをユスティーナに任せてその場を空けた。

本当に顔を洗ってきただけのようで、エトはすぐに戻ってきたが、それでも、少しは信頼してくれるようになってきたのだと思うと、ユスティーナは魔王城での自身の成長と変化を感じるのだった。


アルセンドラ宮殿の議会の間は、緊迫した空気で満ち満ちていた。

真白に統一された室内で、黄金の冠を戴く皇帝クラウスは苦渋の表情を浮かべ、思案気に足元を見据えている。彼を見守るのは年寄りと呼称される相談役たちで、ユスティーナの魔王への輿入れに関する事柄は、公の議会ではなく、今日のように内々で話し合いが進められてきた。

大帝国の皇帝として恥じぬよう、常に堂々としているクラウスが思い悩むさまを見られるのは、この場だけと言っても過言ではなかった。

そして今日こそ、クラウスには皇帝としての威厳を保ち続けるだけの心の余裕を失いかけていた。

「ホルワーズ……それは、まことか……」

「はい。マリアンは取り乱しておりましたので、ゼレド殿のお話も伺いました。確かに、ユスティーナ皇女殿下は、『子を産まねばならない』という旨の発言をされたとのことです。おそらく、そのレヴィオとやらに……」

ホルワーズの言葉は苦しげに途切れた。

年頃の娘を持つ彼がユスティーナの身に起こった出来事に胸を痛める姿も、クラウスの心を助けることはできなかった。

魔王城で起こったことの一部始終を報告したホルワーズを信じるなら、ユスティーナは、レヴィオという男の手に堕ちたことになる。正義感の強いユスティーナが、何故そんなことになってしまったのか。

「なんという……」

クラウスは片手で自身の額を覆い、きつく目を閉じた。

激しい後悔が胸を引き裂き、喉の奥に鉄錆の味が滲んだ。

「……いずれ、魔王の子を産むつもりだ、という話ではないのか？」

クラウスの疑問に明確な答えを提示できるものは誰もいない。この場にいる誰もが、報告から推測することしかできないのだ。そしてその推測は、真実である可能性が高かった。

（ユスティーナ……）

心のなかで名を呼べば、幼い日のユスティーナが、母親譲りの瞳を輝かせながら振り返る気がした。

皇帝という立場である以上、後を継ぐ男子はいくらいても構わなかった。七人もの息子を授かったことは幸運の一言に尽きた。だが、クラウスの妻は長く娘を欲しがっていた。

念願の娘が、ユスティーナだった。

はじめて娘を腕に抱いたとき、息子たちを抱き上げたときとは違う感動に包まれたのを、今でも鮮明に覚えている。

（この子を守り抜く。それが、父親の務めだ）

激務の合間を縫って、娘の顔を見に行った。ユスティーナの成長を、クラウスはずっと側で見守ってきた。

初めて「おとうさま」と呼んだユスティーナ。

食事会の席で堂々と眠りはじめてしまったユスティーナ。

兄たちの影響を受け、皇后に「こんなはずではなかったのに」と言わしめたユスティーナ。

娘が望むことは、なんでも叶えてやりたかった。娘が喜ぶなら、なんでもしてやりたかった。

だからこそ、「闘技大会に出る許可がほしい」やら「騎士団で訓練をする許可がほしい」やらといったおよそ皇女らしくない要求を、クラウスはいくつも承諾してきた。

「お父様、わたしが魔王城に参ります」

魔王に嫁ぐと名乗りをあげたユスティーナを、クラウスは止めようとした。このときのクラウスの心は、皇帝としての責務と父親としての愛情の間で揺れていた。

娘は二人しかいない。アルセンドラ皇帝として考えれば、どちらかの娘を差し出さなければならない。だが、父親として二人を手放したいわけがない。ましてや相手は魔王だ。

「ユスティーナ……」

「魔界はきっと、強敵でひしめいているのでしょうね」

不敵に笑ったユスティーナは、お茶会でつまらなさそうにしているときとは別人のように生き生きとしていた。

「ま、待ちなさい、ユスティーナ。魔界はどんなところかもわからん。それに相手は、七歳の子供だ。おまえが思い描く幸せなど……」

「お父様、わたしの幸せはわたしが決めます。それに、夫は欲しくありません。どのみちわたしを欲しがる方は国内にはいないでしょうし、ちょうどいいでしょう？」

魔界へクリスティーナを行かせたくないがために強がっているのか、それとも、長く交際しながら実を結ばなかったゼレドへの思いを断ち切るために魔界へ旅立とうとしているのか、クラウスには娘の真意が計りきれなかった。

「ですから、宮廷画家に肖像画を描かせます。許可をいただけます？」

苦渋の決断だった。クラウスは絞り出すように答えた。

「……わかった」

「よかった！　お父様なら、わかってくださると思っていました」

こうして、ユスティーナは自身の悲痛な運命を呪うことなく、揚々とアルセンドラを去って行った。

あの日、娘を守り抜くと誓ったというのに、見送ることしかできなかったのだ。

クラウスは、愛娘ユスティーナと帝国アルセンドラを秤にかけて、ユスティーナを下ろしてしまった罪の意識に苛まれていた。

（そればかりか……！）

愛する娘が、夫でもない男の子を産むかもしれないなどと聞いて平然としていられる父親はいない。

あの日、皇帝としてユスティーナを切り捨てたがために娘に人の道を外させてしまったのだ。クラウスは自らの命を犠牲にしてでも、彼女の父親に戻りたいと切望した。

（どうすれば娘を助けてやれる……！）

重苦しい静寂に耐えかねた年寄りたちが、希望を打ち砕くかのように、一人、また一人と口を開く。

「……いずれ、というお話ではないでしょう。相手は七歳の御子です。ユスティーナ皇女殿下が、御子に対してそのような考えを抱かれるでしょうか……？」

「左様です。それに、子は先々のこととして考え、七歳の魔王の成長を待つのであれば、あれだけ熱心になさっていた鍛錬を今からおやめになるとは思えません」

「その通りです。これはもうユスティーナ皇女殿下を、そのレヴィオなる男が――」

「やめろ！　聞きたくもない!!」

声を荒げたクラウスに、室内はしんと静まり返った。

呼吸音さえぴたりと止んだ室内で、クラウスの沈痛な溜息は大きく響き、次いで出た言葉には反論を許す余地はなかった。

「……ユスティーナを行かせたのが間違いだったのだ。ゼレドを呼べ。ユスティーナを連れ戻すぞ」

魔王に嫁がせた皇女を我がものにしたレヴィオと話し合う余地はないだろう。ユスティーナを連れ戻し、一方的な破談を突きつける以上は、何らかの責めを負う覚悟は持たねばならない。

（ユスティーナと引き換えならば、私の首をくれてやる）

皇帝の顔に迷いはなく、その目には煌々と覚悟が点っていた。


夜になり、寝台で横になってからも、ユスティーナはハルヴァリを抱き締めていた。

湯浴みと着替え以外の時間の全てを共に過ごしたおかげか、ハルヴァリは少しずつ落ち着きを取り戻している。だが、いつもの弾けるような笑みが戻ったわけではなく、ユスティーナは胸が切なく軋むのを感じていた。

白いシーツの上で、ハルヴァリの小さな体をぎゅっと抱き締める。

絹の寝衣を握る手を感じて、ユスティーナはまだ細く、さらさらと涼やかに流れる鳶色の髪に口付ける。もそもそ、とハルヴァリの足が動き、身じろいだ彼はユスティーナの豊かな胸に顔を埋めた。

同じことをレヴィオがすれば全く違う感情を抱いただろうが、今ユスティーナの内にあるのは母性であり、恥じらいは一切なく、自分を求める幼子に惜しみなく愛情を注ごうとしていた。

温かな熱を腕の中に閉じ込めて、ユスティーナはそっと髪を撫で続ける。

胸元ですうすうと穏やかな寝息が聞こえてきたのは、ベッドに入ってから随分経ってからで、ハルヴァリの小さな頭を乗せるユスティーナの腕は痺れはじめていた。

（でも、このまま……）

レヴィオに変わる瞬間まで、このまま温もりで包んでやりたい。

ユスティーナはじっと幼い夫を抱き続け、それは腕の中の小さな体が白い靄に包まれるまで終わることはなかった。

レヴィオが現れると、ユスティーナはそのまままきつく夫の顔を抱き締めた。「ふっ」とレヴィオの息が止まる苦しげな音がしたが、構わず腕に力を込めると、何かあったと察したのかレヴィオの腕は力強くユスティーナを抱き返し、一瞬で体は入れ替わって、ユスティーナの額はレヴィオの胸に押し当てられた。

「どうした？　ユスティーナ。何かあったのか？」

「……ハルヴァリ様が、お母様に会えなかったと嘆いていたの」

「泣き虫の俺め。困ったやつだな」

レヴィオの物言いに、ユスティーナは思わず小さく笑った。

確かにハルヴァリはレヴィオなのだが、ユスティーナにとって彼らをひとまとめにすることはできなかった。だが、どちらの夫も、深く愛している。

ユスティーナはレヴィオの素肌に顔を埋めた。

「ハルヴァリ様も、あなたも、大好きよ」

「ユスティーナ……」

レヴィオの腕がきつくユスティーナを抱き締める。あまりの力強さに一瞬呼吸が止まったが、それが却って心地よくて、ユスティーナは体の力を抜いて彼の匂いと肌の感触に意識を向けた。こうして愛する夫の腕のなかにいられる時間が、ユスティーナにとってはかけがえのない幸福の瞬間だった。

胸板に頬擦りするユスティーナを見下ろしたレヴィオは、楽しげに白い歯を覗かせる。

「ユスティーナ、お前に、渡したいものがある。それは、お前を笑顔にするはずだ」

「渡したいもの？」

「そうだ。来い」

レヴィオが起き上がり、ユスティーナに手を差し出す。前腕に浮き立った筋に見惚れそうになりながらも、ユスティーナは彼の手を取った。

立ち上がると膝の裏に素早くレヴィオの腕が差し入れられ、横抱きにされたユスティーナは小さく悲鳴をあげたが、無用な抵抗はせずに夫の首に腕を回して摑まり、彼に身を任せることにした。

レヴィオはハルヴァリの私室に入ると、長椅子の上にユスティーナを下ろし、駆けつけたエトからガウンを得て、それを自分ではなくユスティーナに着せた。赤いガウンは大きく、指先から足元まですっぽりと隠してしまう。ガウンに残るほのかなレヴィオの匂いに、ユスティーナはほっとしていた。

エトを退室させたレヴィオは戸棚から何かを取り出し、ユスティーナの隣に腰を下ろした。

レヴィオが手にしていたのは、光沢のある黒い布で包まれた長細い物体で、それはそのままユスティーナに差し出される。

「これは？」

「開けてみろ、ユスティーナ。お前なら扱えるはずだ」

差し出された黒い布ごと受け取ると、硬質な手触りが掌から伝わった。

(これは……)

予想がついて、ユスティーナは期待に瞳を輝かせ、わくわくしながら黒い布を開く。中から現れたものは、細身の剣だった。

女の手でもしっかりと握り込める細身の剣は、所々に銀の細工が施され、柄には赤と青の宝石が埋められている。

「これは……」

「軽いだろう。これなら、お前の体に負担をかけない」

「わたしのために？」

「そうだ。幼い俺は、お前に庭園を造る。俺は、これをお前に贈る」

ユスティーナの胸は震えていた。

三度の食事より筋肉と剣が好きなユスティーナだが、アルセンドラでは大ぶりの剣が主流で、それを振るうには大きな手が必要だった。扱いやすい自分専用の剣を作らせることも勿論考えたが、周囲の反対の声は大きかった。

仕方なく女の手には不向きな得物をユスティーナは根気と努力で扱ってきたが、この剣ならば、体力が尽きるまで振るえる気がする。

（レヴィオは、わかってくれているのね……）

ハルヴァリが造ってくれる庭園も、王大妃から託された指輪も、嬉しくてたまらない特別な贈り物だったが、レヴィオが用意してくれたこれはユスティーナの本質を見抜いているようで、体が感動に震えていた。

剣を持ってわなわなと震えるユスティーナを覗き込んで、レヴィオが言う。

「切れ味が鋭いから気を付けるんだぞ？　あまりはしゃいで転げるのもだめだからな？」

「ええ！」

ユスティーナは剣を片手にレヴィオに飛びつき、自ら彼の唇に唇を押し当てた。

「嬉しいわ！　こんなに嬉しい贈り物ははじめてよ！」

「そうかそうか。ここそ作らせた甲斐があったわけだな」

早速使ってみたいとユスティーナが瞳をきらめかせると、レヴィオはその意図を察してにやりと片頬を上げた。

「まずは、動きやすい服に着替えろ。訓練所に行くぞ」

「ええ！」

約束通り彼が手合わせに応じてくれるのだと察したユスティーナは、大きく頷いて剣を抱いたまま自室に飛び込んだ。


夜の訓練所は、しっかりと窓を厚布で閉ざされているせいか、密閉された空間に感じられた。

広い室内に明かりを灯し視界を確保すると、ユスティーナは手に持っていた自身の剣を抜き放ち、艶めかしい銀色の刃をうっとりと見下ろした。

ドレスばかりが用意されていると思っていたユスティーナだったが、侍女たちに動きやすい服を所望すると、彼女たちはユスティーナの体に合うズボンとシャツを引っ張り出してきた。訓練用のそれはやや厚手の生地で作られていたが、動きを邪魔するほどのごわつきはなく、ユスティーナは用意された訓練着を気に入った。

存在感を放つ銀色の美しい刃に見惚れていたユスティーナだが、この真剣でレヴィオと打ち合わせるわけにはいかない。掌にぴたりと吸い付くような柄の感触を確かめ、試しに何度か空を斬ってみて扱いやすさに満足すると、早々に剣を鞘に戻した。

「ユスティーナ、本当にやるんだな？」

「ええ。あなたと手合わせしたいわ」

ユスティーナが臆することなく答えるのを予想していたのであろうレヴィオは、手に持っていた木剣を差し出す。

レヴィオから贈られた剣を放すことを名残惜しく思いつつ、ユスティーナは美しいそれを台の上に置いた。同じような訓練着を纏う夫から、細身の木剣を受け取る。

おそらく、子供用に作られたのであろう木剣は細く軽いが、ユスティーナにはやや長さが物足りなく感じられた。

レヴィオとの身長差は致命的だ。腕の長さも、踏み込める距離も違う。そのうえ剣の長さまで違うとなれば、勝負にならない。

ユスティーナは奥に立て掛けられた、レヴィオの持つ木剣と同じものを指差した。

「そっちのをちょうだい」

「これか？　重いぞ？」

「ええ、平気よ。短いのでやり合うよりずっといいわ」

「だったら俺がこっちにしよう」

レヴィオは手に持っていた木剣を置き、ユスティーナに渡したものと同じ、子供用の木剣に持ち替えた。

「これで条件は同じだろう？」

不敵に笑うレヴィオは、ユスティーナの意図するところを理解していた。木剣を同じものにしてもユスティーナの不利は変わらないが、どうせやるならいい勝負まで持ち込みたいと血が沸くのを感じて、ユスティーナも冷たい冬空の瞳をぎらつかせながらにやりと笑った。

「理解ある夫で、嬉しいわ」

「当然だ。俺はお前を愛しているからな」

ふふ、と笑うユスティーナだが、その顔付きにはいつもの甘さはなく、鋭い闘志がみなぎっている。広い訓練所の中央にどちらともなく移動すると、二人きりの室内に、ぴりりと緊張感が走り抜けた。

灰色の岩をくり抜いただけのような素気無い訓練所で、二人は互いをじっと見つめ合った。言葉もなく、二人は間合いを測り合っていた。

ユスティーナは両手で木剣を握り、剣先を天井に向ける。

レヴィオは片手で木剣を握り、その剣先はだらんと床に向けられていた。エトのそれと似た、構えとは呼べない構えだが、レヴィオにもやはり隙はない。

ユスティーナは強敵と一戦交えることを楽しみに魔界に来たのだ。ただの打ち合いとは言ったものの、ユスティーナはまたとないこの機会に、血沸き肉躍るのを感じていた。対峙する相手が魔王ともなれば、その高まりは最高潮に達している。

どちらが先に仕掛けるか、じりじりと足を動かすユスティーナに、レヴィオが白い歯を覗かせる。

その笑みはいつもの少年のような無邪気さだけではなく、獰猛な獣の野性味を感じさせた。

「防具はつけなくていいのか？」

「ええ。体が重くなると動き辛いわ。それに、あなたならわたしを傷付けるようなへまはしないでしょう？」

ユスティーナが右側に一歩足を運べば、レヴィオは左に半歩動く。

冷静にその歩幅まで観察するユスティーナに、レヴィオは冗談でも言うように答えた。

「それはどうだろうな。お前が愛しすぎて、うっかり押し倒すかもしれん」

「それは、終わってからにしてもらわないと困るわ！」

ユスティーナが走り出す。真っ直ぐ剣先を前に向けて勢いに乗せた突きを、レヴィオの剣が下から弾きあげる。

大きく一歩跳び退って、ユスティーナはびりびりと木剣から骨まで伝わる振動に歓喜した。

（強い……！）

あれだけの動きで、これだけの衝撃を与えられるのは、相当な経験値があるからだろう。ユスティーナは抑えきれない笑みを浮かべ、今一度夫の胸に飛び込むように今度は上から剣を振り下ろした。

真っ向からユスティーナの木剣を受け止めたレヴィオは、押し返さず、じっとユスティーナの体力が切れるのを待っているようだった。

微かに木剣が軋む音がする。

「どうして弾き返さないの」

「お前に怪我をさせたくないからだ」

「これしきで怪我なんて！」

ユスティーナは再び大きく飛び退り、体勢を低くして横に薙ぎ払う。剣を反して軽々とそれも受け止めたレヴィオは、今度はぐっと力を込めて押し返してきた。

「それいいわね！」

「気に入ってもらえて光栄だ」

今度は下から切り上げるように攻撃を繰り出したユスティーナの剣に、レヴィオの剣が絡みつく。巻き取りだ。察したユスティーナは剣を立てて横に一歩逸れる。

レヴィオからの反撃に、ユスティーナは口角を上げた。

「そういうの、もっとちょうだい！」

「いくらでも与えてやろう。怪我をするなよ！」

「ええ！」

レヴィオの攻撃を受けながら、ユスティーナはその一挙手一投足に惚れ惚れとしていた。

無駄のない動きと、強気の攻め。それらはレヴィオの心を表している。鍛錬の賜物である洗練された剣捌きも、軽やかな身のこなしも、そこから繰り出される力強い一撃も、ユスティーナを魅了した。打ち合えば打ち合うほど、ユスティーナは熱く燃え、レヴィオに惹かれていく。

（強い……！）

手が痺れ、全身が火照る。息が上がり、汗が浮かび、乱れた髪が顔に張り付く。シャツも背中に張り付いて鬱陶しくて仕方がないのに、ユスティーナは休憩する時間も惜しんでレヴィオと剣を打ち合わせ続けた。

ユスティーナが繰り出した突きを薙ぎ払ったレヴィオが剣先を下げる。

「はぁ、はぁ……っ」

息が上がったユスティーナも、その場で剣を下げてしまった。喉が渇き、汗が頬を伝い、顎からぽたりと落ちていく。首筋を辿る汗が気持ち悪くて、ユスティーナは手でそれを拭った。

「はぁ……はっ……強い、わね……」

乱れた息のままに言ったユスティーナを、レヴィオの金色の瞳が鋭く射貫いた。その視線はユスティーナの心の奥底まで刺さり、逃げることも逆らうことも許さない。

レヴィオの首筋にも汗が浮かんでいた。ユスティーナほどではないにしろ、相当な運動量で熱くなっていたのは、彼も同じだった。

「ユスティーナ」

レヴィオが木剣をその場に捨てる。からん、と乾いた音がして、ユスティーナは何をするのかと目を見張った。

木剣を捨てたレヴィオが、低く言った。

「脱げ」

レヴィオがシャツを脱ぎ捨てた。引き締まった体は汗に濡れ、妖しげな色気を帯びている。大股に迫ってきたレヴィオの金色の視線に捕らわれたユスティーナは、自分を武力でも圧倒したレヴィオの言うままにシャツの裾を捲り上げて体から引き抜いた。本能的に、何が始まるのかを察知していた。

大きな腕に抱き上げられたユスティーナの足が浮く。強引に重ねられた唇を貪り合うように口を開いた。

「んっ……！」

性急に入り込んできた舌が無遠慮に口内を暴れ回り、その激しさにユスティーナは喉を鳴らす。レヴィオの身体に腕を回して、必死に応えた。

「はぁ……っ！」

ユスティーナを抱き上げ、口付けたままレヴィオが歩き始める。彼の手が臀部を支え、その手は柔らかな肉を揉みしだいた。

「んぁ……」

その刺激にユスティーナの秘部はじわりと疼き蜜を滲ませる。汗で体がぬるついて、レヴィオの胸板に乳房が押しつぶされたまま、先端が擦れた。

「あっ……」

感じてしまった。

体を動かし、剝き出しの闘志でぶつかり合った火照りは激しい情欲となってユスティーナを襲っていた。

ユスティーナの背が壁に押し当てられ、支えを得て安定する。ひやりとした壁の冷たさも、この昂ぶりを落ち着ける効果はない。

口内で舌が絡み合い、ユスティーナはレヴィオの首の後ろに摑まった。

「んっはぁ……っ」

くちゅ、と口内で淫らな音がした。レヴィオの荒い息が汗に濡れた肌を掠め、押し潰されていたユスティーナの胸に手が伸びてくる。

「あっ……あぁっ！」

いつもよりきつく胸を摑まれる。痛覚への刺激は甘く、レヴィオの手の中で、双丘の頂はつんと身を起こしている。レヴィオの指がそれを摘み、きゅう、と擦り転がした。

「は、ぁ、んっ……！」

舌を絡めながら、ユスティーナは艶めいた声をあげる。指の腹で先端を擦られるとおかしくなりそうで、ユスティーナの腰がしきりに揺れる。

「ん、んっ……！」

「ユスティーナ……剣を振るうお前は、勇ましく、激しい……そういうところも、俺は好きだぞ……」

「あっ……！」

レヴィオの手がズボンの中へ入り込み、汗とは違う液で濡れた秘部を辿る。既に花弁はぱっくりと口を開き、蜜口は淫らに蜜を滴らせていた。

「お前の体は、俺を覚えている……こんなに濡れて……！」

「んっあぁ……っ！」

レヴィオの指がとぷりと中へ沈み込んだ。その指はくちゅくちゅと音をたてて中を掻き乱していく。

「あっあっ……！」

「ユスティーナ……剣を打ち合わせながら、ずっと見ていた……白い肌が赤く染まり、お前のここが揺れるさまを……」

ユスティーナの体をずらし、身を屈めたレヴィオが乳房にむしゃぶりついた。口内に吸い込まれた先端は温かな舌で転がされ、蜜道は更に愛液でぬめっていく。

「ああっ……！」

身を捩ったユスティーナの首筋から、ほろりと汗が滴り落ちた。きつく先端を吸い上げたレヴィオの前に辿り着いたそれを、彼は口内に含んでしまう。

「あっ、そっ、汗なんて……！」

「お前の汗だ……俺は、お前の汗さえ愛おしい……すべて飲み干してしまいたいほどにな……」

恥じらったユスティーナの蜜道をレヴィオの指が激しく掻きまわす。内のしこった部分を指で押され、ユスティーナはがたがたと震えながら声をあげた。

「あっあぁっ……！」

「そうだ、ユスティーナ……ここで達したときを思い出せ……」

「あっ……！」

めくるめく情交の記憶がユスティーナの内で呼び起こされていく。背筋を這い上がる快感にユスティーナの熱は更に膨らんだ。

「んっ……レヴィオ……あっ、そこは……っ！」

「ユスティーナ……素直になっていい……求めるままに言ってみろ……」

媚肉を擽る指と、身を起こした花芽を押し潰す掌の刺激にユスティーナは喉を鳴らす。内に入り込む指に肉壁が迫り、じわじわと奥から蜜が溢れ出す。

「あっ、そこ……っ！　レヴィオ……きも、ちっ……！」

「そうだ……お前が感じるほど、俺も高まってくる……心行くまでお前を突き上げたいとな……」

「あぁ……っ！」

激しく揺さぶられ、ユスティーナは汗にぬるついた体を必死にレヴィオに密着させる。官能が肌をあわだたせ、全身に力が入っていく。

「ああっ……レヴィオ……！　もう、いって……あぁっ！」

がくがくと震えながら達したユスティーナの中からレヴィオの指が抜け去ると、足元にズボンが落とされた。開放感を感じる間もなく、ユスティーナの体はレヴィオの腕の中で反転する。

壁に手をついて体を支えたユスティーナの秘処に熱が宛てがわれる。朦朧としながらそれを求め

て、ユスティーナの白い肌が小さく揺れた。

「ユスティーナ……！」

「あっレヴィオ……んっ！」

背後から突き上げられ、背筋を快感が駆け抜けた。飲み込んだ剛直の硬さに媚肉は騒めき、ねっとりと蠢いて絡みつく。

耳元でレヴィオの熱い吐息を感じて、ユスティーナは身震いした。

「あっ、あぁっ……」

「ユスティーナ……ここだ……ここがお前の、一番奥だ……」

ぐっと押し上げられると、何かがせり上がってくる。いやいやと首を振ったユスティーナの乳房を大きな手が後ろから摑み、優しく揉みしだいた。

「はぁっ……んっ……」

「慣れると、ここもよくなる……だが、今はまだ、ここの方がお前を蕩けさせるか……」

胸を揉む手とは反対の手が、ユスティーナの下腹部へ走り、割れ目の内へ迫っていた。逃げるように腰を引けば、却って臀部を突き出すよう格好になる。

「あっ、そこはっ！　あぁっ……！」

レヴィオの指が膨らんだ肉芽を繊細に擦り、同時に抽送がはじまった。堪えきれない熱にユスティーナが喘ぎ、それは室内で反響する。

「あっ……レヴィオ、だめ……そこ、よわいの……っ！」

「わかってるぞ……だから触ってるんだ……もっと乱れろ、ユスティーナ」

「あぁっ……！」

乳房の先端をきゅう、と摘まれ、肉芽を擦られるだけでユスティーナは達してしまうというのに、内に硬直した肉棒まで咥え込み、ユスティーナの膝はがくがくと震え、立っていることさえやっとになる。

「あっ……あぁあっ、んっレヴィオ……！」

「なんだ、ユスティーナ……怖がるな、感じていい……俺がお前を支えている」

膨らんだ熱が弾け飛びそうだった。どこが気持ちいいのかもわからないほど強烈な快感が身を焼いていく。蜜でぬるついた肉芽が擦られ、内のしこった部分が掻き出されるようにかすめ取られる。乳房の先端は痛いほどに張り詰めているのに、指の腹で摘み擦られるともどかしいほどの愉悦が広がって、ユスティーナは知らず壁に爪を立てた。

「あぁっ……レヴィオ……！　も、くるっ……あぁぁっ！」

ユスティーナの体は硬直し、二度目の絶頂に脱力した。蜜道が痙攣しレヴィオの剛直を搾り取るように蠢いている。

いつの間にかレヴィオの腕は、しっかりと背後からユスティーナを抱きとめて、力の抜けた体を支えていた。汗ばんだ肩に口付けて、レヴィオがゆっくりと絡みつく媚肉を擦りあげる。

「んっ……！」

「ユスティーナ……お前の内は、とろとろだ……俺を、受け入れてくれている……」

じゅぷ、と淫靡な音がしたが、構わずレヴィオは腰を打ちつける。その振り幅は徐々に大きくなり、ユスティーナを激しく穿つ。

「あっあぁっ……！」

「ユスティーナ……そうだ……よく覚えていたな……そうして、腰を突き上げれば……いいところに当たる……」

律動の速度があがり、肉と肉がぶつかる音が激しくなる。それにあわせてユスティーナの高い声もひっきりなしに零れだし、背を反らして突き上げられる快感に身を投じた。

「あっんっあぁ……っ！」

「そうだ、ユスティーナ……！」

突き上げるレヴィオに、いつも以上の雄を感じた。劣情にまみれた抽送にユスティーナは何も考えられなくなる。最奥を突きあげる硬質な楔は隘路を掻き乱し押し広げていく。

「んっ、は、あっ、あぁっ！」

腰を固定されて逃げ場もない。飲み込んだ熱塊がユスティーナをひたすら蹂躙した。規則的に貫き通そうとする肉杭をきつく締め上げる蜜口は、粘着質な音をたてて愛液を吐き出している。

「はぁっんっ……ああっ……！」

「ユスティーナ……！」

「んっ……あっ、レヴィ、オ……！」

激しさを増す腰遣いにユスティーナはがくがくと震えながら声をあげる。肉棒がどくんと張り詰め、吐き出す直前を知らせていた。

「ああんっあぁっ！」

「ユスティーナ……ッ……！　このまま……出すぞ……！」

限界を超えた速度で打ちつけられて、ユスティーナの体は急激な浮遊感に襲われる。はっと目前で光が弾け、頭の中が真っ白なった。

「あっんっあぁぁっ」

張り詰めた肉杭がびくんと内で震える。

音まで聴こえそうなほど、大きな脈動とともに、ユスティーナの内で熱が吐き出された。かくかくと小刻みに震えながら、ユスティーナの膝は崩れた。がっしりと後ろから抱きかかえてくれたレヴィオに体を預け、ユスティーナはしばらく動けずにいた。

「ユスティーナ……」

背後から愛しげに名前を呼ばれて振り返ると、優しい口付けがもたらされた。

寝室で愛を交わす以外の悦びを知ったユスティーナは、恥じらいとともに夫を上目遣いに見上げてしまい、結局もう一回戦を余儀なくされるのだった。


マリアンは、どうしてこうなってしまったのだろうと怯えながら馬車に乗っていた。

その手には、果実酒が入った瓶が握られている。宮殿で流行している取っ手のついた瓶の底には、赤い花弁がひっそりと沈んでいた。

馬車の振動にあわせて体が揺れ、その度にマリアンはもう魔界に着いたのかとびくびくしながら外を窺っていた。

皇帝である兄と、夫ホルワーズから頼まれた仕事を、マリアンは断ることなどできなかった。

すべては、ユスティーナを思えばこそだった。

魔王城からユスティーナを救出することは、マリアンも個人的には賛成だ。だが、一度嫁いだユスティーナを奪還するなど、魔王の機嫌を損ねるに決まっている。

少年魔王とはいえ、どんな力を秘めているとも知れない相手だ。それに、彼自身は無害だとしても、あの魔王城には人外の魔族たちがひしめいている。あれらがアルセンドラに流れ込んできたらと思うと、マリアンは気が気ではなかった。

ホルワーズがマリアンに持たせた土産は、魔族に対して有効なのだろうか。これといって他に妙案は浮かばないが、もっと穏便な方法はなかったのかと思わずにはいられない。

なにより、こんな危険な役目を自分に押し付けるなど、夫は自分を愛していないのだろうか。

あの恐ろしい場所にもう一度行かなければならない不安に押し潰されそうになっていたマリアンは、馬車の向かいに座るゼレドがやけに落ち着いているのを見て不思議に思った。

がたがたと揺れる馬車のなかで、マリアンは騎士団長の様子を窺いながら尋ねる。

「ゼレド騎士団長……あなたは、どうしてそんなに落ち着いていられるのかしら？」

厳めしい顔と鋭い三白眼の見た目に似合わず、彼は意外にも人好きのする性格で、人望も厚くここまで上り詰めた。

　それを知っているマリアンはゼレドに対しての悪印象はなく、魔界に再び行く折に騎士団長が同行してくれると聞いてほっとしていた。信頼を寄せるゼレドから、何かしら心を強く持つための助言が与えられるかと思っていたマリアンだが、返ってきた答えは期待していたものとは違っていた。

「奪還など、馬鹿馬鹿しい。ユスティーナ皇女殿下は、嘘のつけない方です。彼女が幸せだというのですから、魔王城はさぞや居心地のいい場所なのでしょう。本気で嫌だと思っているなら、皇女殿下は自力で戻ってくるでしょうから。そう考えると、魔王城エストワールハイトは、見た目の怖い連中がうようよして、突如雷雲立ち込めるだけの平穏な場所ですよ」

　その突如雷雲が立ち込めたり、見た目のおどろおどろしい魔族がうろついていたりすること自体が恐ろしいというのに、「平穏な場所」と片付けてしまえるゼレドの話は、マリアンには全く響いてこなかった。

　やはりゼレドはユスティーナと同じで、自分とは違う側の人間なのだとマリアンは痛感する。

　マリアンは、王族のなかでも平凡で、取り立てて人に論（あげつら）われるほどの短所もないかわりに人に自慢できるような長所もない性格や、それが生み出す当然のような穏やかな人生に時折寂しさを感じていたが、今は切に、魔王城に行かずに済んでいたありきたりな日々を恋しく思った。


　魔王城エストワールハイトは、一昨日見送ったばかりの客をまたしても迎え入れた。

ようやく元の無邪気で愛らしい笑顔を取り戻したハルヴァァリと楽しく遊んでいたユスティーナには、何故マリアンとゼレドが再び魔王城を訪れたのか想像もつかなかった。

だが、さすがに相手は叔母である。

ここまでやってきた叔母を冷たく追い返すわけにもいかず、取り敢えずは城の中に招き入れた。ユスティーナの私室に通したのは、あまり城内の事情を知らせるのはよくない気がしたからだった。

侍女たちは急ぎ客人のために椅子やテーブルを移動させ、すぐにお茶と菓子類が運び込まれ、何とか唐突にやってきた客人をもてなす準備が整った。

マリアンには肘掛け椅子を勧めたが、ゼレドは立ったまま彼女の背後に控えていた。ユスティーナはハルヴァァリと並んで長椅子に腰掛け、彼らが何の用でやってきたのか、その真意を探ろうとしていた。

無邪気なハルヴァァリは、知っている顔が再びやってきたことに素直に喜んでいたが、ユスティーナは喜ぶ気にはなれなかった。

(何を考えているのかしら。裏があるに決まってるわ)

これまで政治的なやりとりを幾度となく目にしてきたユスティーナである。

魔王城で卒倒し、逃げるように帰っていったマリアンがいくら魔王城エストワールハイトを褒めちぎろうとも、それを「気に入ってくれたからまた来たのね！」と、額面通りに受け取れるはずもなかった。

誰かの差し金だ。

それは間違いないだろうが、いったい誰の。

目的は何なのか。

ユスティーナはじっとマリアンを見つめていたが、マリアンはそれに気付く様子もなく、にこやかに魔王ハルヴァリに話しかけていた。

「そうでしたか。それでは、ユスティーナは妃としてうまく勤められているのですね」

「うん！」

当たり障りなくユスティーナを褒める会話は、胡散臭くてたまらない。

（ハルヴァリ様に取り入って、何かしようと企んでいるのかしら）

そうだとすれば、ここにハルヴァリを置いておくのは危険かもしれない。

ユスティーナの嗅覚が嗅ぎ付けたきな臭さは、すぐに確信に変わった。

部屋の隅に控えていたエトを視線で呼び、ハルヴァリと共に部屋から出るように合図を送る。エトはすぐにその合図に気付いたようで、ハルヴァリに歩み寄るとその耳元で何かを囁いた。

「わかった」

ハルヴァリは、仕方ないといったふうに席を立った。

「僕は、仕事があるから失礼します」

定型句のような台詞を口にして、ハルヴァリはエトと共にユスティーナの部屋から出て行く。

ユスティーナは、すかさず侍女たちにも視線で退室を促した。ロルアが驚いたような顔をしていたが、マリアンもゼレドも、魔王城の住人がいる前で来訪の真の目的を語りはしないだろう。真実を引き出すため、侍女たちにもこの場に残ってもらうわけにはいかない。

侍女たちが渋々といった様子で退室すると、ユスティーナとマリアンとゼレドの三人が残った部屋には奇妙な沈黙が訪れた。

互いの腹を探り合う間を破ったのは、ユスティーナ本人である。

「それで、何の目的があっておいでになったんです？」

「あら、いやだわ。先日お世話になったから、お礼を言いに来ただけよ」

「お礼なら手紙で十分でしょう。わざわざここまで足を運んでくださった、何か意図があったのでは？」

ユスティーナは、かび臭い政治的な駆け引きより直接対決を望んだ。招かれざる客人を迎えうつ冬空の瞳にはわずかな揺らぎさえなく、厳しさを感じさせるユスティーナの視線に、マリアンの顔はみるみるうちに強張っていく。

気の弱い彼女には、こういった駆け引きは向いていない。この場で尻込みするような刺客を送って来るなど何のつもりかと、ユスティーナは密かに憤った。

問い詰めたユスティーナに答えたのは目を白黒させるマリアンではなく、ゼレドだった。

「ユス、これをあの子供に飲ませてくれ。私たちが命じられたのはそれだけだ」

「何ですって……？」

ゼレドはマリアンの視線を気にも留めず、テーブルの上に果実酒の満たされた瓶を置いた。中身はほんの半分ほどで、大人なら一息に呷ってしまえそうな量しか入っていない。暗い瓶の底に沈む何かを、ユスティーナは見逃さなかった。

瓶の底に沈むそれは、卵の殻のように薄く、やわらかな半円を描いている。

過った可能性に背筋が凍りつくと同時に、怒りに全身を戦慄かせて、ユスティーナは立ち上がった。

「これを、ハルヴァリ様に呑ませてどうしようというの!?」

「飲ませろとしか命令は受けてない。おまえならどういう意味かわかるだろう、ユス？」

「なんてことを……!!」

飲ませてことが終わる司令の意図は、一つしかない。

暗殺だ。

これはただの土産の果実酒などでは決してない。明らかな魔王への害意があってこの土産は用意され、魔王城エストワールハイトまで運び込まれたのだ。

明確な悪意を持ち込んだゼレドを、ユスティーナはきつく睨み上げる。

「よくもこんな命を受けてのこのこと……誰が下した司令なの!?　ホルワーズ!?」

「おまえの父親だ。皇帝陛下は、少年魔王が亡き者になれば、おまえがアルセンドラに戻ってくると思ってるんだ」

「なっ――!!」

「どうする？　失敗すれば、私はともかく、おまえの叔母上はかなりまずい立場に追い込まれるけどなぁ」

とぼけたふうに、ゼレドはマリアンを冷たく見下ろした。怯えて身を縮めるマリアンに、ユスティーナは最早同情していた。

この土産を魔王城へ持ち込むよう命じたのが皇帝ならば、彼女はその指示に逆らうことなどできなかったのだろう。ゼレドも、彼の立場を考えればここへ来ない選択肢はなかったはずだ。

(どうして暗殺なんて!)

皇帝クラウスは、よからぬことを吹き込まれたに違いない。そうでなければ、娘からの知らせを疑い、魔王の暗殺まで企てたりはしないはずだ。

これは自分が招いてしまった厄災だと、ユスティーナは唇を噛みしめる。

妹を招きたいなどと言いださなければ、この城に人間を招かなければ、人間界との関係をきっぱり切り捨てていれば。そうしていれば、アルセンドラは魔王城エストワールハイトに対して不可侵の関係性を保ち、魔王を暗殺しようなどという馬鹿げた謀略が持ち上がることもなかったはずだ。

(こんなことになるなんて……!)

ユスティーナはテーブルの上の酒瓶を掴み、一息に煽ってやろうかとさえ考えた。しかし、それをすればユスティーナはおろか、もしレヴィオの子を授かっていたとしたら、その子まで道連れにしてしまう。

(それはいけないわ――)

こういうときこそ慌ててはいけないと、ユスティーナは自分を落ち着かせようとする。だが、あまりのことに、いくら深呼吸を繰り返そうとも昂りは静まらず、駆け巡る血液は体を熱くさせる一方だった。

酒瓶を握り、肩を怒らせたままユスティーナは必死に考える。

ハルヴァリの暗殺に失敗したとなれば、刺客として送り込まれたマリアンが危うい。ゼレドもあは言っているが、口封じに始末される可能性は高い。二人を見殺しにはしたくない。

だが、ハルヴァリは絶対に殺させるわけにはいかない。

母親に会えず小さく丸まって泣いていたハルヴァリを思うと、ユスティーナは何を犠牲にしても、幼い夫を守らなければならないと思うのだ。

（お父様は、わたしを連れ戻そうとして、刺客を差し向けたのだから……）

魔王の暗殺が成功しなかったとしても、自分が戻ることでマリアンとゼレドの命は救えるかもしれない。なにより祖国アルセンドラの驕慢（きょうまん）な態度は、ユスティーナには看過することなどできなかった。

魔王に庇護（ひご）されていることも知らず、暗殺を企ててしまった父の目を覚まさせることができるとすれば自分しかいないと、ユスティーナは覚悟を決める。

ユスティーナは酒瓶を持ったまま、部屋の壁に飾ってあった剣を手にする。レヴィオから贈られた剣は、ユスティーナの決意を後押しするようだった。

突然剣を手にしたユスティーナに、マリアンは小さな悲鳴をあげる。

だが、冬空の冷ややかな瞳が見据えているのは、マリアンではなくゼレドだった。ユスティーナは、乱暴にゼレドに酒瓶を突き返した。

「アルセンドラの宮殿に行くわ。何を吹き込まれたか知らないけれど、ハルヴァリ様を排除すると言うなら、こっちだって黙っていないわ」

「それでこそ、変人だ」

ユスティーナに笑いかけてから、ゼレドは酒瓶を受け取った。

7 思えばこそ

傾きかけた陽に追われるようにして、ユスティーナはアルセンドラの宮殿に到着した。

大帝国アルセンドラの宮殿は、荘厳にして絢爛である。

細部に至るまで凝った装飾がなされ、輝かんばかりの白の宮殿を飾るように、所々に金まで使われている。内装は莫大な金をかけて贅沢な調度品で揃えられ、それらは一定の周期で新しいものに取り換えられた。

宮殿自体が金になる、とはよく言ったもので、まさにこの宮殿は大帝国アルセンドラの繁栄の象徴である。

近隣諸国の来賓は、この巨大な宮殿にまず圧倒され、威厳を失い萎れてしまう。

人をそういった気分にさせる、ある種の厭味（いやみ）な空気感がこの宮殿には確かに漂っていた。

ユスティーナは、自分が二十四年間過ごしてきた宮殿を何故か冷ややかな気持ちで捉えてしまう。

ここに住まう人々は、この贅沢な生活や平和が誰のもたらす恩恵かも知らずに、大帝国アルセンドラの栄華に酔っている。

自分もつい最近までそうだったことを忘れたわけではないが、ユスティーナはどうしても思ってしまうのだ。

（魔王に守られているというのに、その魔王を殺そうとするなんて――）

魔王は人間界に魔獣が及ばないように、魔獣を間引かせ、魔界に陽を入れる努力までしている。人間たちの生活は、魔王の庇護のうえに成り立っているのだ。知らされていないとはいえ、驕り高ぶって無害な少年魔王を殺そうとしたことが、ユスティーナにはどうしても許せなかった。

魔王に嫁いだはずのユスティーナの姿に、行き交う人々は戸惑い混乱した。

ユスティーナはそれに関わるのもわずらわしく、衛兵たちを「どきなさい！」の一言で散らしながら、皇帝クラウスがいるはずの部屋へ乗り込んだ。

室内では、長椅子の背にもたれかかる皇帝がじっと床の一点を見つめていた。顔を上げたクラウスは、息を呑んで娘の名を呼ぶ。

「ユスティーナ……」

もう戻らないと思っていた娘がそこにいる。クラウスは大きく両手を広げて再会の喜びを伝えようとした。

しかし、それはユスティーナによって阻まれる。つかつかと室内に入ってきたユスティーナは、再会に感じ入るどころか挨拶すらなく怒りを爆発させた。

「お父様！　いったい、何を考えているのですか!?」

「なっ」

ユスティーナは、室内にいた従者や使用人たちさえ動きを止めて震え上がるほど派手に怒鳴った。

「魔王を暗殺なんて!!　何故そんなことを企てたのですか!?」

「なっ――何を言っているんだ、ユスティーナ……!?」

「誰に唆されてそんな非道な真似をしようと考えたんです!?　ホルワーズですか!?」

「落ち着きなさいユスティーナ！　おまえは何か勘違いをしている！」

クラウスが手を伸ばしたが、その手に掴まってやるつもりはなかった。父の手からするりと逃れ、ユスティーナは続ける。

「お父様がゼレドとマリアンに何を持たせたか、お忘れではないでしょう!?」

「酒を持たせたが、それは」

「どうしてハルヴァリ様に毒入りの酒など!!」

「それは魔王への貢ぎ物でなく」

「だったら誰にだったのですか!!」

「おまえの愛人のレヴィオとやらにだ!!」

「なっ――!!」

ユスティーナが衝撃を受ける番だった。

(どうしてレヴィオのことを……しかも愛人ですって……!?)

あんぐりと口を開いたまま固まったユスティーナに、クラウスはようやく手を伸ばして触れることができた。

クラウスは、八歳のクリスティーナにそうするのと同じようにユスティーナの髪を指で梳き、心労の滲む顔に笑みを浮かべた。

「ユスティーナ、苦労をかけたな。もういいんだ。戻っておいで。魔王城で暮らすなど、人間には無理な話だったのだ」

まるで、魔王に嫁がせた娘が日々苦痛を感じながら暮らしているような口ぶりに、ユスティーナはきつく眉根を寄せた。

「いいえ、お父様は誤解しています。わたしからの手紙は読んで頂けなかったのですか？」

「勿論読んだとも」

だったら、父は自分を信用していないということになる。

父には、幸せに暮らしているという嘘偽りない結婚生活を信じて、応援して欲しかった。すべてを理解できなくとも、クリスティーナを魔王城に差し向けることを躊躇ってても、自分が幸せに暮らしていることは信じて欲しかった。

父からの信頼を得られず、幸せな結婚生活をも否定された気分で、ユスティーナの表情は翳っていく。

辛さを滲ませたユスティーナの冬空の瞳に、クラウスは苦しげに眉を寄せた。

「ユスティーナ……」

「どうして信じて下さらないのですか。わたしは、魔王城で幸せに暮らしているのに」

「ユスティーナ、聞きなさい。おまえの手元にある幸せは、幸せではない。おまえは騙されているんだ」

「騙されているですって!?」

「そうだ。そうでなければ、レヴィオなどという、夫以外の男と、そ、そんな……！」

クラウスは苦々しい顔つきになって、それ以上口にしようともしない。

ユスティーナはすぐにでも誤解を正したかったが、ハルヴァアリに嫁いだ自分が「レヴィオは夫だ」と主張すれば、クラウスは更に混乱するだろう。納得させるには、魔王が昼と夜で姿を変えることを包み隠さず説明するほかなくなってしまう。

レヴィオは、少年魔王の正体を人間に知らせる必要はないと考えている。夫の意思を曲げて、勝手に秘密を吹聴してまわることはできない。

(困ったわ……)

難しい顔で黙り込んだユスティーナの反応を、クラウスは別の意味で捉えた。娘が愛人と姦通していることを認めたのだと、彼の目には映ったようだった。

「可愛いおまえに、そんな真似を……いったい、レヴィオとは何なのだ。魔王は当然、レヴィオとおまえの関係性を知らないのだろう？」

「……そ、そうね。ハルヴァアリ様は、レヴィオのことを、あまりよくは、知らないけれど……」

ユスティーナはしどろもどろで訊かれるままに答えていた。

(どう説明すれば誤解がとけるの？)

これでは不倫を認めているようではないか。クラウスは蒼白になりながらも気概で踏ん張っていたが、その心中は穏やかではないだろう。

そもそも、どうして、皇帝はレヴィオの存在を知っているのだろうか。

「それより、お父様は何故レヴィオをご存知なんです？」

「マリアンが教えてくれたのだ。魔王城を訪問した折に、突如レヴィオなる人物が現れたと」

（あのときのこと――）

魔王城エストワールハイトを治める先代魔王夫妻が戻ったとき、突如周辺の光が遮られた。魔王の魔力による雷雲のせいだ。

光が消え、夜になるとハルヴァリに代わってレヴィオが現れる。

あの瞬間を、マリアンは見てしまったのだろうか。

（いいえ、だとしたら、ハルヴァリ様とレヴィオが同一人物だと皇帝に伝えるはずだわ。それが伝わっていないということは、まだ二人が同一人物だとは、悟られていないということね）

ユスティーナは推理を組み立てたが、組み立てたそれは、どうやってもこの状況を打破する役には立ってくれそうにない。

「そ、それで、レヴィオという人物を知って、どうしてまた、暗殺なんて……？」

「ユスティーナ、私はおまえを連れ戻すよう二人に頼んだ。それが叶わない場合の最終手段として、レヴィオという男の抹殺を命じたにすぎん」

「え……？」

ユスティーナはようやくゼレドにしてやられたのだと気付いた。まんまと彼の思惑にのってしまったのだ。

してやられた、とユスティーナは唇を噛みしめたが、今は悔しさに浸っている場合ではない。

「そんな、事情も知らないで暗殺なんてあんまりです。それに、どうしてわたしを連れ戻そうなんて——」

「それは当然、おまえに夫以外の子を産ませるわけにはいかんからだ!!」

クラウスは熱のこもった調子で言った。

日頃からよく通る声は勢いを増して更に響き、ユスティーナはびくりと体を震わせる。

「おまえはレヴィオという男に騙されているんだ！」

「騙されてなど！」

「ユスティーナ、聞きなさい！　レヴィオがどんな男かは、この際どうだっていい。魔界との関係もそうだ。私にとって大切なことは、おまえの夫が七歳で、七歳の夫以外の子をおまえが産まされるなど、断じて許せないということだ！」

(同一人物なのに！)

思わず額を押さえてユスティーナは唸った。

今はまだ妊娠の兆しは感じられないが、この調子でいけば、そのうち子はできるかもしれない。

それはユスティーナにとっては喜ばしいことだが、実際に妊娠したとアルセンドラに知れれば、その子はハルヴァアリの子ではないと誰の目にも明らかになる。

レヴィオという男とハルヴァアリが同一人物だと教えずに、今後も定期的に、ある程度の距離感を持って友好に関係を続けていくことができるだろうか。

（無理そうね……）

ユスティーナは、内心で和解を諦めはじめていた。こんなふうに思い違いをされることになろうとは思ってもみなかった。レヴィオとハルヴァリが同一人物だと明かせない以上、父の過度な心配と邪推を払拭することは難しい。

「……お父様が信じてくださらないなら、仕方ありません。だけど、暗殺なんてやり過ぎです。二度とこんなことはしないでください」

「ユスティーナ、魔界に戻るつもりなのか!?」

「ええそうです。わたしは、魔王城で幸せに暮らしているのですから戻ります」

「何故わからん!?　私はおまえを守りたいのだ！」

「いいえ、守っていただかなくとも結構です！　わたしは、自分の身は自分で守れます！」

「どうしてわからんのだ！　おまえの結婚生活はまやかしだ！　おまえは騙されているんだ、ユスティーナ！　夫以外の男を受け入れるなどあってはならんことだ!!」

「お父様こそ!!　レヴィオはお父様の思うようなひとではありません!!　決めつけないで!!」

「なんだと――!!」

白熱した戦いの第二幕が切って落とされ、周囲の使用人たちは、いったいこの場に誰を助っ人に呼ぶべきなのか、本気で悩んで立ち尽くしていた。

夜になり目を覚ますとき、レヴィオを起こすのは、いつも決まってあの少女の影だった。

あれは、ちょうど九年前のことだ。

当時十八歳だったレヴィオは、後学のためにと人間界に赴いた。旅人の装いで向かったのは、大帝国アルセンドラである。

アルセンドラは多数の国を飲み込み成長した国で、アルセンドラの旗の元に集う人々は、人種も民族も言語も様々だった。その光景はどこか、雑多な種族を抱えて一国と名乗る魔界に似ていて、人間も面白い生き物だと思ったものだ。

レヴィオは、その頃ちょうど行われていた剣術の競技大会を見学してみることにした。

人間がどの程度武術をたしなむのか、並々ならぬ興味があった。

そこでレヴィオは、まだ線の細く、あどけない少女が剣を握っているのを目撃する。細い体に似つかわしくない闘志を、冬空を思わせる澄み切った青の瞳に浮かべ、自身の身の丈の半分以上は裕にある剣を構えて年上の青年たちと互角以上に戦っていた。

少女の動きには、まだ粗削りながら洗練されたものがあり、何より気概が他の戦士たちを遥かに上回っていた。

結局彼女は熟練の男に敗れたが、敗れてなお晴れやかな表情で去る姿に、レヴィオは感心した。

人間の少女に特別興味があったわけではないが、レヴィオはその少女が剣を置いたとき、どうなるのかが気になった。

敗退した少女はどうやら高位の貴族のようで、御付きの侍女が衣装替えをさせようとしていた。

土ぼこりを払えばなかなか可愛い。

（でも、まだガキだな）

ほっそりとした体とあどけない顔に、レヴィオは彼女を子供だと判断した。

荒野に咲く一輪の野花は、身支度が整う頃には、貴人の摘み取った面白みのないただの飾りになってしまった。実につまらない。この娘の美点を、侍女たちは何も理解できていないのだとレヴィオは残念がって、少女が帰路に着く頃合いで、共にその場を去ろうとした。

「ユスティーナ様、なりません！」

ぴしゃりと侍女が叱りつけた。

何事かと振り返って見れば、道端に咲く赤い花に、少女が手を伸ばそうとしていた。

「その花は毒花にございます！　触れると命を落とすかもしれません！　ここでお待ちください」

侍女はそう言って、どこかへ駆け出してしまう。少女は一時的に一人になった。

（大丈夫か？）

触れれば命を落とすかもしれないという毒花に、彼女がまたいつ手を伸ばすとも限らない。

心配になってじっと少女を観察していたレヴィオは、そのとき、少女がきょろきょろと周辺を見回したことにも気付いた。

少女は、誰も自分を見ていないと思ったのだろう。前屈姿勢に伸び上がり、赤い花に鼻先を寄せた。

長い睫が落ち、うっすらと色付いた柔らかそうな唇が、きゅうっと弧を描いた。

胸いっぱいに芳香を吸い込む彼女に、レヴィオは何故か、ぞくりとした。

（――ユスティーナ……）

その名を実際に呼んでみたい。

激情に駆り立てられたレヴィオは、しかし、その場で声を掛けることはしなかった。

（今じゃない……）

そうだ。今はまだ、彼女は蕾だ。硬く閉ざされ、花開く気配すら感じさせない。

あのあどけない少女を親元から離してはならない。もっと、熟れてから。人間として、もっと成長してから。

魔王になれば、レヴィオは雷雲を発生させないために、朝昼は幼少の頃の姿に戻り、自分の意識を保つこともできない。

朝昼に自分の夫を育てるなど、彼女にはまだ無理だ。

レヴィオはいつの間にか、少女を妃に迎える想像を膨らませていた。

（ユスティーナ……）

レヴィオは長く待っていた。ユスティーナが、ハルヴァリというもう一人の自分を愛せるほどに大人になるのを。他の男に盗られるような事態になれば武力行使すら惜しまないつもりだったが、幸いにもユスティーナはあの日見た清らかなまま、レヴィオのもとにやってきた。

「ユスティーナ……」

レヴィオは夜の闇のなか、いつものようにベッドの上で手を伸ばす。

そこにあるはずの熱がない。長い髪も、ほっそりと引き締まった腰も、すらりと長い足も、自分を見つめる愛らしい冬空の青い瞳も、そこにはなかった。

「ユスティーナ？」

起き上がったレヴィオは室内を見渡す。いつもと同じ寝室に、ユスティーナだけがいない。胸騒ぎがした。

「ユスティーナ！」

レヴィオは蹴破るように彼女の私室へ入ったが、いるはずの侍女たちさえそこにはいなかった。

何か、異変が起きたのだ。

そう察知したレヴィオは、ハルヴァアリの私室へ入り、すぐさま駆けつけたエトを問い質した。

「ユスティーナはどこだ⁉」

エトは苦しげな表情を浮かべ、「連れ去られました」と短く答えた。

「なんだと⁉　魔族にか⁉」

「いえ、おそらく、人間に。先日訪ねて来たアルセンドラの人間が二人、今日の昼突然訪ねてきて、それからお姿が見えません」

「あいつらか……」

低く唸るように言ったレヴィオは、獰猛に金色の瞳をぎらつかせた。

魔王の妃を連れ去るとは、命知らずな人間どもだ――だが、人間界にいるとすれば、ユスティーナの身は安全だろう。最悪の事態は、道中で魔族や魔獣に襲われ、彼らが人間界まで辿り着けずに夜の魔界を彷徨っていることだ。

「周辺の魔界の捜索は？」

「現在、滝の岩場まで捜索が済みましたが、痕跡はなかったと」

だとすれば、やはりユスティーナは、彼女の故郷に連れ帰られたのだろう。レヴィオは不敵な笑みを口元に浮かべながら、エトに命じる。

「周辺をくまなく探せ。いなければ、人間界に殴り込みだ」


マリアンは、ゼレドと共にホルワーズに報告をしていた。

計画の目的は、ユスティーナを連れ戻すことだった。もしもユスティーナ本人が拒絶するなら、レヴィオを抹殺することもやむなしと皇帝は判断した。

マリアンは、ユスティーナに酒を渡す際に「好きな人に飲ませてあげて」などと、あれこれと指示する言葉まで考えたというのに、セレドは誰も害することなくユスティーナを宮殿に連れ戻した。賞賛に値する功績といえる。

ユスティーナを宮殿に連れ戻しさえすれば、あとは月日が解決してくれるだろう。

愛人とはいえ、愛する人との離別は辛いものがあるだろうが、マリアンはユスティーナを憐れみながらも、姪が人間界に戻ったことに取り敢えず安堵していた。

「あとは、離縁にともなって魔王に詫びの貢ぎ物でも贈ればいいだろう。周囲がざわついても、金銭で解決できないことなどない」

　ホルワーズはユスティーナが戻ったあとの始末についても考えを巡らせはじめていた。

　マリアンは金で何でも解決できるとは思っていないが、ある程度金で気持ちが楽になることはあるかもしれないとは思う。ただ、それは人間基準の考えであって、あの禍々しい魔界の種族にそれが通じるかどうかは疑問の残るところだ。

　思い出して震えたマリアンの隣で、ゼレドはやはり我関せずといった顔をしている。

「それにしても見事だ、ゼレド殿。誰も害することなくユスティーナ皇女殿下を連れ戻すとは」

「いえいえ、付き合いが長いので、どう動けばどう反応するか、他の方よりよく知っているだけです」

「……では、あの噂は本当なのですね？」

　マリアンは、獲物を見るような目でゼレドを見遣った。

　マリアンがいっているのは、以前からまことしやかに流れている、ゼレドとユスティーナの恋仲の噂である。剣の稽古を終えた後に二人で連れ添ってどこかへ消えたやら、稽古で二人が熱心に絡んでいたやら、色めいた噂はいくつも流れては消えていった。

　ユスティーナは傷心の身だ。きっと、支えになってくれる殿方が側にいれば心強いだろう。なにより、叔母として、マリアンはユスティーナに一般的な幸せを送って欲しかった。

　それを提供できそうな相手を見つけたマリアンは、すぐにゼレドとユスティーナの結婚を想像する。

その想像は、ゼレドにも透けて見えていたらしい。彼の表情は何故か引きつって、小刻みに首を横に振った。

「私は、結構です。勿体ない。皇女殿下には是非、どこぞの王族か金持ちと結婚していただきたい」

「まぁ、恋仲だったという噂は？」

「まさか。私とユスティーナ皇女殿下は……何でしょうね？　悪友でしょうかな」

ははは、と軽く笑ってその話題を終わらせたゼレドの後を引き継いだのはマリアンの夫のホルワーズだった。

「それで、ユスティーナ皇女殿下はまだ懐妊なさったわけでないのだな？」

「していたとしても、まだわからないいんじゃないかしら……その、時期的に」

実際に子を産んだ経験のあるマリアンは素早く女の周期を計算してみたが、ユスティーナが嫁いでから、そう日は経っていない。これから妊娠が発覚という可能性も十分に考えられる。

ホルワーズは難しい顔で考え込んだ。

「だったら、むしろ、早めに次の夫を探した方がいいかもしれないな。生まれてきた子が誰の子なのか、わからなくしてしまえばいい」

「おぞましい……」

ゼレドが低く言って、マリアンもその通りだと同意する。

しかし、ユスティーナが魔族の子を産んだとなれば大ごとだ。もう貰い手はなくなってしまう。

今度こそ、本当に。

心配に沈痛な面持ちになるマリアンとホルワーズの間で、ゼレドは小さく笑っていた。

何を考えているのかわからない騎士団長に、マリアンとホルワーズは顔を見合わせて、揃って首を傾げていた。


夜目が利くのは、自分の強みのひとつだとゼレドは思っている。

暗闇の中でも、物がはっきり見えるのだ。勿論真昼のように色彩豊かな世界ではないが、目の前で何が起きているのかをいつでも把握できるこの目で、ゼレドは幾度となく死線を潜り抜けてきた。

エトという魔王の護衛官は強かった。なかなかに痺れる対戦相手だったが、それに水を差したのがあの雷雲だ。

唐突に周囲が暗くなったとき、ゼレドは対峙しているエトが、少年魔王とユスティーナの方へ目を遣ったことに気付いた。

エトが小さく息を呑む気配が伝わり、次いでマリアンの悲鳴が続いた。

マリアンが叫んだときには、エトはもうゼレドそっちのけで魔王の元に駆けつけていた。有事の際に真っ先に主を守ろうとするとは、なかなか見所のある護衛官だと思ったが、そうではなかったようだった。

周囲が完全に闇に呑まれると、少年魔王の姿が、一瞬にして背の高い男になったのだ。

はじめからそこにいたわけではない。あれだけ存在感のある男がいれば、もっと早くに気付いたはずだ。男が現れたあとには、少年魔王の姿もなくなっていた。

そうだ、見間違いではない。一瞬にして少年魔王は、成人の男になった。

しかし、さすがににわかには信じ難くゼレドは自分の正気を疑って首を捻ったが、エトが傅(かしず)き「レヴィオ様」と呼んだところで、彼らのあいだにある強い絆と主従関係を見て取ると、ゼレドはふと思った。

あのレヴィオという男が、本物の魔王なのではないのか、と。

ゼレドの違和感はそれだけにとどまらなかった。

レヴィオと呼ばれた男は、訓練所から立ち去る前にユスティーナの頬に素早く唇を寄せ、ユスティーナもそれに憤慨した様子はなかった。ユスティーナとレヴィオは、どうにも親密な雰囲気だった。

そこで、ゼレドは何故か得心した。

なるほど、ユスティーナはあの男と結婚したのか、と。

ユスティーナが幼い頃から知っているゼレドには、彼女に対する色めいた感情は全くなく、それどころかユスティーナとの噂のせいで恋路を潰されたことも何度もあった。だが、相手が皇女なだけにゼレドからその噂を完全に否定することもできず、だらだらとその噂は続いていた。

彼女が乗り気で魔王に嫁いでいったとき、ゼレドは内心快哉(かいさい)を叫んだ。

そして、レヴィオとユスティーナの親密な仲を感じ取ったとき、安堵した。

ユスティーナが結婚して幸せならいいじゃないか。結婚相手が誰であろうと、ユスティーナがアルセンドラに戻って来なければそれでいい！

ゼレドはそう思い、ホルワーズにも「ユスティーナ皇女殿下は、レヴィオなる男を夫として認識している」と伝えた。加えて、このまま放っておくのがいいだろうとも進言した。自分の平和のためだ。

だが、いつだって人生はそううまくはいかないものだ。

マリアンの過剰な怯えと、ホルワーズの異様な心配と、皇帝の度がすぎる愛情のせいで、何故かユスティーナの相手は命の危機に瀕（ひん）してしまった。

こうなったら、やるべきことは一つである。

ユスティーナを連れ戻し、ハルヴァリとの結婚を解消させ、正式にレヴィオと結婚させる。

レヴィオとハルヴァリが本当に同一人物であるかどうかなどゼレドには興味もないが、ユスティーナがそのどちらをも愛しているなら、彼女を揺さぶるには弱い方を攻撃すると告げるだけでいい。

ユスティーナは正義感が強く、直情型で行動派だ。日頃から曲者揃いの騎士団員をまとめているゼレドにとって、気心の知れた彼女を操るのは造作もないことだった。

暗殺など実行して魔界との関係性を悪化させるまでもない。そんなことをして部下が死ぬのも、自分が死ぬのもゼレドはごめんだった。

万事解決するために、レヴィオとやらには表に出てきてもらうことになるが、ゼレドはユスティーナをよく知っていた。

あの女が惚れこんだ男なら、何があろうと必ず彼女を迎えに来るはずだ。

明け方近くになってもユスティーナとクラウスの話は平行線を辿っていた。

苛立つユスティーナは、何度も剣の柄に手を掛けたが、この剣をまさか父の血で汚すわけにもいかないと、ぎりぎりのところで思いとどまる。

言えないことが多すぎた。レヴィオとの関係を否定すれば嘘になる。父親に嘘をついてはいけないが、レヴィオがハルヴァァリであることは隠さねばならず、ユスティーナはまるで本当に自分が不倫をしているような気分に追いやられていた。

一方クラウスも、娘の意固地に疲れ始めていた。

決してレヴィオとの関係を否定しないユスティーナが、頑なに「わたしの夫はハルヴァァリ様よ」と主張したせいで、話にならない。

父と娘はそれぞれ複雑な思いを抱えながらも、辛くぶつかり合い、衝突しながらも互いを理解し、歩み寄りたいと思っていた。

遠巻きにクラウスとユスティーナの口論を見守っていた皇后やその息子たちは、「仲介したらいけない案件だ」と一旦当人同士にその場を任せきることにしていた。この二人の口論に関わりたい人間など、誰もいなかったのだ。

夜空が白み始めていた。

皇帝の私室で、ユスティーナは窓縁に背を預け、じっと夜明けの空を見上げる。

（レヴィオ……）

今からエストワールハイトに戻っても、レヴィオには会えない。

勿論ハルヴァリの側にいたいという気持ちは強いが、レヴィオに会えない日が一日でもあるというのが、ユスティーナは辛くてたまらなかった。

気付けばユスティーナは空を仰ぎ見ながら、涙を滲ませていた。

レヴィオと過ごした日々を思い出す。思い描いていた魔王城を見せてくれたのは彼だ。理想的な肉体美をもち、人間の世を守ってくれている。強く、逞しく、尊敬できる相手だ。そんな彼に求められて妻になれたというのに、気付けば、ユスティーナは離婚の危機に瀕している。

ユスティーナは父を愛しているが、このまま、どちらかを選ばなければならないとすれば父を選べない。

心から父を愛しているのに、選べない。

人とは違う世界で暮らす、魔王を愛してしまった。

「ユスティーナ……頼むから、わかってくれ。おまえは、そのレヴィオとかいう男に、騙されているんだ。弄ばれている」

「お父様……何度違うと言ったらわかってくださるのですか」

絶縁という言葉がユスティーナの頭に浮かぶ。

昼と夜の魔王の秘密を隠しながら人間の世と関わっていくことに、そもそも無理があったのかもしれない。家族とのつながりを持ち続けたいと願っていたユスティーナだったが、今やその気持ちは萎え、諦めが取って代わりはじめていた。

（絶縁ね……それはそれで、いいかもしれないわね）

ユスティーナの冷たい冬空の瞳が瞬いて、そこに意志の炎が点ろうとしたときだった。

白みかけていた空が夜に侵食されるように真っ黒な乱雲に包まれ、ごろごろと雷鳴が轟き大気を揺らした。

「嵐か……？」

父娘は揃って黒雲に覆われた空を仰ぐ。父だけが唐突な嵐に眉を顰めていた。

しかし、ユスティーナは、その漆黒の空を知っていた。

魔界の天井を包む雷雲、それは魔王が君臨する証。

「レヴィオ――」

皇帝の部屋を飛び出したユスティーナは、中庭に躍り出た。昇りはじめていた陽が遮られたため視界は暗く、強風に髪が攫われる。

レヴィオに呼びかけるように、ユスティーナは真っ暗な空を見上げた。

「ユスティーナ！」

クラウスがユスティーナの後を追い、部屋から飛び出してくる。嵐のなかに自ら出て行く二人を見かねた兄たちが続いてきたが、ユスティーナは彼の気配を感じて、その場を離れようとはしなかった。

黒雲を走る金色の稲光が大地へ向かって落ちてくる。

凄まじい轟音が体を震わせ、金色の光が視界を奪う。

咄嗟に腕で目を庇ったユスティーナが、瞬きながら目を開くと、漆黒の衣装を身に纏うレヴィオがそこにいた。雷に乗って天空から降り立つように現れたレヴィオに、ユスティーナは驚きもしない。朝日が昇ればハルヴァリへと姿を変えるのだから、闇と共に現れもするだろうと、素直に彼が来てくれたことを喜ぶばかりだった。

「レヴィオ！」

「ユスティーナ」

手を差し伸べたレヴィオの胸に、ユスティーナは躊躇いなく飛び込んだ。

大きな腕が背に回され、力強く包み込む。黒い正装の生地は厚く、大好きな胸筋の感触を遠ざけるが、腕のなかの温もりは感じられた。そして、レヴィオの匂い。

愛する人の側にいられる幸せを噛みしめて、ユスティーナは彼の匂いを胸いっぱいに吸い込む。

疲れ果てて頭は回らず、広い胸に顔を埋めるとそのまま眠ってしまいそうだった。

「何者だ……!!」

「襲撃か!?」

「ユスティーナ！　無事か!?」

夫の腕のなかで安心感に包まれていたユスティーナは強引に現実に引き戻される。クラウスと兄たちが口々に叫んだが、レヴィオは片手を振り上げてそれを制した。金色の瞳が、鋭くその場の人々

を睨みつける。

「貴様たちか？　ユスティーナを攫ったのは」

ユスティーナは慌ててぶんぶんと首を横に振った。

「レヴィオ、違うのよ！　わたしが自分でここに戻ったの！　色々行き違いがあって、話をしに来たのよ！」

「なんだ、攫われたわけじゃなかったのか……」

ほっとしたようにレヴィオは息を吐いた。そして、抱き締めたユスティーナに微笑みかけ、いつもそうするようにそっと唇を重ねる。

「会いたかったぞ、ユスティーナ」

「なっ、なっ、なっ――」

息を吐き出すことを忘れたクラウスが真っ赤になって口をぱくつかせていた。その姿には皇帝としての威厳は微塵も残っていなかったが、父としての複雑な心境は見て取れた。父や兄たちの前で唇を重ねてしまったことにユスティーナは赤面し、愛しい情熱的な夫レヴィオを上目遣いに見つめた。

「レヴィオ、あの、あちら、わたしの父、アルセンドラ皇帝のクラウス」

「おお、そうか。これは失礼をしたな。初めまして父上」

父上、と呼びかけられたクラウスはまたしても魚のように口をぱくつかせたが、怒鳴りはしなかった。クラウスの想像していた間男と、目の前のレヴィオは結び付かなかったようだった。人知を超えた登場を果たしたレヴィオを見つめる目には、徐々に、力が蘇りつつあった。

「魔王城エストワールハイトが主、魔王レヴィオ・イェレ・ハルヴァリだ。名乗り遅れて悪かった」

「レヴィオ……ハルヴァリ……？」

クラウスは口の中で魔王の名を繰り返し、レヴィオをしげしげと眺めた。

皇帝として君臨してきたクラウスである。彼はいつまでも我が身に起きた衝撃に打ち震えるばかりではなく、考え、飲み込み、そして、計っていた。魔王と名乗った目の前のレヴィオという男が、本当にその座に君臨するほどの男なのかどうかを。

狼狽えていたことを棚上げしたクラウスは、ユスティーナの夫を厳しい大帝国の皇帝の眼差しで検分し終えると、鷹揚に頷いてみせた。

「なるほど。わかった。私の娘をやったのだ。幸せにしてやってくれなければ、次は本当に奪い返すぞ」

「勿論だ。我が生涯をかけてユスティーナを愛する」

クラウスに堂々と宣言したレヴィオに、ユスティーナは更に赤くなってその胸にしなだれかかった。こうしてレヴィオを夫として皇帝が認め、彼に生涯の愛を誓われると、ユスティーナの心は喜びに甘く痺れていく。

突然空を覆った雷雲に、宮殿内の人々がざわつき始めていた。

混乱が広がる前に帰らなければならないだろう。レヴィオがこの場にいる限り、雷雲は人間界の空を覆い続け、晴れることはない。

引き際をわきまえていたレヴィオは、腕の中のユスティーナに声を掛ける。

「戻るぞ、ユスティーナ」

「ええ。お父様、クリスティーナに宜しくお伝えください」

ユスティーナが皇帝と兄たちに別れの笑みを向けると、レヴィオとユスティーナの姿は雷雲とともに消えた。

真っ黒の雲が晴れたあとには晴天が広がり、既に上った太陽が大帝国アルセンドラを燦々と照らしていた。


季節が廻り、魔王城エストワールハイトで過ごす初めての冬である。

昼間と夜の寒暖差が激しく、昼はぽかぽかとした陽気だと思えば、夜になれば雪が降る。大帝国アルセンドラ広しといえども、これほど一日の寒暖差が激しい地域はないはずだ。魔界はまだまだユスティーナにとって謎と発見の連続の地だった。

ユスティーナは、ゆっくりとベッドに腰を下ろした。眠そうな目をしたハルヴァアリが、優しく妻に手を差し伸べてくれる。

「ユスティーナ……いたい？」

「いいえ。まだ大丈夫です」

ユスティーナは大きなお腹を擦りながら、ベッドにそっと横になる。ハルヴァアリの方を向いて横向きに寝るのはもう日常の在り方で、こうすると、必ずハルヴァリは膨らんだ腹部におずおずと手を置き、すぐにひっこめるのだ。

その様子が可愛らしくて、ユスティーナはつい笑ってしまう。

「いつ出てくる？」

「いつでしょうねぇ？」

ユスティーナも腹部を擦りながら、一緒に考えてみる。

そろそろだろうと魔王城の侍医は言うが、ユスティーナにはまだその実感はなかった。

それはハルヴァリも同じなようで、彼はお腹の中の子が、自分の子だとは勿論理解できていない。わからないままでいいと思っている。

懐妊祝いに駆けつけてくれた王大妃も、「随分長い間、兄弟ってことにしておいたわぁ」と語っていた。ユスティーナも、そのつもりだった。

ロルアたちはよく世話をしてくれて、ユスティーナは何不自由なく過ごせている。強いて言うなら、ハルヴァリと一緒に庭を駆けまわったり、彼がユスティーナのために植え込んでくれた青い花を愛でに行けないことが辛いくらいだ。

そのかわりに、子供を産んだ後は、思い切り幼い夫と遊んでやるつもりだった。

ユスティーナに体を向けたハルヴァリの目は、眠気にとろんと閉じかけていた。小さな口が少しずつひらいてきて、そろそろ寝てしまう頃合いだとユスティーナは悟って、ハルヴァリに声をかける。

「ハルヴァリ様、おやすみなさい」

もごもご、と小さな口が動いたが、その声がおやすみと紡ぐことはなく、次第に開いた口からは穏やかな寝息が聴こえてくる。

ユスティーナも目を閉じて、しばらく水面に漂うような微睡みを楽しんだ。

ベッドの隣が微かに揺れて、大きな手がユスティーナの栗色の髪を優しく撫でる。妻が完全に覚醒しきる前に、彼はそっとその身を起こして、額と、頬と、膨らんだ腹部に口付けるのだ。

毎夜欠かさず行われるその行為に、ユスティーナは深い愛情を感じていた。

「ユスティーナ、俺の可愛い子は元気か？」

「ええ、元気よ。とっても強く蹴るの」

「お転婆だな。お前に似たのかもしれんな」

「あら？　わたし？」

ユスティーナが笑いながら目を開けると、暗い寝室の中で、愛しい蜂蜜色の瞳が自分を見下ろしていた。

「ユスティーナ、お転婆くらいでちょうどいい。お前もそうだぞ」

お転婆にしたつもりはない、とは言えないので、ユスティーナはくすりと笑って口を噤む。相変わらず素敵な肉体、と、うっとりと溜息が洩（も）れる。その吐息ごと押し潰すようにレヴィオの唇が重なって、ユスティーナは抱えきれない幸福感にまた笑ってしまう。

唇を引っ付けたまま、彼は何度も「ユスティーナ」と、愛する妻の名を呼ぶのだった。

エピローグ

魔王城ハンベッヘからやって来た魔王ジューゴは、浅黒い肌に銀色の髪と瞳を持つ、どこか神秘的な雰囲気の男だった。

彼の隣には妃が並び、彼女も魔界のしきたりに則って顔を隠すヴェールを被っているが、その輝かんばかりの美しさは薄絹一枚では到底隠し切れない。

二人が並ぶと、まるで絵画の世界が現実に現れたように感じられるほどだった。

「よく来たな、ジューゴ」

「いつ押しかけようかと思っていたところさ」

レヴィオとジューゴは古くからの知人であり、以前から書状や使者を通じてのやり取りは盛んだったが、今回ようやくエストワールハイトに招くことができたのだ。

「よくお越しくださいました」

「お招きありがとうございます」

ユスティーナが腰を落とすと、ジューゴの妻も滑らかな所作でそれに応じる。

歓迎の挨拶が済んだところで、今夜のために特別に用意された豪華な料理が並ぶ晩餐が始まった。

「子どもはいくつになったんだい？」

酒を傾けながら、ジューゴは向かいに座るレヴィオに訊ねた。

「上のルーシェが三歳、下のディノが一歳だ」

「女、男だったね。いいね。うちは男ばっかり三人だから、うるさくて仕方ない」

「うちで一番元気がいいのは、ルーシェだがな」

レヴィオがユスティーナに視線を向け、ユスティーナも堪えきれずに笑いながら頷いた。

長女のルーシェはとにかくお転婆で、目を離そうものなら階段を転げ落ち、窓枠に乗り上げ、ありとあらゆる手段で子守たちを泣かせてきた。

幾人もの赤ん坊を育ててきたと豪語する熟練の子守さえもこれにはお手上げだったようで、長らく魔王城に仕えてくれた彼女を引退に追い込んだのはルーシェだとまで言われている。

赤ん坊の頃は夜泣きもひどく、とにかく手のかかったルーシェが嘘のように、弟で長男のディノは手のかからない子だった。

「君と奥方の子なら、多少活発でも当然だろう？　聞いているよ。長らく沈黙を貫いてきたエストワールハイトの魔王が、奥方のために人間界に殴り込みをかけたって」

「勝手に話を大きくするな。殴り込んだわけじゃない」

「それは、向こうが判断することさ」

本気ではなく、ジューゴが冗談を言っているのはユスティーナにもわかっていた。しかし、彼の妃は興味深そうに丸い目を大きく見開いて、ユスティーナに訊ねる。

「レヴィオ様が人間界に？　本当ですの？」

「レヴィオが人間界まで、わたしを迎えに来たのは本当です。ですが、今もわたしの祖国とは、友好的な関係が続いているのですよ」

「あら、それでは、人間も魔族と同じように、嫁いでからも生家とのやり取りがあるのですね」

「ええ」

　互いの妻も場に馴染みはじめたところで、ジューゴはレヴィオに本題を切り出した。

「ところでレヴィオ、そのお転婆のルーシェだけれど、もうあてはあるのかい？　我がハンベッヘなら、ルーシェの安泰は保証されるようなものだと思わないかい？」

「お前の息子はいくつだった？　もう五歳か？」

「上から六歳、四歳、二歳。選び放題だよ」

(あら)

　いつの間にか縁談の話になっている。ユスティーナとジューゴの妃はともに黙って、夫たちの動向を見守るに徹した。

　しかし、ユスティーナはつい、ヴェールの下でくすりと笑みをもらしてしまった。レヴィオはルーシェを可愛がり、特にハルヴァリは娘に夢中だった。

(何もわかっていないから、妹だと思っているけど)

　いつまでも七歳の少年のままである昼間の夫は、ルーシェとディノが自分の子だと認識できていない。だが、やはり親子だからか、彼らはいつも仲良く遊んでいる。

その光景を見ているだけで、ユスティーナは幸福に包まれるのだ。

考える顔になっていたレヴィオが、不意に白い歯をこぼした。

「決めるのはルーシェだ。そのうち引き合わせてみればいい。だが、覚悟しておけよ。あれは相当、気が強いぞ」

「うちの子は全員私に似て紳士的だから、ちょうどいいさ」

ジューゴの息子たちを思い浮かべて、ユスティーナはまだ随分先になるであろう娘の嫁入りを想像してみる。だが、いくら思い描こうとしても、子守の手をすり抜けて走り回るルーシェはユスティーナの頭のなかでそのまま大人になってしまい、穏やかな結婚像は破綻した。

(でも、いつか、きっとその日が来るのね)

その日まで、少しでもレヴィオとルーシェが長く過ごせるように時間をとらなければ。

夫は、夜の間しか娘と過ごすことができない。昼のあいだの記憶は、レヴィオ自身には残らず、共有されることもないのだから。

ユスティーナは、そっとレヴィオの手に自分の手を重ねた。

レヴィオの金色の瞳が甘やかに細められていくと、向かいに座っていたジューゴが楽しげな笑い声をあげる。

「これは、仲睦まじい夫婦だ。今からこの様子だと、昼間の記憶が統合されたあとには、君は片時も奥方を離せなくなりそうだ」

苦い顔つきになったレヴィオと、小首を傾げたユスティーナの反応を見て、ジューゴは妃ににやりと笑いながら囁いた。

「どうやら、秘密だったらしい」


魔王ジューゴとその妃を見送ったあと、二人はユスティーナの私室へと戻った。

主を出迎えた侍女たちを下がらせたのはレヴィオで、彼にはこれから何が起こるかがわかっていたらしい。ヴェールをめくりあげながら、ユスティーナは振り返った。

「昼間の記憶が統合されるって、どういうことなの？」

「そのままの意味だ」

レヴィオが手を伸ばし、ユスティーナの髪からヴェールを外す。背に手を置かれ、導かれるままにユスティーナは薄紅色のシーツがかけられたベッドに腰を下ろした。部屋の明かりに照らされてはっきりと見える金色の瞳には、焦りは見受けられなかった。

ジューゴが口を滑らせなくとも、いずれは話してくれるつもりだったのかもしれないと、ユスティーナは隣に座る夫を信じて彼の説明を待つことにした。

「今の俺には、ハルヴァリの記憶はない。お前や子供たちと、いつもどう過ごしているのか、お前の話やエトからの報告がないと俺は何もわからん」

「ええ、知ってるわ」

朝昼に幼少の頃の姿に戻るレヴィオは、ハルヴァリとして過ごしている時間の記憶を持っていないる。

い。意識も共有することはできず、彼らは同一人物でありながら、完全に別の人格として存在している。

ユスティーナは、結婚してからのこの四年間でそれを十分理解している。

「だが、ハルヴァリの中には、お前と過ごした記憶は確かに蓄積されている。ここが大事だぞ、ユスティーナ。ディノが俺の跡を継いだら、ハルヴァリはどうなると思う？」

レヴィオの大きな手が、ユスティーナの頬を優しく撫でた。

その疑問は、ユスティーナのうちにずっと前からあったものだった。

先代夫妻が魔王城に戻り、王大妃から「誰かが跡を継ぐまで、今の生活が続く」と聞かされたときに、ユスティーナは思ったのだ。

もし、子供が跡を継ぎ、レヴィオがハルヴァリに変わる必要がなくなったとき、これまで過ごしてきたハルヴァリがどうなってしまうのか。

変わる必要がなくなれば、レヴィオは本来の姿で過ごすこととなり、ハルヴァリは現れなくなってしまう。レヴィオとずっと過ごせる日々は待ち遠しくもあるが、レヴィオは、ハルヴァリとして過ごした記憶を保有していない。

ハルヴァリが消えてしまうように思えてならなかった。

幼い夫と過ごした日々は、ユスティーナのなかにしか残らない。楽しく、美しい日々ごとハルヴァリがこの世から消えてしまうようで、考えれば考えるほど胸が締め付けられるように痛んだ。

(だけど、もし本当にハルヴァリ様の記憶がレヴィオに統合されるなら……ハルヴァリ様が、レヴィオになるということ？）

　寂しさと期待にユスティーナの瞳は揺れ、彼女の不安を拭い去るように、レヴィオはしっかりと頷いて見せた。

「そうだ、ユスティーナ。ハルヴァリは、消えたりしないぞ。あいつは俺だ。お前と過ごした日々は、俺に戻る。後継ぎが即位すれば、ハルヴァリの記憶は、俺に吸収される。わかるか？」

「……じゃあ、ハルヴァリ様が、あなたになるのね？　記憶は、ちゃんとあなたに残る」

「そうだ。俺の妻は、素直で物分かりがいい。おまけに優しく、美しい。俺の自慢の妻だな」

　頬に口付けられると、ユスティーナのうちには、ハルヴァリの記憶が残ることに対する安心感が広がっていったが、夫が隠し事をしていたことへの不満を全て払拭するには至らなかった。恨めしげなユスティーナの視線を、レヴィオは苦く笑いながら受け止めていた。

「もう……どうして黙っていたの？　教えてくれればよかったのに」

「お前は、昼の俺に母親のような愛情を向けてくれている。俺ではなく、純粋にハルヴァリに接するお前との記憶を、大切にしたかった。それに、ぎりぎりまで秘密にしておいて、お前を驚かせてやりたかった。だから黙っていたんだ。悪かった。言うべきだったな」

　謝罪したレヴィオは、つんと突き出したユスティーナの唇を優しく啄んだ。

「ユスティーナ、お前との思い出が今から楽しみだ。ジューゴの言う通り、記憶が統合されれば、俺はもっとお前を愛してしまうかもしれん」

　唇をくっつけたまま囁く夫に、ユスティーナはくすりと笑ってしまう。

記憶のことを隠していた理由が「驚かせてやりたかった」というのは、どうにもレヴィオらしく、ユスティーナは怒る気を削がれてしまった。

それに、いつまでも拗ねているのは性に合わない。理由があり、悪意はなかった。謝罪した相手に腹を立て続ける理由はない。それよりも、もっと二人の時間を幸せに過ごしたかった。ユスティーナは、悪戯っぽく夫を見つめ返した。

「いいわよ、もっと愛してくれても」

「言ったな？」

ユスティーナの体が傾げ、ベッドの上に投げ出される。笑いながら悲鳴をあげたユスティーナの唇は、夫の唇によって塞がれた。軽く触れ合うだけの口付けが徐々に深いものに変わっていくと、体の奥が甘美な熱を持ちはじめる。この瞬間が好きだった。

愛情と快楽の狭間にある、蕩けるような感覚が背筋を伝って全身に広がっていく。

夜の装いに包まれたユスティーナの体を辿っていたレヴィオの手が、腰から上へと這い上がり、胸元に忍び寄るとぽつりとボタンを外した。

「ルーシェ様！」

悲鳴にも似た子守の声と、それに反発するルーシェの絶叫に、ユスティーナははっと顔を上げる。

「またなのね……」

呟いたユスティーナが身を起こそうとすると、レヴィオも同時に起き上がった。

子守に任せておくこともできるが、それはあまりにも酷というものだ。知恵のつきはじめたルーシェは、父親が夜にしか現れないことに気付いているらしく、夜になると活発化するようになっていた。しっかり寝かしつけても夜中に起き出し、子守たちの努力も空しく父親がやって来るのを待っているのだ。

子守を早く解放してやるためにも、ルーシェの健康のためにも、ここはレヴィオに行ってもらわなければならない。彼もそれを心得ているようで、苦笑しながらユスティーナに向き直った。

「お前も来るか？」

「ええ、勿論よ」

レヴィオの手に支えられて立ち上がったユスティーナは、彼が外したボタンをしっかりと留めてから子供部屋へと向かった。

「おとうさまー！」

子守の腕をすり抜ける遊びをしていたらしいルーシェは、レヴィオを見るなり小さな両手をめいっぱい伸ばした。

ルーシェは、くるくると緩く巻いた鳶色の髪と青の瞳を持つ愛らしい少女で、父親は娘にすっかり骨抜きにされている。

「ルーシェ、夜は眠るものだぞ」

窘める言葉を口にしながら、レヴィオは早速ルーシェを抱き上げて小さな額に唇を寄せる。子守たちの安堵の息が一斉に聞こえ、ユスティーナは彼女たちを心の底から労って苦笑した。

「レヴィオが寝かしつけるから、少し休むといいわ」

「申し訳ありません……私共の務めですのに……」

「いいのよ。本人たちが幸せそうにしているんだから、気にすることはないわ」

娘を抱いたレヴィオの表情はいつになく柔らかで、父親に抱かれているルーシェも、日頃子守たちの手から脱走するときの必死さが嘘のように穏やかだ。

父の大きな腕のなかでぐったりとしたルーシェを見ながら、子守たちとユスティーナは、同じ気持ちを共有して密かに笑った。


レヴィオがルーシェを寝かしつけているあいだに、ユスティーナは息子のディノの様子を見に行った。

ルーシェの部屋の混乱が嘘のように、ディノの部屋は明かりが消されて静まり返っている。姉弟でこうも差が出るものなのだろうかとユスティーナは首を捻ったが、すぐに自身とクリスティーナの違いを思い出して一人納得した。

「ユスティーナ様」

ディノの側には夜通し子守が二人ついている。一人が声を潜めて言った。

「ディノ様は、今夜もぐっすりです」

「ルーシェとは大違いね」

くすりと笑みを交わしてから、ユスティーナは眠る我が子の顔を覗き込んだ。まだ一歳のディノは、レヴィオよりハルヴァリによく似ている。

栗色の髪はまっすぐで瞳も青いが、目元が穏やかなせいか印象は柔らかい。だが、あれだけ愛らしいハルヴァリがレヴィオに成長したことを思うと、ユスティーナはディノの将来が楽しみで仕方がなかった。

すやすやと穏やかな呼吸を繰り返す様子にすっかり口元が緩みきっていたユスティーナは、かたりとディノの部屋の扉が開いて振り返った。

どうやら無事ルーシェを寝かしつけることに成功したらしいレヴィオが、足音を潜めてユスティーナの隣に立つ。

「ルーシェの部屋とディノの部屋をわけておいて正解ね」

「あいだに一部屋入れておいたのも、正解だったな」

もし二人の部屋が隣り合わせだったなら、ディノはすっかり寝不足になってしまったかもしれない。

だが、一見問題だらけのルーシェも、昼間はディノを可愛がっているいい子なのだ。

ディノの寝顔を見つめながら、ルーシェのことにも思いを巡らせていたユスティーナを、レヴィオがそっと背後から抱き締めた。

愛しい二人の子と、大きな愛情で包み込んでくれる夫を得られた幸せを噛みしめながら、ユスティーナはそっとレヴィオにもたれかかった。


ちゃぷん、と音をたてて湯が揺れる。

自身を背後から包み込むレヴィオの腕が腹部に回されると、ユスティーナの背中はぴたりと彼の胸板に密着し、湯のなかで肌と肌が触れる不思議な感覚にどきりとした。

「レヴィオ、わたしたちが入ってよかったの?」

「構わん。エストワールハイトの住人は、長く湯に浸かる習慣はないからな」

今夜招いた魔王ジューゴが万が一滞在すると希望した場合に備えて、レヴィオは日頃使われていない広い浴場に湯を用意していた。

魔王城ハンベッヘでは、桶での湯浴みではなく、こうした石造りの四角い湯船での入浴が主流だという。

アルセンドラにも、地方には温泉文化がある。基本的には混浴で、皇女であるユスティーナは立ち入るどころか中を覗いたこともなかったが、こうして湯に浸かる楽しみを知ってしまえば、温泉が人気を博しているというのも頷けた。

(気持ちのいいものね……)

磨かれた乳白色の石で造られた浴場は天井が高く、明かりが灯されて眩いほどだ。大きな浴槽は二面の壁に沿うような長方形で、二人が同時に入っても十分に広い。城にいながら、まるでレヴィオと二人きりで遠くまで旅に来たような気分で、知らぬ間に蓄積されていた疲れが癒されていく。

湯のなかで足を遊ばせながら、ほうっと息をついたユスティーナに、レヴィオが小さく笑った。

「疲れたか？　今日はよく頑張ってくれたな」

背後から耳に口付けられると、くすぐったさに思わず笑みが浮かんだ。ふふ、と零れた小さな笑い声が浴場のなかで反響する。

「ハンベッへの魔王夫妻は、とても素敵な方だったわね。本当にルーシェの縁談をすすめるの？」

「どうだろうな。進めるとしても、まだまだ先の話だ。お前は反対か？」

「反対はしないわ。あのご夫妻のご子息ですもの、きっと素敵な殿方に成長すると思うわ。むしろ、ルーシェが年頃になってもあの調子なら、それこそ破談になんてならないかしら？」

レヴィオの腕のなかで首を巡らせて振り返れば、ユスティーナが予想した以上に甘い眼差しが待ち受けていた。

「ルーシェはお前に似て美しい。欲しがらない男などいない」

どきりと胸が高鳴った。レヴィオの一言は、熱烈な愛の告白にも聞こえた。

結婚して四年経っても、夫はこうして変わらずに愛を囁いてくれる。彼からの愛情は家族としての絆の側面を持ちながらも、二人きりのときにはユスティーナを赤面させるほどときめかせた。

「もう……」

「ユスティーナ、お前は日に日に美しくなっていく」

レヴィオの指先が、脇腹をつう、と辿った。小さく身を震わせたユスティーナの首筋に彼の唇が触れ、その唇は肌を優しく食みながらゆっくりと耳へ辿り着いた。耳朶を濡れたた感触が包み、低い囁きが鼓膜を震わせる。

「お前は、艶やかになった。こうしているときのお前は、母としての顔とも、妃としての顔とも違う、俺だけが知るお前だ」

脇腹を這い上がってきた手が、湯の中で揺蕩うユスティーナの乳房をやわやわと揉み、同時に耳を齧られ、ぞくぞくと肌が粟立っていく。寝室で触れられるときとは違う、もっと曖昧で、それゆえに甘美な快感に熱い吐息が零れた。

「ん……」

「こうされるのにも慣れただろう？」

「っ……！」

水面で揺れる白い膨らみの先端をきゅうっと摘まれると、ユスティーナの体は大きく跳ねた。それだけで体の芯に火が点いたように、じわりと下腹部が熱を帯びる。そんなふうに触れられては、こんな場所でと思う余裕もなく理性は消し飛んでしまう。

「触れれば、すぐに硬くなるようになったな……」

張り詰めた頂を指の腹で捏ねながら、もう一方の手で反対のふくらみを押し潰されると、色欲が煽られ呼吸が乱れる。何度もこうして触れ合ってきたというのに、ユスティーナの体は夫から与えられる刺激に慣れるどころか、どんどん過敏に反応するようになっていた。

「あっ……」

堪えきれずにあげた嬌声が、浴場のなかで高く響いた。両方の胸の頂を軽く擦られ、ユスティーナの体が小さく揺れて、湯面が波打つ。

「ユスティーナ……」

名を呼んだレヴィオの腕がユスティーナの体をくるりと反転させる。レヴィオの上に跨るような体勢になり、ユスティーナは体を支えるべく彼の肩に手を置いた。乳白色の石で組まれた浴槽に背を預けるレヴィオは、湯面から出たユスティーナの上体を観賞するように眺めている。

「いつ見ても美しいな……明かりのもとで見ると、お前の肌の白さがよくわかる」

「ん……レヴィオ……」

レヴィオが現れるとき、寝室の明かりは既に消されていることがほとんどで、光のもとで体を晒すのはまだ慣れない。恥じらいに目を伏せたユスティーナの腰を引き寄せ、レヴィオが唇を塞いだ。

「ん、ぅ……」

すぐに深くなった口付けは、ユスティーナの体を火照らせた。口内で舌が絡み合い、再び彼の手が胸元をまさぐりはじめると、ユスティーナの秘処は湯とは違う熱で濡れていく。

レヴィオの唇が、顎を辿って首筋へ下りていった。

「ユスティーナ……お前の声をもっと聴かせてくれ」

「あっ、ん……」

湯で濡れた膨らみに辿り着いた唇から、赤い舌が覗く。薄紅色の先端を、意志を持った舌が焦らすように舐るさまから目が離せなくなる。ひどく淫らな光景に下腹部がじわりと熱く痺れ、ユスティーナは呼吸を乱しながら夫の首に縋りついた。

「レヴィオ……んっ……」

「ユスティーナ、それではもっとして欲しいと言っているようなものだぞ……」

ぷっくりと張り詰めた突起が口内に含まれ、きつく吸いつかれる。温かな舌が押しつぶすように頂を転がし、軽く歯をたてられるとユスティーナは目も開けていられずに背を反らした。

「あぁっ……！」

「お前は、こうされるのも好きだったな」

「あっ、そこはっ……！」

腰をぐっと引き寄せられると、秘部に硬度を持ち始めた彼自身があたる。秘裂を肉杭がすべり、花芽が押し潰される。腰を浮かせようとしても、激しくレヴィオに乳房を貪られ、身動きを取ることもできない。

「あっ、ん、あぁ……」

快感に喉を鳴らしながら、ユスティーナは彼の鳶色の髪に指を差し入れる。堪えきれずに身が揺れる度に、まるで自分から擦りつけるようにユスティーナの柔らかな花弁を楔が掠めた。その刺激は、互いの淫欲を更に煽っていく。

「あっ……レヴィオ……！」

「ここに触れて欲しいか？」

「んっ……！」

堪えきれずに頷くと、レヴィオの手が下肢に走り、身をずらして割れ目を辿った。

「こんなに濡れていたのか……」

彼の指が秘裂を辿ると、湯と蜜が混ざり合ってぬめりは薄れていく。力強いレヴィオの腕がユスティーナを抱き上げ、臀部が浴槽の縁へ乗せられた。

縁は幅があり、大人が腰掛けるにはちょうどいい。しかし、ユスティーナの右側には壁があるが、左側は洗い場へ続く段差があるだけだ。その壁までも、腕をまっすぐ伸ばせるほどの距離がある。支えを失ったユスティーナは、縁に手をついて体を支えた。

「ユスティーナ、足を開け」

浴槽のなかで座るレヴィオが、ユスティーナの左足をぐっと押し開いた。彼の眼前に体の中心を晒すようで、咄嗟にユスティーナは手を伸ばして秘処を隠そうとする。しかし、その手はあっさりとレヴィオに握り込まれ、自らの内腿を支えるように固定されてしまった。

「なにをするの……！」

「わかっているだろう。お前はこれも好きなはずだ」

「あっ、レヴィ……あぁっ……！」

身を屈めるようにして鳶色の髪が迫り、柔らかな舌が花弁を舐め上げた。既に充血して開いたそこをたっぷり濡らし尽くすと、彼の舌は赤い粒を狙って動きはじめる。

「ん、ぁっ……！」

「そうだ、ユスティーナ……もっと感じろ……」

じゅっ、と音をたてて吸い付かれ、むき出しになった花芽は敏感にレヴィオの与える快感を受け入れてしまう。求めていた刺激にユスティーナの体は傾げ、頭と肩が壁に当たった。壁の冷たさを感じる余裕もないほど、体はどんどん火照っていく。

「んっ、あぁ……」

大胆な動きで肉萌を刺激する舌に翻弄される。ユスティーナの蜜口に、とぷりと指が沈み込んだ。蜜を絡ませるように指が隘路をぐるりと掻き乱し、腹側の一点を刺激する。

「あっ、そこ、弱いの……！　そんなにしたら、あっ……！」

「いくらでも感じろ……乱れるお前も、美しい……」

「あぁっ……！」

びくびくと震えるユスティーナの足は、完全に開ききってレヴィオを受け入れていた。淫猥な水音が反響し、荒い息を繰り返すユスティーナの体が強張っていく。一気に攻め立てられ、高まった快感は弾ける寸前まで膨らんでいた。

湯を掻いた足先は丸まり、全身に力が入って目も開けていられない。

「あっあっ、レヴィオ……！　も、くるっ……あぁぁっ……！」

目の前が真っ白に染まり、血液が一気に体中を駆け巡る。がくがくと震えながら達したユスティーナは、力なく崩れた。内腿をきつく吸われ、赤い印をそこに残されたのだと気付くと、何故か心は満たされていく。

彼の指が抜け、湯船のなかで膝立ちになったレヴィオの唇が、腹部や胸元にも落とされた。

「ユスティーナ……まだだ……お前は、これしきでは満足できないだろう」

「え――あっ、まだだめっ、あぁっ……！」

一度抜けた指が、二本に増えて再びユスティーナの蜜壺へ入り込んだ。未だ絶頂の余韻を残した媚肉を容赦なく掻き乱される。激しく内側を蹂躙する指と同時に、胸元に吸い付かれてユスティーナは髪が乱れるのも構わず首を横に振った。立て続けに達してしまいそうなほど激しい快感に、汗が滲む。

「あっあぁっ……！」

「ユスティーナ……いつもより中が熱いな。湯のせいか、それとも、いつもと違う場所のせいか……」

彼以外の存在を感じさせない空間は、確実に普段の行為よりユスティーナを昂らせていた。それを夫に気付かれてしまったことが気恥ずかしく、ユスティーナの顔はみるみるうちに赤く染まる。

「お前は、いつまでも愛らしいな……いくら抱いても足りない……」

「あぁんっ……！」

胸の先端が再び口内に含まれ、舌と唇で転がされる。変わらずに蜜壺を掻き乱す手は止まることなく、漏れ出した愛液が臀部の下まで濡らしていく。

「っん……あぁっ……！」

身悶えるユスティーナの体は、ほとんど崩れかけている。すぐそこまで絶頂の波が迫っていた。快感を追うことに夢中になっていたユスティーナのなかで、二本の指が不意にぴたりと動きを止めた。何があったのかと、ユスティーナはぼんやり目を開いた。愛しい金色の瞳は、欲情の光を湛えながらじっと彼女を見下ろしていた。

「レヴィオ……？」

「どうした？　ユスティーナ」

くちゅ、と中で二本の指が蠢く。まるで焦らすように、一番いい場所からずらして揺れる指の刺激に、ユスティーナの細い眉は歪み、強請るように腰が揺れた。

「んっ……レヴィオ……」

「なんだ？　言ってみろ、ユスティーナ」

わざと焦らされているのだと気付いてしまえば、却って羞恥が込み上げてくる。いったいどんな言葉で伝えればいいのかと迷ったユスティーナのうちで、また彼の指が小さく揺れた。

「あっ、んっ……」

小刻みに指を動かされると、もどかしさばかりが溜まっていく。胸元に口付けを落とすレヴィオを乞うように見つめても、彼は求めている刺激を与えてくれない。

じりじりと焦がされていき、ユスティーナは耐えかねて濡れた唇を開いた。

「……あなたが、欲しいわ……」

懇願したユスティーナのうちから指が抜け去り、腰が力強い腕に引き寄せられた。壁に背が押し付けられ、大きく膝を開かれる。臀部の下には体を預けるには太さの心許ない縁があるだけで、ユスティーナは後ろ手に手をついて体を支える。あとは、腰を摑むレヴィオの手が頼りだった。屹立した肉杭が、蜜口に押し当てられる。

「そうだ、ユスティーナ……しっかり手をついていろ……」

「あっ……！」

指とは比べ物にならない質量が隘路を押し広げていく。最奥に沈み込んだ剛直が前後に揺すられると、瞼の裏が明滅し、絶頂とは違う充足感に蜜襞が歓喜するように戦慄いていた。

「湯で温まったせいか、お前のなかはいつもより熱い……こんなに絡みついてくる……」

「んっ……あぁっ……！」

広いベッドの上と違って、浴槽の縁では逃げ場もない。腰をゆっくりと動かされるだけで、背筋をぞくぞくと快感が駆け上がった。

「はぁ、んっ……あっ……！」

声が反響し、湯の揺れる音に蜜が奏でる淫猥な水音が混ざる。手を後ろについているせいで、ユスティーナは豊かな胸を突き出すような格好になっていた。緩慢な律動にあわせて揺れるそこに、レヴィオの片手が伸びてくる。

「あぁっ……！」

痛いほどに張り詰めた先端を指の腹で摘まれ、限界が一気に近付いてきた。

「あっ……レヴィ、オ……！」

「ユスティーナ……言葉にしてみろ……！」

媚肉を擦り、内側を掻き出す楔を蜜口が締め上げていた。血が駆け巡り、快感以外の全ての感覚が麻痺していく。

「んっあっ……きもち、いっ……！」

「そうだ、ユスティーナ……！」

速まっていく抽送に全身が揺さぶられる。肩が壁にぶつかり、髪がくしゃくしゃに乱れても気にもならない。突き上げられる愉悦に体中が熱くなった。

「あぁっ……！　だめっ、もっ……あぁぁっ――……！」

声もなく、ユスティーナは背を反らして果てた。収縮する肉襞が太い剛直に絡みつき、搾り取るように蠢いている。呼吸は乱れ、心臓が早鐘を打っていた。

ぐったりと脱力していたユスティーナの体が引き起こされ、背に力強い腕が回される。

「ユスティーナ……」

「きゃっ！」

レヴィオが強引に立ち上がった。浮遊感に小さな悲鳴をあげたユスティーナの背は、浴場の壁にぴたりと押し当てられる。片足の膝裏に腕が差し入れられて、足が中途半端に浮いた。だが、その分奥まで肉杭は入り込み、ユスティーナは夢中でレヴィオの体にしがみつく。

「安心しろ……俺がお前を支えている……お前は、感じていればいい……」

「ん、あぁっ……！」

胸が押し潰されていた。立ったままで腰を動かされると、湯と汗で濡れた体がぬるりと擦れ合い、それだけでひどく卑猥な気分になってくる。

「はぁっ……あっ……！」

咥え込んだ屹立は硬く張り詰め、蜜道を更に押し広げていた。最奥まで突き上げられる強い快感に瞼の裏が赤く染まる。容赦なく腰を打ちつけるレヴィオに、日頃とは違う激しさを感じた。

いつもと違う場所で、昂ぶりを感じていたのは自分だけではなかったのかもしれない。

「あっ……レヴィオ……！」

自分を求める激情を感じて、ユスティーナは彼の背に回した腕に力を込めた。きつく抱き返され、壁に髪がすれてくしゃくしゃに乱れていく。

「ユスティーナ……お前が愛しい……！」

「あぁっ……！」

じゅぷ、と淫らな音をたてながら掻き出された蜜が、内腿を伝い落ちる。乳房全体がレヴィオの胸板で擦れ、何も考えられなくなる。立っていることさえやっとで、膝が震えはじめていた。指先が丸まり、喉を鳴らすのも苦しいほどの強烈な悦楽に呑み込まれていく。

「んっ、あぁぁっ……！」

「ユスティーナ……！」

勢いを増した律動に呼吸もままならなくなる。蜜道を占拠する熱塊が徐々に硬くなっていく。互いの限界を知り、吸い寄せられるように唇が重なった。

何度も繰り返してきた愛情表現が、ユスティーナの心を満たした。

「はぁっ……あぁっ……！」

「ユスティーナ……このまま出すぞ……！」

頷けたかどうかもわからなかった。必死にレヴィオの身体にしがみ付き、突き上げられるままに喘いだ。耳を彼の荒い息が擽り、鼓動が伝わる。全身が強張り、急激な浮遊感とともに目の前で光が弾けた。

「あぁぁっ……！」

低い呻きとともに、体の奥で熱が広がる。すべて搾り取るように蜜道が締まり、白濁した欲望を吐き出した剛直がびくんと大きく震える。

膝から力が抜け、ユスティーナは完全にレヴィオの腕のなかで脱力した。膝の裏から手が抜かれ、両腕でしっかりと支えられると、そのまま額に唇が落ちてくる。

「ユスティーナ……」

愛しげに自分を呼ぶ声が、愛しくてたまらない。考えることも、動くこともできないほどの満足感がユスティーナを包んでいた。

幸せな結婚生活を嚙みしめながら夫を見上げれば、甘い金色の瞳も、ユスティーナだけを映していた。


最早、ユスティーナが昼前に起き出してくるのは日課である。

昨夜さんざん夫と愛し合ったせいで腰は重く体は怠いが、そのぶん幸せな寝覚めに、ユスティーかる。

ナは一人頬を緩ませながら起き上がる。

既に、ベッドの上にハルヴァリの姿はなかったが、彼がどこで何をしているかは聞かなくともわかる。

隣室からは、子供たちの笑い声が漏れ聞こえてきていた。

(また、ハルヴァリ様のお部屋にいるのね)

くすりと笑いながら、ユスティーナは私室へ向かう。ロルアたちに寝覚めの挨拶をして身支度を整えると、ユスティーナは寝室を通って、ハルヴァリの私室の扉を叩いた。

ノックに気付くのは、いつもエトだ。

相変わらず愛想がいいわけではないが、内側から扉を開いたエトは、ユスティーナを認めるとすぐに目礼を寄越した。

「ユスティーナ!」

「あーっ!」

ハルヴァリが妻を呼ぶと、ご機嫌なルーシェとディノが母に気付いて歓声をあげた。

子守たちを泣かせてきたルーシェも、ハルヴァリの隣では愛らしく笑顔を輝かせている。いつも機嫌のいいディノも、いつも以上に楽しそうに見える。

三人が並ぶと、どことなくそれぞれに似た個所があるから面白い。

父であるハルヴァリと子供たちを見守っていた子守たちも、同じように思っていたのかもしれない。

大人たちの微笑みの意味も理解できていないハルヴァリが、ルーシェと並んで座る長椅子の隣をぽんぽんと叩いていた。

「ユスティーナはここだ！」

「まぁ、わたしもご一緒してよろしいんですの？」

「もちろんだ！」

淡い青のドレスをひらめかせながら、ユスティーナはハルヴァリの隣に腰を下ろす。ルーシェがハルヴァリの向こうから母を覗き、歓声をあげながら小さなハルヴァリの陰に隠れようとする。それを見たディノは、自分も仲間に入れて欲しいとたどたどしくユスティーナを呼んでいた。

手を差し伸べると、すぐに子守がディノをユスティーナの膝の上に座らせる。

幼い夫も、二人の子供も、ユスティーナは可愛くて仕方がなかった。

いつか、ディノがレヴィオのように立派な成人となったときには、この日々をレヴィオと思い返すこともできる。

(それって素敵ね)

お転婆なルーシェが嫁に行くのが先か、ディノが跡を継ぐのが先かはわからないが、遠い未来に思いを馳せて、ユスティーナはにっこり笑いながら三人を見下ろした。

「さぁ、今日は何をして遊びましょう？」

あとがき

はじめまして、御影りさと申します。

この度は、私のデビュー作となる本著をお手に取っていただき、誠にありがとうございます。昼は幼児、夜はイケメンと、二度美味しい結婚生活はお楽しみいただけましたでしょうか。いちゃいちゃしているシーンしか書いた記憶がないので、きっと読後感はお腹いっぱいだと思います（笑）。お付き合いいただきまして、ありがとうございます。

本作は、第二回ムーンドロップスコンテストの最優秀賞を受賞させて頂いた作品『純潔皇女は夜の魔王に溺愛される』を、改題・改稿・加筆した内容となっております。

ハチャメチャな誤字脱字に加えてとんでもない疾走感で完結まで辿り着いたウェブ版を、編集者様のご指導のもとなんとか整え、後日談含めてかなり加筆しておりますので、ウェブ版をご存知の方は違いをお楽しみ頂ければ幸いです。

本作を書くにあたり、「軸となるような大きな陰謀も、ハンカチを噛みちぎりたくなる横やりも、切ないすれ違いも入れない！　この話は、とにかく全力で幼児を愛でてイケメンに愛でられてなんか知らないうちに終わる話だ！」と決めていました。同コンテストに応募し、パブリッシングリンク賞を頂いた別作品がわりとうまくいかない恋愛模様だったので、とことん幸せな話が書きたくて。

ですので、本作はハルヴァリかレヴィオのどちらかとずっといちゃいちゃしている、かなりハッピーでライトな仕上がりになったと思います。

受賞発表からしばらくしてからも「間違いじゃないの?」と、疑っていたのですが、どうやら、本当に本にしていただけるようです（笑）。

素敵なイラストを描いてくださったなま先生、ありがとうございました。最後の挿絵を見たときに「こんなに幸せな話だったの……?」と、胸が熱くなりました。

素晴らしい機会を下さった審査員の皆様には、心から感謝しております。

応募作は前述のとおりハチャメチャで、もう自分でも笑えないくらいの出来だったのですが、それを整えられるよう優しく導いてくださった担当編集様には、なんとお礼を申し上げていいかわかりません。きっと、すごく手のかかる新人だったと思います。本当に、ありがとうございました。

出版社の皆様、編集部の皆様、関わって下さったすべての皆様に、心より御礼申し上げます。

そして、最後に、ここまでお付き合い下さった読者様。

数あるなかから拙著をお手に取っていただき、そして貴重なお時間をあてて下さいまして、本当に本当に、ありがとうございます。

お楽しみいただけたのでしょうか。書きたかった後日談も書かせて頂いて私は大満足なのですが、読者様はどうだったのか、めちゃくちゃ不安です（笑）。

それでは、またどこかでお目にかかれることを願って。

最後までお付き合いいただき、ありがとうございました！

平凡なOLがアリスの世界にトリップしたら
帽子屋の紳士に溺愛されました。
みかづき紅月［著］／なおやみか［画］

怖がりの新妻は竜王に、
永く優しく愛されました。
椋本 梨戸［著］／蔦森 えん［画］

数学女子が転生したら、
次期公爵に愛され過ぎてピンチです！
葛餅［著］／壱 コトコ［画］

王立魔法図書館の「錠前」に転職することになりまして
当麻咲来
ウエハラ
異世界で愛され姫になったら現実が変わりはじめました。
兎山もなか
涼河マコト

真宮 奏
花岡美莉
狐姫の身代わり婚
初恋王子はとんだケダモノ!?
MOON DROPS

魔界の貴公子と宮廷魔術師は、
かほり
真紅の姫君を奪い合う
私のために戦うのはやめて!!

喪女と魔獣
呪いを解くならケモノと性交!?
踊る毒林檎
花岡美莉
宮廷女医の甘美な治療で
皇帝陛下は奮い勃つ
月乃ひかり
ゆえこ
MOON DROPS

少年魔王と夜の魔王
嫁き遅れ皇女は二人の夫を全力で愛す

2018年8月17日　初版第一刷発行

著	御影りさ
画	なま
編集	株式会社パブリッシングリンク
装丁	百足屋ユウコ＋もんま蚕(ムシカゴグラフィクス)

発行人　後藤明信
発行　株式会社竹書房
〒102-0072　東京都千代田区飯田橋2-7-3
電話　03-3264-1576(代表)
03-3234-6301(編集)
ホームページ　http://www.takeshobo.co.jp
印刷・製本　中央精版印刷株式会社

ISBN 978-4-8019-1575-6
Printed in Japan